U0504061

FICTION'S FAMILY: Zhan Xi, Zhan Kai, and the Business of
Women in Late-Qing China by Ellen Widmer
Published by arrangement with Harvard University Asia Center
through Bardon-Chinese Media Agency
Simplified Chinese translation copyright © 2020
by Social Sciences Academic Press (China)
ALL RIGHTS RESERVED

小说之家

詹熙、詹垲兄弟与晚清新女性

FICTION'S FAMILY

Zhan Xi, Zhan Kai,
and the Business of Women in
Late-Qing China

Ellen Widmer

〔美〕魏爱莲-著
陈畅涌-译

社会科学文献出版社
SOCIAL SCIENCES ACADEMIC PRESS (CHINA)

图 1 | 上海女性写真（1901）

说明：手工上色、明胶银盐感光照片，上海耀华照相馆摄。
来源：作者私藏。

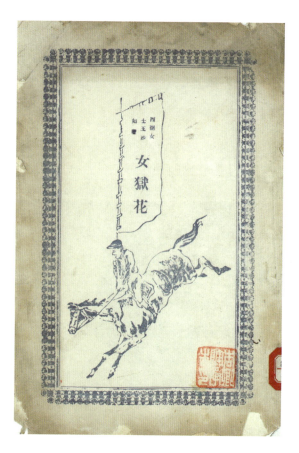

图 2 | 《女狱花》封面（1904 年版）及作者王妙如

来源：浙江省图书馆惠允复制。

图 3 | 詹熙绘山水挂扇（1874）

来源：衢州博物馆惠允复制。

图 4 | 詹熙绘黑白山水画

来源：衢州博物馆惠允复制。

图 5 | 《花史》（1907 年版）中的李咏影像

来源：浙江省图书馆惠允复制。

中文版自序

中国的读者朋友，你们好！

本书讲述的是一个晚清文学世家的故事，他们留下了丰富的历史材料，使我了解他们，并得以详尽地探究了他们的家族历史。从父亲詹嗣曾、母亲王庆棣的旧体诗到詹熙的第一部白话小说，以及其后詹垲更具进步思想的几部小说——此家族展示了文学的变迁。家族四人有一个鲜明的共同点，即他们都是作家，不过我期待能超越"作家"这一身份，找到更多有趣的范式。

詹嗣曾、王庆棣夫妇没有表现任何对女性的现代想象，然而王庆棣流露于诗歌中的郁结心境可能激发了詹熙、詹垲两兄弟在小说中对新女性的同情。就詹熙来说，他的《花柳深情传》（1897）不算是女性问题小说，小说呼吁取缔八股文、鸦片、缠足，并且塑造了一位比其他人都要有远见的丫鬟。这部小说包含了一种改良思想，尽管它所思考的改革领域更多地涉及男性而不是女性。次子詹垲比长子詹熙小11岁左右，詹垲的改良小说《中国新女豪》（1907）和《女子权》（1907）比詹熙更进一步，呈现了一个女性也可以出国留学、就业的世界，他塑造了几位形象鲜明的闺秀代表，以至于一些读者误以为他是位女性。其着力凸显女性的特征与女作家王妙如的

《女狱花》（1904）有一定相似性。不过以家族为参照，使我们能从另一个角度来看待詹垲，将这一特征视为家族内部一系列变故的连锁反应，尽管其他因素及影响也是我们需要考虑的问题。

以"小说之家"命名，也是考虑到詹氏兄弟创作的其他类型作品，特别是为妓女立传的狭邪笔记。主要是詹垲的狭邪笔记，尽管詹熙也写过此题材的作品。狭邪笔记几乎不带有改良意图（虽然这些作品都流露出对妓女强烈的同情和钦佩）。第三类作品是唯有詹垲涉猎的领域，长篇小说《碧海珠》（1907）讲述了一位年轻男子与两位妓女的爱恨纠葛，两位妓女对现代化的态度大相径庭，一位欲入新式学堂而不得，另一位则只求决然遁世。《碧海珠》并没有宣扬改革，有趣的是，詹垲的两部改良小说正是在一系列非改良作品中显得格外突出。若我们将詹垲的作品视为一个家族体系，《中国新女豪》和《女子权》正是家族中与众不同的"姊妹"。詹垲的所有作品都置于现代化的语境下，也可以找到其他相同之处，不过塑造闺秀代表的小说在女性事业上所持的观点更具进步性。

不知我提出的这些想法对中国读者来说有多大的意义。将詹嗣曾夫妇、詹熙、詹垲的创作逻辑联系在一起是合理的吗？将晚清新小说与聚焦妓女的传统作品相提并论又能发现什么？与此同时，是否也会有所遗漏？不过，将詹垲的两部白话小说放在王妙如《女狱花》等类似作品的语境下看，可以肯定的是，王妙如是不会写狭邪笔记的。尽管如此，詹氏兄弟狭邪题材作品所表现出的同情不禁使我们猜想，他们刻画进步女性的方式可能借鉴了《女狱花》这类看似无关的作品。或许这种对社会地位相对更高的女性的同情，正是源自两人对妓女世界的深刻理解？也有人会问，作为旧式父辈的詹嗣曾和王庆棣，是怎样影响了詹氏兄弟更具进步性的创作的？对詹熙的影响是显而易见的，他的《花柳深情传》塑造了一个与詹家非常相似的家庭；当我们再来审视詹氏兄弟作品上的相似性时，我们也能够发现许多詹氏夫妇对詹垲潜移默化的影响。

　　非常感谢李期耀先生，当从他那里得知我的研究成果已被翻译成中文时，我感到十分惊喜，也期待听到中国读者对我作品的反馈。如有读者认为我对詹氏家族的解读并不能说服他们的话，我也想了解他们的意见。如果读者认为我的分析是有理有据的（或者至少是有可讨论的空间），也许他们能提供类似的著作让我参考，或者提供他们的最新研究成果来帮助解决我的问题。不管这本书成败与否，至少它尝试以一种有点新颖的方式来思考中国近代小说，并且其中一小部分作品记录了封建时代崩溃后逐渐以女性为中心的社会思潮。

2020 年 5 月 16 日

目　　录

导言：脆弱的传承

对中国传统士大夫家庭的闺秀来说，有生之年出版自己的诗集实在是一桩风险之举，更不用说地方士绅家庭的闺秀了。除非她财富充裕或天赋异禀，即使是这样也可能会招致"无礼"的批评。① 在太平天国时期的1857年，女性更易受到类似批评，但王庆棣（1828~1902）在那一年出版了其生平唯一一部诗歌总集《织云楼诗词集》。该诗词集的出版地不详，有可能是其家宅所在地浙西衢州，但也有可能是杭州。王庆棣的丈夫詹嗣曾（1832~1894）将她的诗集交给了一位书商，与自己的诗集一起刊行。②

这对夫妇的婚姻是"伙伴式婚姻"，③ 詹嗣曾曾经作诗评论妻子的诗集，或许王庆棣也曾作诗回赠。④ 此外，詹氏同时

---

① 关于礼数与出版的讨论，参见 Fong, *Herself an Author*, p. 65. 另见 Chang, "Ming-Qing Women Poets," pp. 236–258.

② 郑永禧编纂的《衢县志》（第15卷，1926，上海书店出版社1993年影印，第51b页）提到两部作品一起刊行。另见柯愈春《清人诗文集总目提要》（中），北京古籍出版社，2001，第1381页。关于夫妻二人合刻出版，具体见本书第一章。

③ 关于"伙伴式婚姻"，参见 Ko, *Teachers of the Inner Chambers*, pp. 86–90.

④ 我没有见到王庆棣的手稿，可能藏于衢州博物馆。詹嗣曾的相关诗作见于其诗集〔《扫云仙馆诗钞》，1862年本（下文简称"刊本"），第3卷，

刊行的诗集《扫云仙馆诗钞》，资金来自詹氏最好的朋友周世滋。① 这对穷困的夫妇十分幸运，即便在中国历史上极其艰难的时期（太平天国运动的余波），仍有最好的朋友慷慨解囊，使夫妇二人跻身有著作出版的中国文人之列。几年后，即1862 年詹氏重刻自己的诗集，他采用了与周世滋的诗集（《淡永山窗诗集》）几乎同样的版式，甚至封面的字体风格也非常一致（图 0 - 1）。②

图 0 - 1　风格相同的两部诗集封面

说明：《扫云仙馆诗钞》上海图书馆和浙江省图书馆有藏；《淡永山窗诗集》浙江省图书馆和中国国家图书馆有藏。

第11a 页]，但我所知道的王庆棣诗集没有收录这类诗作。詹嗣曾的部分诗集中收有王庆棣为詹嗣曾作品所做的版本目录，但并不是每一部詹氏诗集中都有。

① 此诗集序言中提到周世滋出资为詹氏夫妇刊刻诗集。

② 当时文人刊刻不同版本的个人作品集时通常会使用相同的文集名，这些版本几乎不会收录重复的诗作。

　　周世滋的诗集能够保存下来是一件万幸之事，因为他的作品勾勒出了詹嗣曾人生的重要阶段，就如同詹嗣曾的作品也勾勒出了王庆棣的人生轨迹。

　　王庆棣的作品不只是 1857 年刊行的这些诗作（图 0 - 2），尽管她始终创作并保存自己的诗作，① 但其作品的再次面世要

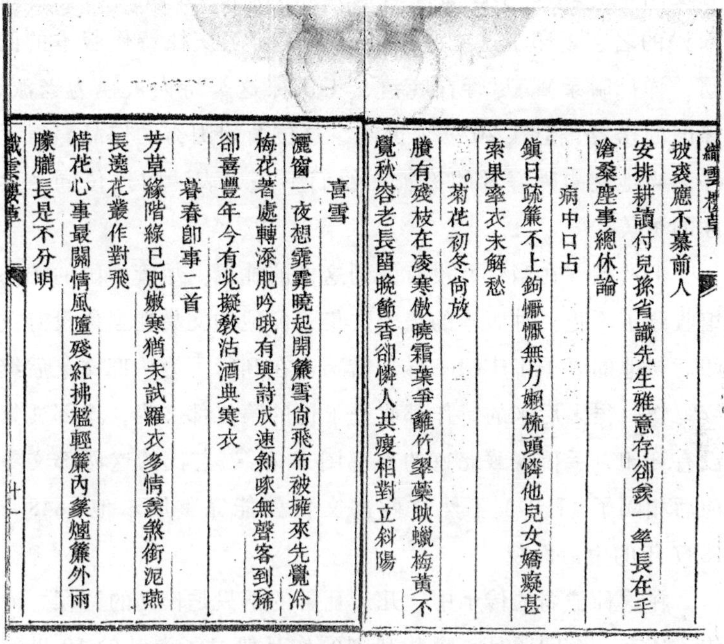

織雲樓詩草　一

披裘應不慕前人
安排耕讀付兒孫省識先生雅意存卻羨一犂長在手
滄桑座事總休論
病中口占
鎮日疎簾不上鉤懨懨無力嬾梳頭憐他兒女嬌癡甚
索果牽衣未解愁
菊花初冬尚放
覺秋姿老長羨晚節香卻憐人共瘦相對立斜陽
膽有殘枝在凌寒傲曉霜葉爭翠藥瑛蠟梅黃不

喜雪
瀟窗一夜想霏霏曉起開簾雪尚飛布被擁來先覺冷
梅花著處添肥吟哦有興詩成速剗哚無聲客到稀
暮春卽事二首
卻喜豐年今有兆擬教沾酒典寒衣
芳草綠階緣已肥嫩寒猶未試羅衣多情羨煞銜泥燕
長遶花叢作對飛
惜花心事最關情風墮殘紅拂檻輕簾內篆煙簾外雨
朦朧長是不分明

图 0 - 2　《织云楼诗草》（早期版本）

资料来源：衢州博物馆惠允复制。

———————

① 此处提到的王庆棣诗集名与后文略有不同，名为《织云楼诗集》，参见周国贤《诗话》，《妇女时报》第 6 期，1912 年，第 84 ~ 85 页。此版本应为 1857 年刊刻的版本，不过我没有看到，无法确认。周国贤提到其他女性收到王庆棣诗集后的喜悦，看上去似乎她单独在这些女性中传播自己的诗集。

到一百多年后。实际上直到 1965 年，王庆棣的一位后代才手抄了她留存下来的全部作品，并将手抄本存于衢州。这部手抄文集除了 1857 年版本所收的诗作外，还包含了她在 1857 年后创作的诗词，这些作品都是在这一个世纪内被詹家后代保存下来的。① 这份抄本所抄作品的底本已佚，但据说衢州博物馆藏有复制本。2010 年，浙江省衢州市诗词学会以《织云楼诗词》的名字重印了这些诗作（更多关于王庆棣诗作版本的问题，详见附录）。尽管在晚清，王庆棣这类诗人被视为老派、守旧的作者，但在 20 ~ 21 世纪，这位衢州闺秀的作品赢得了许多当地文史爱好者的称赞，他们不吝于表达对这位同乡女性的赞美。

但詹嗣曾在当代并没有受到这样的礼遇。尽管中国的图书馆收藏了不止一种版本的詹氏文集，但他的文集在当代没有重印。与他的妻子王庆棣一样，詹嗣曾在刊行了第一部文集后继续写作，很多后来的诗作都收进了他的第二部文集，这部文集没有刊印，手稿现藏北京的首都图书馆。② 詹氏的这两部文集前后相隔了 11 年，不然这两部文集就能完整展示他 1848 ~ 1887 年的生活面貌。

在这种脆弱的传承中，几近瓦解的不只是作品的留存、流传，还有一个问题是，哪些刊刻的作品躲过了混乱的 19 世纪五六十年代及之后的战争、革命和社会剧变得以保存下来。虽然这对夫妇的作品得以留存可能是个侥幸，但如果没有詹氏二子的一系列行为，詹氏的作品本身便不会对我在 21 世纪从事

---

① 从诗词中提到的事情可以推断一些创作于 1857 年后。
② 诗集名仍是《扫云仙馆诗钞》，但署名不详。参见柯愈春《清人诗文总目提要》（中），第 1381、1625 页。

的研究起到促进作用。

詹氏夫妇的长子詹熙（1850～1927）在 1897 年完成的《花柳深情传》，是晚清最初一批白话章回小说之一，已受到当代学者的关注。① 一些学者认为，小说的命名会引起"引诱读者"的误解，因为这部小说的主题并非妓女、情妇、交际花等狭邪之事，而是社会改革。② 两年后，它以一个更合适的名字——《除三害》问世，③ 但我们无法获知改名是谁的主意。这部小说可视作对"时新小说竞赛"④ 的回应，尽管《花柳深情传》在比赛结束两年后才问世。詹熙另一部叙事作品写于 1900～1901 年，但并未出版。这部未付梓的作品《衢州奇祸记》讲述了一件发生于 1900 年、由义和团运动引起的官员被杀事件。⑤

本书关注的另一位主角是詹氏夫妇的三子詹垲（1861？～1911？）。⑥ 詹垲确切的生卒年未知，但他比詹熙小十几岁。他在 1907 年创作了两部改良小说——《中国新女豪》和《女子权》。詹垲的第三部小说、同样刻印于 1907 年的《碧海珠》则不是改良小说。詹垲创作这些作品时的年纪，与其兄詹熙创作《花柳深情传》时年纪相仿。但詹熙与詹垲相隔的这些年间，文学环境已大变。试举一例，詹垲的改良小说中的故事情节都发生在"未来"。这一特点显然是受到了梁启超的影响。

---

① 例如 Hanan，"The New Novel，" pp. 124 – 143.

② Hanan，"The New Novel，" p. 137.

③ 1899 年第一次以此名出版。樽本照雄编《新编增补清末民初小说目录》，齐鲁书社，2002，第 76 页。

④ 1895 年傅兰雅（John Fryer）发起的一项小说写作比赛。

⑤ 见本书第二章。

⑥ 见本书第三章。

梁启超在 1902 ~ 1903 年创作的《新中国未来记》中把时间向前推进。这种影响因为出现太晚而没有在詹熙的作品中表现出来，但是这两兄弟有一个共识：小说能够引导人的行为。

此外，詹垲也从事狭邪文学①创作，他的第一部狭邪题材作品问世于 1898 年。1897 ~ 1911 年，詹垲至少在三家报纸担任主笔，这三家报纸一家在上海，一家在北京，一家在汉口。1903 年，他还参与编著了一系列重要西方人士的传记，但是在其写作生涯中，狭邪笔记、改良小说、社论是最重要的三类作品。詹熙和詹垲都写旧体诗，可惜他们大部分的旧体诗作今已不存。

由此可见，詹氏夫妇与其子女存在巨大的代际差异。作为父母的詹氏夫妇多创作诗词，作品均在当地刊印，主要在衢州和杭州，他们写作并不是为了赚钱或吸引广大读者。相反，他们的两个儿子詹熙和詹垲转而从事一类深受西方影响的新式文体——小说的创作。太平天国运动失败后，上海相继出现了许多洋人开办的书局，詹氏兄弟即在这些新式出版机构出版自己的小说，他们也因此接触到更广阔的读者群，牟利也成为他们从事小说创作的目的之一。也许从文学意义上看，詹氏兄弟的旧体诗集本应该像其父母的作品一样保存下来。即便我们能够看到他们的旧体诗作，这些小说也呈现出与传统旧体文学完全不同的特点。

在詹氏家族四位作者现存的作品中，詹嗣曾和王庆棣的作

---

① 原文为 "guidebooks to the courtesan quarters"，有论者认为此为"花谱"，但在近代文学中，"花谱"指品评戏子的作品，鉴于詹垲的作品内容并不限于此，在此以"狭邪文学"此宽泛概念代指，并与后文提及的狭邪小说、狭邪笔记区别开来。"狭邪文学"指以狎优狎妓为题材的文学作品。鲁迅在《中国小说史略》中将"专叙男女杂沓"的此类题材小说称为"狭邪小说"；"狭邪笔记"指此类题材的小品文、散文。——译者注

品在 21 世纪仍不易找到；而詹熙、詹垲的三部改良小说作为新式出版物，从一开始就更易留存下来，因为他们的这些作品初次出版后便多次加印，其后又多次再版。虽然从本书的立场来看，詹氏兄弟的创作使我们注意到詹嗣曾、王庆棣夫妇的作品，但是詹氏夫妇的创作也让我们留意到詹熙、詹垲的作品。没有这个相辅相成的大背景，詹氏兄弟不过是和晚清其他新派上海作家一样的作者。正是因为我们基于詹嗣曾、王庆棣的作品来理解詹氏兄弟，此家便可视为是一个由四位作家组成的整体，进而我的研究也构成了家族群像式的脉络。这不是一幅普通的"全家福"。因此这项研究既不是考订家谱，也不是试图将漫长的中国历史进行人性化处理，[1] 而是通过詹氏一门的际遇检视变幻的晚清文学图景。

　　事实上，詹氏与晚清文学的关联表现在两方面。詹熙的小说记录了大量的家族故事，我们不仅在他的作品中看到了"过去"，更在其父母的作品中看到了"将来"——我指的是詹氏夫妇发表在《申报》文学副刊上的若干作品。由于詹熙的缘故，詹嗣曾、王庆棣均在这类文学副刊上亮过相。[2] 对詹氏夫妇，特别是王庆棣这位旧式闺秀来说，在这些新式媒体上发表作品算得上是奇事一桩。

　　除了这些为数不多的公开发表，王庆棣并没有任何接触大众读者的迹象。我们已经知道，詹嗣曾和詹熙是王庆棣作品的读者。王庆棣早期的作品，包括许多记载太平天国时期危难的诗作也在詹嗣曾的朋友、学生、下属间传阅。她也时不时写诗

---

① 近年采用这种"人性化"处理的，参见 Esherick, *Ancestral Leaves*, p. xii.

② 刊载他们作品的四种刊物都是《申报》的文学副刊，三种是官方副刊，还有一种是仿本。详细内容见本书第一章。

赠给男性画师。但在大多数情况下，王庆棣写作上的交流对象还是衢州或杭州当地的女性。从这一点来说，王庆棣是典型的清代闺秀。詹嗣曾的诗友也与其身份地位相似。詹嗣曾的诗歌不仅反映了他在太平天国时期的艰难时日，还包括被左宗棠任用，在1870年代迁至浙东嘉兴县做官、游历江南的经历。

此外，不同于詹熙、詹垲的关注点，詹氏夫妇的作品完全没有改造读者的意图，我们仅知道王庆棣曾批评过女性所处的弱势地位。民国初期的一位记者认为王庆棣晚年有所失意，这在其晚年诗作中可窥见一斑，但她之前的诗作完全体现了清代中期关于女性责任、女性才智的观点。① 詹嗣曾也曾对有才学的女性，特别是妻子王庆棣寄予同情，但从詹嗣曾现存的诗作来看，很难确定他是在怎样的情况下对时局流露出如此强烈的不满。可能论者将詹嗣曾视为改良的对象，因而描述时略有夸张。相比之下，作为晚清作家的詹熙和詹垲旗帜鲜明地将改良的希望寄托于他们的小说创作，希望借此让读者抛弃对旧时代的热忱，投身更广阔的爱国主义，认识世界并加深对女性权益的认知。

纵观詹氏家族四人和他们的作品，或许可以考虑一种可能：王庆棣晚年的失意可能促使詹熙、詹垲在他们的作品，特别是在改良小说中为女性发声。兄弟俩对女性议题的关注无疑受时代主流风气的影响，尤其受当时中国近代化的社会思潮②和文学"改良群治"观的影响，但家族历史也是影响因素之一。

现有许多围绕晚清代表人物如王韬、吴趼人、邹弢的优秀

---

① 相关考察参见 Mann, *The Talented Women.*
② 相关内容见 Hu, *Tales of Translation.*

传记作品，① 未有将传主父母完全纳入考察范围。詹嗣曾和王庆棣留下来的文学作品可能并不完整，但这些作品已足够揭示清代中期，特别是袁枚以来的文化传承。通过王庆棣的生平故事，对于从"闺秀作家"到"晚清文学中的进步女性"这段演变史，我们也会有新的认识。尽管我们会不自觉地认为，在梁启超等人揭露闺秀之弊后，闺秀已羞愧地退出文学舞台，② 但在这里，我们至少可以假设（如果无法完全印证），当王庆棣的孩子潜心写作，创造出具有母亲特点的女性人物时，事实上她的生命经验已与她的孩子融为一体。1894 年，詹嗣曾去世，大约八年后王庆棣离世，其时中国文化危机正愈演愈烈，③ 也许他们的基因在孩子的改良小说中得以幸存。④

小说之家（Fiction's Family）

"小说之家"在本书共有三层意思。首先指的是衢州的詹嗣曾、王庆棣一家；其次是指詹熙小说的中心人物魏氏一家，他们也来自像衢州这样的地方；最后，也指詹垲在其改良小说

---

① 关于王韬，参见 Cohen, *Between Tradition and Modernity*. 关于吴趼人，参见 Huters, *Bringing the World Home*, pp. 123 – 172. 关于邹弢，参见钱婉薇《失落与缅怀：邹弢及其〈海上尘天影〉研究》，硕士学位论文，政治大学，2006，第 32、53 页。

② 围绕此话题的讨论甚多，可见 Zurndorfer, "Wang Zhaoyuan," pp. 29 – 56. 不过，我们知道梁启超的女儿梁思顺从事旧体诗文创作，参见梁令娴钞《艺蘅馆词选》，中华书局，1935。

③ 参见 Spence, *The Search for Modern China*. 这场危机表现在，清政府对中国传统文化抵御外国势力入侵日渐丧失信心，认为亟须一场重大变革。不过，清政府的观点并不代表所有中国人的态度。

④ 关于传统家庭动力，参见 Hsiung Ping-chen, *A Tender Voyage*; Hsiung Ping-chen, "Constructed Emotions," pp. 87 – 117.

中竭力塑造的"家庭"。

最后所指的家的内涵最为复杂,"题材"(genre)一词并不完全符合,它无法涵盖晚清作家所追求的全部可能性。"题材"适用于文本层面的融合,但当时许多作家不只从事文学创作,他们也将精力投入新闻界、撰写教科书和教书。当然,对一部分作家来说,撰写教科书或教书仅是权宜之计,以此保障生计,从而能有余力投入真正吸引他们的文学创作。但另一方面,这些追求可能落实为一篇文学表述上有革新的文章,他们所做的这些尝试都旨在尽其所能推动国家进步。近来已有许多重要且出色的研究著作留意到不同的题材,无论是妓女问题研究〔叶凯蒂(Catherine V. Yeh)、贺萧(Gail Hershatter)〕,狭邪小说研究〔马克梦(Keith McMahon)、司马懿(Chloë F. Starr)、戴沙迪(Alexander Des Forges)、曾佩琳(Paola Zamperini)〕,改良小说研究〔胡志德(Theodore Huters)、米列娜(Milena Doleželová-Velingerová)〕,妇女小说与弹词研究〔胡缨(Hu Ying)、胡晓真〕,还是社论研究〔梅嘉乐(Barbara Mittler)、季家珍(Joan Judge)、鲁道夫·瓦格纳(Rudolph G. Wagner)、叶文心、燕安黛(Andrea Janku)〕都已经提供了一些案例。① 还有一些著作,比如王德威的《被压抑的现代

---

① Catherine V. Yeh, *Shanghai Love*; Hershatter, *Dangerous Pleasures*; McMahon, *Polygamy and Sublime Passion*; Starr, *Red-light Novels of the Late Qing*; Des Forges, *Mediasphere Shanghai*; Zamperini, *Lost Bodies*; Huters, *Bringing the World Home*; Doleželová-Velingerová, *The Chinese Novel at the Turn of the Century*; Hu Ying, *Tales of Translation*; 胡晓真:《才女彻夜未眠:近代中国女性叙事文学的兴起》,麦田出版,2003; Mittler, *A Newspaper for China?*; Judge, *Print and Politics*; Wagner, "Women in *Shenbaoguan* Publications, 1872 – 90"; Wagner, "Joining the Global Imaginaire"; Wen-hsin Yeh, *Shanghai Splendor*; Janku, "The Uses of Genres in the Chinese Press."

性》（*Fin-de-Siècle Splendor*），内容广博，涵盖了各种文学题材，不过没有涉及社论。[①] 我的研究将吸收这些人的研究成果，我也感谢那些关于明清女作家的研究，使我受益良多。[②]

詹氏家族所处的文学场域能够让我们看到文学题材与具体作家的生活是如何交汇的。詹熙生平有很多不为人知之处，在很大程度上是因为他的诗集散佚了，以至于詹熙一生中有几十年的遭遇我们无从得知。幸运的是，因为他在衢州太过出众，地方志中保存了很多他的言论。目前能够看到的詹熙最早的作品刊于《申报》文学副刊。[③] 他后来至少创作了一部狭邪笔记，并发表了一些刻画底层妓女的诗作。这之后他才开始从事小说创作。我们也了解到，在很长一段时间内，詹熙也涉猎了其他领域，比如绘画、艺术品交易、教育。

詹垲的生平更是一个谜，因为他一生深居简出，我们只能在其作品中（特别是狭邪笔记）的自述里寻找蛛丝马迹，以期勾勒出一个大致的轮廓。但在詹垲的年代，多种文学题材及形式已经更加成熟。我们可以确定，詹垲现存的作品主要有三种题材——狭邪笔记、改良小说、社论，此外还有猎奇的狭邪小说和西方名人小品。詹熙和詹垲是两个个体，他们让我们意识到，相似的志趣会发展出迥异的职业生涯。詹垲的个案尤为

[①] 参见袁进《中国小说的近代变革》，中国社会科学出版社，2002；阿英《晚清小说史》，东方出版社，1996；陈平原《小说史：理论与实践》，北京大学出版社，2010。

[②] 早期重要的研究，见 Sharon Shih-juan Hou（侯师娟），"Women's Literature."此后有许多中英文以及其他语言的相关文章、专著问世。这些专著将性别研究带入晚清研究，比如夏晓虹的《晚清文人妇女观》《晚清女性与近代中国》，黄锦珠的《晚清小说中的"新女性"研究》。

[③] 文学副刊的资料来自瓦格纳（Rudolph G. Wagner）的未刊稿 "China's First Literary Journals"，由作者提供，特此致谢。

突出，他向我们展示了启迪世人的改良小说家和狭邪笔记创作者的双重身份是怎样集于一身的。

我需要事先解释一下，本书对晚清一些重要题材所谈甚少。比如，书里几乎没有提到狭邪小说，尽管这一题材很可能影响了《花柳深情传》的命名，并且詹垲的第三部小说涉及妓女，但没有一部作品完全符合狭邪小说的定义。① 毫无疑问，詹氏兄弟都了解狭邪小说的形式且与一些狭邪小说作者相熟，但看起来他们宁愿将这一题材留给其他人。其他形式的爱情小说和公案小说也是晚清重要的文学题材，但因为同样的原因均没有被纳入本书。②

最后，在一个开始摒弃享乐主义、拥抱公民意识的年代里，詹氏兄弟应被置于时代予以考察。在吴趼人、李伯元、邹弢的作品中都能找到那个时代的痕迹。③ 詹垲似乎与李、邹二人有不错的交情，当然他也认识吴趼人。鉴于李伯元、邹弢已示范在先，詹垲由狭邪笔记转向改良小说的创作轨迹也遵循了同样的方式。即便只看过詹垲的狭邪笔记，也会发现这些作品变得越来越振奋人心、富有爱国意识。詹熙在衢州弃文从教，邹弢致力于教学、撰写教科书、从事域外人士传记研究，这些均是那个时代的表现。④ 无论"题材"是否合于这些追求，为读者创作都占据了这些作家职业生涯的重要部分。

---

① 关于狭邪小说这一题材，一项很有价值的研究成果是 Starr, *Red-light Novels of the Late Qing*, pp. 18 - 23.

② Link, *Mandarin Ducks and Butterflies*. 该书花了很多篇幅介绍消闲文学的其他题材，大部分不是本书的关注对象。

③ 关于吴趼人，参见 Huters, *Bringing the World Home*, pp. 123 - 124. 关于李伯元，参见 Wagner, "Joining the Global Imaginaire," pp. 105 - 174.

④ 邹弢的域外人士传记作品，参见邹弢《万国近政考略》，熊月之主编《晚清新学书目提要》，上海书店出版社，2007，第174页。

女性事务（The Business of Women）[①]

这里使用"女性事务"一词是想要突出性别在晚清话语中的重要性。在这方面，梁启超的启蒙地位已广为人知。[②]"女性事务"在本研究中指涉四个具体对象：王庆棣本人的经历激发了其夫、其子的改良思想；詹熙、詹垲小说中具备阅读能力或关注社会改革的女性人物；詹垲改良小说的女性读者；詹氏兄弟，特别是詹垲的作品中提及的妓女。五花八门的话题构成了千丝万缕的连带关系，涉及的首要议题都是"虚弱"，比如中西方的强弱对比。颇具象征意义的是，本书还会涉及缠足女性放足对女性生命力的影响。

由此可见，王庆棣的故事绝不能简化为纯粹简单的叙述，但我的假设是，王庆棣的人生塑造了詹熙、詹垲的写作，并过渡到他们创造的小说人物身上，即使塑造人物还需要很多其他因素。小说人物与读者之间建立联系的方式也相对简单：詹氏兄弟写作的前提是，改良小说能够激发真正的社会改良。而涉及妓女时，这一关联便较为复杂，无法用几句话概括，因为其中包含很多方面的内容。单以作品来看，这种复杂关系大多数仅体现在詹垲的作品中。其所反映的第一个方面是，妓女与理想化女主角的塑造方式，这两类人物有相互影响的迹象，至少在颂扬女性坚韧的一面时——坚韧常被认为是只有妓女才具备而上层女性常缺乏的特质——詹垲笔下的上层女主角表现出了坚韧的品质。

[①] 此处为作者对英文书名的题解，在拟定中文书名时没有直译。——编者注
[②] 相关事例见 Judge, "Reforming the Feminine."

第二个方面是，詹垲对上层女性的看法。他认为上层女性将会成为未来的领导人，为非上层女性传授职业教育。詹垲关注的非上层女性多为妓女，不过他关于妓女的创作也塑造了许多出身妓女的先锋女性形象。也就是说，这些小说人物主动承担起责任，尝试劝导她们不幸的伙伴。与以妓女为主角的改良小说相比，叙述上层女性兴办职业教育的同类型作品更胜一筹，想象力也更为宏阔。

第三个方面是，詹垲受到梁启超女性观的影响，认为女性不仅需要自立自强以强国，也要走出家庭，投身工作，这样才能促进国家经济健康发展。正如詹垲看到的那样，上层女性最先行动，娼家女子继而效仿，但是无论是消费者还是创作者，所有女性都能够从整体上提升中国的实力。事实上，妓女间的"生意"是一种"自有的"女性事务，似乎不会对社会的运行方式造成太大影响。

本书将探讨演变中的女性观，它所涉及的三个方面都受到了梁启超的影响。首先，梁启超提出小说能够"改良群治"，由此尝试将小说情节设置在未来；其次，他认为强健女体与振兴中国是同样重要的事；最后，他提供了一个基于经济学视角观察中国社会发展的方式，如果更多女性不再只是消费，而是投入生产，那么中国社会应可以像设想的那样加速发展。我们无须为了印证梁启超巨大的影响力而认同这些主张，有些部分相当有争议。①

① 关于梁启超观点引发的争论，焦点之一是晚清社会对女性的奴役，参见 Karl, "'Slavery,' Citizenship, and Gender." 另见 Liu, Karl, and Ko, *The Birth of Chinese Feminism*, p. 32. 针对女性所谓"懒惰"的反驳，参见 Eyferth, "Women's Work."

　　因为詹氏兄弟相差半代人，① 他们在作品中表现女性问题的方式也大为不同。② 詹熙创作的直接出发点是傅兰雅，并非梁启超。受到傅兰雅组织的文学比赛的鼓舞，当詹熙开始写作《花柳深情传》时，他采纳了傅兰雅提出的"三弊"（鸦片、时文、缠足）观点（仅有"一弊"关乎女性）。此外，女性也绝对不是詹熙的目标读者，他情愿顾左右而言他，描写帮助妻子、姊妹放足并引导她们走向改良道路的父亲和兄弟。詹垲则相反，他的两部改良主义小说清晰地呈现了与梁启超思想的联系，包括将小说情节置于"未来"时空。而且他的两部作品将精力全部放在女性身上，将上层女性特别是年轻的上层女性视为潜在读者。詹垲塑造了许多机智的女主角，他希望女性读者能因此更加聪慧，从民族国家的角度有更多思考。

　　詹垲对上层女性也颇有微词。在詹垲眼里，这些女性对衣着、首饰的热情和取悦男人的兴趣是一场噩梦。但是总体而言，詹熙较留意现象的负面效应，如果继续给女性缠足，会给中国造成哪些危害；与詹熙相比，詹垲则关注积极的一面，这些机智年轻的女性会怎样促进社会改革。詹垲很可能受到一系列短篇小说的影响，这些短篇小说的出版时间略早于詹垲的作品，并且试图用正面的案例影响社会。③ 可以确定，至少有一部日本政治小说，即1866年出版的末广铁肠的《雪中梅》影

① 此处原文为"half a generation"，大概10年。——译者注
② 围绕女性问题的深入讨论，参见 Hu, *Tales of Translation*, esp. pp. 2 - 3；Judge, *The Precious Raft of History*.
③ 关于这些短篇小说的研究，参见 Hu Ying, *Tales of Translation*. 另见 Jing Tsu, "Female Assassins, Civilization, and Technology," p. 172；David Der-wei Wang, *Fin-de-siècle Splendor*, pp. 166 - 172；黄锦珠《晚清小说中的"新女性"研究》，文津出版社，1989。

响了詹垲。① 《雪中梅》是一部充满正面人物的小说。无论是
鼓励女性身边的男性帮助她们克服困境（詹熙），还是帮助女
性意识到自身的潜能（詹垲），詹氏兄弟希望妇女的命运能够
得到改善。对他们而言，小说是拓宽"中层社会"② 读者视野
的新媒介，年轻的理想主义创作者正是希望通过这些小说的读
者给社会带来广泛的变革。

我们不能说詹氏兄弟仅关注性别议题。不仅《花柳深情
传》聚焦女性以外的群体，詹熙在教育领域也不遗余力地支
持男性职业教育。甚至在小说创作上，对詹垲而言，以上层读
者为目标读者的改良主义小说很可能不是他最引以为豪的作
品。我们暂时将两部改良主义小说放在一边，看一看詹垲的妓
女小传。这类创作以男性导向的狭邪文学作品作为开端，吸引
了许多娼家读者和作者。狭邪文学作品在市场上的成功远超小
说，这也是詹垲更重视它的一个原因。詹垲 1907 年问世的小
说《碧海珠》以妓女为写作对象，因此很像他的妓女小传，
但是这部小说对妓女的处理方式更加多样。因为它在詹垲的改
良主义小说之后不久问世，我们可以从中推断作者在改良问题
上对妓女的态度，当然我们不能确定作品的创作顺序与出版顺
序是一致的。无论如何，当詹垲的小说为上层女性塑造出理想
化的女主角并为女性投身中国近代化事业建言时，这些作品参
与了一场酝酿已久的大讨论。詹垲这时一定想到了梁启超，但
他同样受到传教士林乐知（Young J. Allen）的启发。在《中

---

① 遗憾的是，尽管我有幸见过叶凯蒂关于这部政治小说的初期草稿，但由
于她的研究成果 The Chinese Political Novel: Migration of a World Genre 出版
时间较晚，我没能将它纳入本书。

② 关于"中层社会"，参见 Judge, Print and Politics, esp. pp. 1–13.

国新女豪》的序言开头，詹垲便引用了林乐知的话。显然，詹氏兄弟在生活、作品中诠释女性事务的方式相当不同，更别提他们的父母了，但是对女性议题的敏锐是詹氏家族四人的关键共性，也是詹熙、詹垲创作生涯的主要焦点。

汤宝荣：詹氏兄弟的纽带

由于詹熙与詹垲之间的年龄差，他们所处的社会背景和各自的小说主旨都有所不同。也有人认为这些因素对他们没有造成多大影响，甚至可能一点影响都没有。为了反驳这种可能性，我推断一位妇女问题小说作者——汤宝荣（号颐琐室主，1863~1935）是詹氏兄弟的纽带。汤宝荣是重要的妇女问题小说《黄绣球》的作者。[①] 汤氏与詹垲年纪相仿，两人相熟并都从事狭邪笔记创作，同时汤宝荣与詹熙的关系也很密切。这种密切关系很可能影响了三人的小说创作。通过汤宝荣，我们可以推断《花柳深情传》与《黄绣球》相关，《黄绣球》也与詹垲的改良主义小说有关。此外，关于"母亲会对具有改良思想的儿子产生影响"的问题也具体反映在汤宝荣的家族史中。

汤宝荣及其作品不仅印证了我们对詹氏代际联系的判断，而且使我们得以推断晚清三部妇女问题小说之间存在密切关系。这三部小说的时间跨度大概是1890~1911年。那之后很久，"妇女问题"这一题材才受到认可。[②] 将汤宝荣纳入考察

---

① 一些研究者对汤宝荣为《黄绣球》作者的观点存疑，我将在本书第四章讨论这个问题。

② 女性问题题材直到1930年代后期才获得认可，阿英在《晚清小说史》一书中有专章讨论，该书初版问世于1937年。

范围，能够深化我们对这一类型作品之间的相互关系以及詹氏兄弟关系的认识。

中心与边缘

晚清研究的许多重要著作都将目光聚焦上海，但本书涉及的地理位置更为庞杂。正如前文所述，我的研究集中于詹嗣曾、王庆棣这对夫妇，以此凸显其子詹熙、詹垲创作生涯中"身处上海之外"的特点。在死水般了无生气的晚清，从衢州乘船去上海需要十天时间。衢州是詹嗣曾的老家，他的儿子也都在那里出生、长大。《花柳深情传》大部分情节发生在衢州，这并不让人惊讶，而且詹熙在写完这部小说后不久便回到衢州做官，办学校、兴教育。他从未因沉溺于上海的生活而放弃返乡。另一个地理区位是汉口，那是詹垲从事社论写作的重要据点，这或许也是他两部改良主义小说将场景设置在汉口的原因。

其他城市出现得更加意外。比如杭州在詹氏家族史上尤为突出。王庆棣来自那里，杭州也是太平军逼近衢州时詹氏家族的逃亡地之一。苏州和北京则分别是詹熙和詹垲谋生的地方。四川也是另一个关键的地理位置，王庆棣在这里度过了她的童年时期，因为其父当时在四川名山做官。

尽管地理位置本身从不是一个成熟的议题，但詹氏兄弟的写作是否调用了他们的上海经验仍是值得思考的部分。詹熙的小说特别有趣的部分是，如何将衢州呈现给外界读者。我们会看到，他的《花柳深情传》的主题虽然围绕一个衢州家族，但目的并不是宣传衢州。相反，我认为它在改良人士圈子中已经拥有既定的读者群，特别是在这本小说的出版地上海。詹垲的小说也是在上海出版的，但情节均发生在上海以外的地方。有一部小说的故事始于山东，随后主人公移居东京，并以环球旅行结束；另一部小说同样关于环球旅行，但故事的开始与结束都发生在汉口。他们在作品中设置域外旅行情节是为了启迪女性读者认识外部世界。这三部改良主义作品描写了不同的"上海之外"的地区，但目的是一样的，即鼓励上海读者突破现有环境进行思考。

本书研究方法包括，将詹嗣曾、王庆棣的作品视为詹熙、詹垲作品的大背景，用詹垲的非改良主义作品理解他从事改良主义创作的来龙去脉，通过詹熙的小说理解詹垲的小说。这将从两个方面呈现其意义。第一个方面，创作主体从父母到子女、从长子到三子的转变让我们描绘出一幅图景——是什么激发了詹氏家族成员的创作积极性，而他们彼此之间又是怎样表现出差异的。本书中性别的突出地位表现在母亲王庆棣身上，她受到的关注多于其夫詹嗣曾，但詹嗣曾也在其中发挥了作用。詹垲的作品要多于詹熙，因此他受到的关注也更多。

詹垲的故事将在我构思的第二个方面重点阐述。我很好奇他是如何兼顾面向两类读者——妓女和闺秀而写作的，我也有兴趣了解他对前人作品（包括女性作家的作品）的借鉴。与詹熙妓女题材的作品、他自己的妇女问题小说和其他各种虚构作品对比，詹垲有关妓女的作品和社论为其小说创作提供了养分。我们投入如此多的精力在改良小说上的原因有两方面：一方面是因为《中国新女豪》和《女子权》清楚地表现出与詹熙作品的联系；另一方面是这些改良小说与詹垲写作的狭邪笔记和社论相似性更高，甚至超过后两者彼此的相似度。从以上两方面而言，论述詹垲改良小说的专章可视为本书的重点。

根据这一整体架构，本书第一章围绕詹嗣曾、王庆棣夫妇展开。我不仅将他们放入 19 世纪语境考察，而且会从太平天国运动的角度理解他们。第二章的讨论中心是詹熙，回顾其生平，考察其创作，随后揭示他为衢州——他曾设为小说发生地，以及上海的教育事业做出的贡献。一个关注点是他的小说是怎样反映其家族史的；另一个关注点是小说如何表现他后期所关心的其他事务。我将詹熙两个儿子的改良小说创作纳入视野，来印证詹熙思想持续的影响。

第三章到第五章的讨论重点是詹垲。首先展示我收集到的关于他为数不多的生平信息，然后围绕他创作的三种主要题材——狭邪笔记、小说、社论进行论述。我将先考察狭邪笔记与小说如何相互映照又各自展示出重要的差别。之后我会关注作为记者的詹垲，探究他在小说中呈现的身份和立场。

最后不仅仅是一篇结论。尽管这部分的开头总结了詹氏兄弟作品之间的差异，做这种概述的目的其实是介绍作为兄弟俩之间媒介的汤宝荣。这番详细的论述并不在我们的核心范围——家族内，但最终目的是强化詹氏兄弟之间的关联并突出他们母亲王庆棣的影响。此外，这个略微增强的结构可以让我们看到，在晚清小说的发展中，无论是在不同文学体裁的关系上，还是在整套妇女问题小说体系方面，"家族"题材起到的作用。

将一个家庭作为本研究的核心目的是要从微观层面考察晚清。我希望这种方式能够说明晚清与清代中前期之间的历时性联系，詹氏兄弟一生中与不同文学体裁、形式的共时性互动，以及上海与其他区域的互动。

半满的玻璃杯

如前所述，这些文本材料的性质很有可能会产生代际鸿沟。这些材料有缺损、所处地位不平衡，其中一些不平衡来自代际的文学差异。反之，这种不可比性意味着当我们跨越代际时，收集到了不同种类的信息。另外，很多重要的文本材料遗失，这是晚清以来各个时代造成的结果。但是对我来说，获得尽可能多的詹氏兄弟的材料，这使他们与大部分晚清小说家区别开来。我可以此构建詹氏兄弟及其父母、子孙、朋友的生平，近距离地了解那个时代，以及他们顺应时代潮流所做的努力。例如在王庆棣年轻时，她所展示出的旧式闺秀作风非常正常，但在詹熙、詹垲的年代，这套旧式作风就成了改良的迫切任务。同样的，女性在诗歌中表达的个人感受不是合乎"伙伴式婚姻"的背景，就是以个人主义方式表达对女性地位的不满，因而成为改良的先声。

如果我们仅仅留意本书无法获知的部分，很可能会大失所望，但若我们将其看作一个半满的玻璃杯，便不会败兴而归。总之，一个家庭的几代人以各自的方式不断前进，上至19世纪中期，下到詹熙的后代进步领袖迭出。三代中的詹氏兄弟，创作小说呼吁改变进而激发改革。詹氏家族使我们可以探究父母影响的相关问题，这是在大部分晚清作者那里无法获得的信息。并不是詹氏兄弟格外优秀，也不是他们的改良小说具有卓越的文化里程碑意义，而是他们的经历与作品为我们提供了一个与众不同、能够洞察作家希望与梦想的方式，很难得可以以这种方式将晚清作家作品与个人生平联系在一起。

第一章　变局中的文学伙伴

作为地方行政中心，钱塘江支流衢江贯穿衢州。因为有衢江，有清一代从衢州到杭州只需要几天。[①] 再从杭州去上海也非难事，搭船即可。整个衢州－上海的行程耗时不会超过十天。[②]

衢州府由五个县组成。我将着重关注衢县（也称"西安"[③]）和龙游县。衢县位于衢州府中心，也是府治所在地。[④]龙游县位于衢州府最东边，因此最受惠于下游的经济发展——比如小城市丽水、金华，大城市杭州、上海。衢州府南接福建，西南毗连江西，西北邻安徽。清朝时，毗连江西的地区人口稀疏，却是富饶繁华的江南与欠发达地区的往来要道，那里没有防御的缓冲地带，成了土匪和反政府武装的巢穴。

太平天国运动给清朝带来了灭顶之灾，衢州地理位置的重要性在当时显得尤为突出。若清军联合外国武力予以重击，衢

---

① 绿意轩主人（詹熙）：《花柳深情传》，白荔点校，北京师范大学出版社，1992，第10页。书中的几个主人公从家乡西溪村乘船去杭州花了几天。

② 余绍宋：《龙游县志》（第40卷，京城印书局，1925，第33a页）收有詹熙的一首诗，诗中说，从龙游到上海需要"十天"，不过"十天"也可能是概数。

③ 清代有两处称为"西安"的地方，一是今浙江衢县，二是今陕西西安。——译者注

④ 其他三个县为江山县、常山县、开化县。

州本可以安全无虞。太平军不止一次进攻衢州，几次小打小闹后，1858 年衢州遭到了太平军的首次猛攻，这次袭击由石达开领导。至今这座城市仍为当年 90 天苦战击退敌人的事迹而自豪不已。1860 年，太平天国的另一位领袖李秀成带领更大规模的军队再次出击衢州，并最终攻下此地。1861 年，清政府为了收复衢州，从台湾调遣了一支 2000 人的队伍，然而一场暴风雪击溃了他们。1858～1863 年，闽浙总督左宗棠取得了多次胜利，横扫衢州的三处太平军大营，当地的社会秩序逐渐恢复。詹熙《花柳深情传》中关于太平天国的记述也提到了左宗棠，他至今仍是衢州乃至中国公认的英雄。当大城镇——当时一直被视为安全地带——被太平军攻下时，战争也影响到衢州居民。其中，杭州是王庆棣和孩子们多次逃难的目的地，对本研究意义甚大。从詹嗣曾、王庆棣的诗作可以看出，詹氏一家在 1850 年代往返流离于杭州和衢州。直到 1860 年代，他们才在家乡安定下来。

　　1860 年代，来自外部的侵扰仍未结束。十年后，衢州迎来了一批新教传教士。17 世纪，衢州已经有天主教存在。第一位来到衢州的新教传教士是司徒尔（John Linton Stuart）——司徒雷登（John Leighton Stuart）的父亲。司徒雷登后来先后担任燕京大学校长、美国驻华大使。我们明确知道的是，1872 年有一位“司徒牧师”来到衢州，但没有在此停留太久。当时司徒尔还是个单身汉，自 1869 年开始，他的职责便是在杭州领导传教事务。1874 年司徒尔回美国结婚，传教事业中断，不过不久他就带着新婚妻子回到杭州。① 两年后，司徒雷登在

① Stuart, *Fifty Years in China*, pp. 11 - 13.

杭州出生。

司徒尔最初的传教工作都是自备一艘船而来，停靠在衢江边，他每天在船上过夜，白天上岸传教。不久，他租下一间当地人的房子作为当地传教士的活动中心。[1] 随后中国内地会接下了当地的传教工作，并在 1892 年建造了一座西式教堂。传教事业发展得如此之快，为后来的动乱埋下了祸根。[2] 受义和团运动的鼓舞，詹熙在 1900～1901 年根据 1900 年"衢州教案"写了一篇纪实报道。

一　王庆棣：早年生活

王庆棣年长其夫詹嗣曾，而且她是本书的关键人物，因此我将违背常理，从她开始谈起。

王庆棣字"秾仙"，大部分当地文献记载她的生卒年为 1816～1890 年，[3] 但根据詹嗣曾的诗集，可以确定王庆棣应生于 1828 年，[4] 比当地文献记载的时间晚了 12 年。[5] 根据记载，

---

[1] 衢州市志编纂委员会编《衢州市志》，浙江人民出版社，1994，第 336～337 页。其他志书见参考文献。

[2] 《衢州市志》，第 14～15 页。

[3] 衢州志编纂委员会编《衢县志》，浙江人民出版社，1992，第 556 页。

[4] 詹嗣有首诗庆祝王庆棣 30 岁生日，该诗所署时间是 1857 年。詹嗣曾：《扫云仙馆诗钞》刊本，第 3 卷，第 12a 页。这说明王庆棣生于 1828 年，更印证了王庆棣仅比詹嗣曾大 3 岁或 4 岁，而非年长 15 岁或 16 岁。关于詹嗣曾的年纪，见下文。

[5] 郑永禧 1926 年编纂的《衢县志》是本书采用的最权威的地方志，主要原因是郑永禧是詹熙的朋友。关于他们在当地教育领域的交往，见下文及本书第二章。

王庆棣享年 75 岁，她的卒年应是 1902 年。^① 詹熙作于 1903 年
的一首诗显示，当时王庆棣去世不久。^② 王庆棣视杭州为故
乡，杭州是其父王宝华成长的地方——尽管他后来入赘王庆棣
母亲家，搬到衢州最东边的龙游县生活。^③

　　我们已经找到了除婚姻外王庆棣与衢州的联系。此外，
王庆棣的祖父王沉是一名乾隆年间进士，曾任盈川书院山
长，盈川书院位于龙游县。王沉去世后，王宝华入赘龙游县
余氏，余氏是龙游县的望族。王宝华在著名的凤梧书院执教
了七年。^④ 他的学生有一些成功考上举人，他也受到当地人
的爱戴。王宝华考中进士后入翰林院，便没有继续在凤梧书
院教书。^⑤ 翰林院散馆后，他回到衢县全心投入读书、写作，
直到 1850 年以 72 岁高龄去世^⑥——当年詹熙出生。^⑦

　　除了王庆棣及其父，王庆棣的兄长王庆诒从官场退休后也
回到衢县生活。^⑧ 王庆诒也是上门女婿。我不知道王家入赘婚

① 王庆棣的生卒年，见郑永禧《衢县志》第 25 卷，第 10a 页。王庆棣生卒
　年的错误应源于一部由王庆棣后代手抄于 1961 年的诗集，它将错误的出
　生时间加上郑永禧记载的"享年 75 岁"，从而推断王庆棣的卒年是 1890
　年。詹熙的朋友郑永禧在王庆棣的条目中完全没有提及她的出生时间。
② 该诗见本章最后部分。
③ 关于龙游县，本研究采用的最可靠的地方志文献是余绍宋编纂的《龙游
　县志》。余绍宋是詹熙儿子詹麟来的朋友。
④ 余绍宋：《龙游县志》第 5 卷，第 8b～10a 页；第 24 卷，第 26a 页。王宝
　华在凤梧书院所作的一首诗，见《龙游县志》第 40 卷，第 8b～9b 页。
　詹熙的诗（《龙游县志》第 40 卷，第 35b 页）详细记录了其外祖父执教
　凤梧书院的情况。
⑤ 余绍宋：《龙游县志》第 24 卷，第 26a 页。
⑥ 郑永禧：《衢县志》第 24 卷，第 18b～19a 页。
⑦ 詹嗣曾：《扫云仙馆诗钞》刊本，第 1 卷，第 10a～10b 页。这是詹嗣曾
　的第一部诗集，刊刻于 1862 年。
⑧ 郑永禧：《衢县志》第 24 卷，第 19a 页。

姻的具体数量，也无法断定这种家族对女性才华的开放和包容是否与此地的入赘婚姻相关，但这确实是家族史中惊人的一面。① 王庆棣兄妹关系亲密，两人在四川共同度过了田园诗般的童年。王庆诒过世后，王庆棣悲痛欲绝。②

王宝华曾在名山县任知县，③ 其间王庆诒和王庆棣陪伴在侧。父亲任职期间恰王庆棣 5～15 岁，她一定非常享受在四川的生活。④ 在完成于 1857 年的诗集《织云楼诗词集》开篇的几首诗中，王庆棣表达了离开四川返乡时的悲伤之情。下面这首诗记录了她离开四川时的情景。

四川道中

蜀道崎岖天并齐，万峰深锁乱云低。⑤ 舟前山色移图画，峡里滩声动鼓鼙。

落日一篷催客思，西风两岸送猿啼。武侯遗迹今犹在，八阵荒凉认旧堤。⑥

不清楚究竟是王庆棣真的目睹过蜀道的险峻，还是仅仅读

---

① 郑永禧：《衢县志》第 24 卷，第 19a 页。该地区入赘女婿的数量似乎相当多，詹熙的忆旧诗曾几次提到当地的这一情况。余绍宋：《龙游县志》第 40 卷，第 35a～35b 页。关于入赘婚，参见 Lu Weijing, "Uxorilocal Marriage among Qing Literati."

② 王庆棣诗《哭又园兄》，收入王庆棣《织云楼诗词集》，第 19b 页，1984 年抄本，衢州博物馆藏。

③ 名山县位于成都西南方向，现以茶文化和熊猫闻名。

④ 《衢县志》，第 556 页。关于王庆棣回杭州时的年龄，见《织云楼诗词集》的第一首诗，诗中提到在四川的十年如白驹过隙。

⑤ 这里可能是出自李白《蜀道难》里的典故。

⑥ 出自杜甫《八阵图》里的典故，见王庆棣《织云楼诗词集》第 1 编，第 1a～1b 页。

过李白等诗人的描述。如此细腻地谈论途中风景，对一位深居简出的女性而言是件与众不同的事情，尤其这位女性仅有 15 岁。① 不过"与众不同"正是王庆棣一生的特征。就她在 15 岁时的创作所呈现的生动性和丰富性而论，在四川的时候王庆棣已经开始具备女性作家的学养和声名。回到浙江后，她在各方面受到了更全面的培养。其父就是王庆棣的老师之一。当地文献记载，在王庆棣幼年时，父女曾互相唱和。② 据称王庆棣在四川就以诗歌"称颂一时"，尽管我们无法知道她的诗名从何而来，③ 可能她的父亲在其中发挥了一定作用。

从居蜀到出嫁这段时间，王庆棣曾与双亲在龙游县小住，④ 无法确知她在杭州住了多久。王家一定也是想找一位门当户对的女婿，才将王庆棣许配给衢州当地著名诗人詹嗣曾。⑤ 王庆棣最初充满喜悦，但嫁入詹家后不久，她写了一首诗记述自己离开熟悉环境的感伤和对娘家的思念。家人远在龙游县，已不在自己身边了。

于归后忆家

闺中寂寞少知音，心事难言付短吟。有恨总因离绪引，多愁转觉病魔侵。

梅花雪重寒能耐，杨柳风狂弱不禁。怕见团圆窗外月，照人清泪湿罗襟。⑥

---

① 王庆棣的细腻描写源自乘船出入四川。——编者注
② 郑永禧：《衢县志》第 40 卷，第 35a 页。
③ 王庆棣诗集中的几篇序和地方志都提到了她幼年时的诗名。
④ 余绍宋：《龙游县志》第 40 卷，第 35a 页。
⑤ 郑永禧：《衢县志》第 23 卷，第 57b ~ 58a 页。
⑥ 王庆棣：《织云楼诗词集》第 1 编，第 3b ~ 4a 页。

诗中感伤的语气使不止一位论者做出"王庆棣婚姻不幸"的推测,① 这一推论太过苛刻。至少我们知道,在经历了最初离家带来的不适后,王庆棣的精神状态便好转。她经常与丈夫唱和,二人的许多作品流露出"伙伴式"关系。可能王庆棣此后再没能重拾早年的种种欢乐,但她的婚姻生活,特别是初期就展现出适应和磨合的迹象。

相比杭州和龙游,衢县鲜有能够唱和的闺秀。不过王庆棣仍努力结识了几位优秀诗人,并与旧识保持联系。在她出版的诗中可以看出她与包括杭州的一些女性保持往来。其中有一位是嫁到杭州的潘素心(字虚白),袁枚的女弟子,有诗集《不栉吟》刊刻于 1800 年,又于 1808 年续刻一卷。② 王庆棣一生与潘素心有近 20 年的重合时期,不知她们是否见过彼此。③ 不过,王庆棣为潘素心诗集所写的敬诗反映了她对袁枚以来的女性诗学闺秀传统的认同。

读虚白老人《不栉吟》二首

同是兰闺咏絮人,美君佳句擅清新。微才也得山川助,却愧无能步后尘。

读罢诗篇味转加,等闲枯管少生花。回思西蜀垂髫

---

① "王庆棣巾帼奇才"。

② 潘素心是绍兴人,但她的丈夫是杭州人。胡文楷编著《历代妇女著作考》,上海古籍出版社,1985,第 727 页。潘素心年过八旬,但她具体的去世时间不详。关于她的出生日期及其他信息,见合山究『明清時代の女性と文学』汲古書院、2006、頁 649 – 650。

③ 潘素心迟至 1847 年仍健在,参见她当年为梁德绳《古春轩诗钞》作的序。胡文楷编著《历代妇女著作考》,第 544 页。

日，曾学推敲赋采茶。①

潘素心的孙女汪甄是王庆棣最主要的也是唯一可知出版过个人诗集的女性诗友。② 汪甄来自杭州，她曾为王庆棣的诗集写过推荐语，王庆棣也曾为汪甄 1861 年问世的《断肠集》背书。③

王氏的诗歌详细记录了她与新认识的衢州女性诗友的交游，抒发了她对这番小天地的热爱。④ 绘画是这群女性的另一项活动，许多诗的内容是为他人的画作背书，还有一些是赠给画师的。对一位女性来说，更不寻常的是王庆棣热衷于试帖诗，这是一种在科举考试中出现的诗体。⑤ 王氏曾有一部未刊的试帖诗诗集，但很可能今已不存。她对历史也有浓厚的兴趣，尽管她从未有与历史相关的著述。⑥

正如 19 世纪其他女诗人一样，⑦ 王庆棣在作品中记录了战争对自己的影响。她有几首诗写的是太平天国时期携子逃难的

① 王庆棣：《织云楼诗词集》第 1 编，第 7b ~ 8a 页。此诗有两条注，一条介绍了潘素心优秀的丈夫以及她与袁枚的师徒关系，另一条说明诗的颈联引用了潘素心关于即景兴怀的诗句。
② 关于汪甄，详见胡文楷编著《历代妇女著作考》，第 356 页。
③ 王庆棣为《断肠集》所写的荐诗，见《织云楼诗词集》第 1 编，第 15a ~ 15b 页。从此诗的创作时间可推断，《断肠集》问世于 1861 年。周世滋：《淡永山窗诗集》第 11 卷，第 24 页，1862。汪甄的更多信息，请见后文。
④ 王庆棣有几首诗记录了这群诗友，见《织云楼诗词集》第 2 编，第 23a ~ 23b 页。第 2 编收录了王庆棣 1857 年以后的诗作，我称这些诗为"未刊诗"，指在王庆棣生前没有出版的诗。
⑤ 郑永禧：《衢县志》第 25 卷，第 10a 页。
⑥ 在他人为王庆棣诗集所写的荐语、荐诗中，可看出王庆棣对历史的浓厚兴趣。亦见郑永禧《衢县志》第 25 卷，第 10a 页。
⑦ 相关讨论见 Mann, "The Lady and the State."

事，其中的一首写的是他们逃往西村（衢州附近的一个地方）。

丙辰八月避居西村感成

弱质诚无用，愁怀转自伤。烽烟惊扰乱，世态识炎凉。

稚子年俱幼，高堂鬓已苍。故园何日返，屈指近重阳。[①]

在这些"俱幼"的"稚子"中就有王庆棣的长子詹熙。

当我们翻看衢州的太平天国官方年表时，可知在该诗写作的两年后，太平军第一次大举进攻衢州。然而，正如詹熙小说中所描写的那样，在太平军到来前，衢州已流言四起。有时民众听信没有事实依据的谣言纷纷逃难，诗人诗集就补充了官方史料无法触及的史实，记录了民众面临灾难时的心境。王庆棣此类题材的诗多是写给丈夫——她多次在逃难时与丈夫分开，看起来詹嗣曾尽可能留在衢州保护家产。王庆棣也有一些诗是写给詹熙，几首是写给次子詹朗。就目前我们从詹氏夫妇作品中所得到的信息，尽管詹朗也接受了良好的教育，但他始终都没有通过科举考试，以做幕友维生。[②] 詹垲是第三子，詹氏夫妇还育有第四子詹敏，但不幸早夭。[③]

王庆棣的诗中没有提过詹垲和詹敏，很可能是因为他们出

---

① 王庆棣：《织云楼诗词集》第 1 编，第 7a 页。

② 我主要依据詹嗣曾的两部诗集得出此结论。

③ 顾廷龙主编《清代砵卷集成》，成文出版社，1992，第 214 页。也可见詹嗣曾《扫云仙馆诗钞》未刊本，第 1 卷，第 31 页。1875 年，10 岁的詹敏因病夭折，他应该生于 1866 年前后，因此应比詹垲小 3 ~ 5 岁。郑永禧编纂的《衢县志》在记录王庆棣的儿子时，仅提到詹熙、詹朗和詹垲。分别见郑永禧《衢县志》第 25 卷，第 50b 页；第 24 卷，第 18b 页；第 25 卷，第 10a ~ 10b 页。

生得太晚，出版的诗集没有收录关于他们的诗，也可能是因为王庆棣后期留下的未刊诗太少。第三个可能是，詹垲、詹敏是庶出，只是王庆棣名义上的儿子，不过这一猜测与地方志的记载矛盾——地方志中有三次提到，王庆棣是詹垲的生母。① 不过，詹熙和詹朗、詹垲和詹敏年龄上的巨大差距说明他们可能是同父异母的兄弟，王庆棣在某首诗中就曾表达过担心妾室比自己更有魅力。② 除了四个儿子，詹氏夫妇似乎还育有三个女儿，其中有两位早逝。③

郑永禧编纂的《衢县志》记载，王庆棣承担了子女的母教。④ 从她写给詹熙和詹朗的诗中也可窥见一斑。

书示意熙朗两儿

无端骨肉惯分离，几度缝衣泪暗垂。松柏凌霜心本劲，蛟龙失水意同悲。

频年乞食依人感，何日乘风破浪期。好守青毡勤苦读，谨持师范作良规。⑤

该诗收录在王庆棣后代手抄的王庆棣诗集中，从其排序位置上看，应作于 1867 年王庆棣 40 岁生日后，当时詹熙已经 17 岁。

灰心丧气的情绪常出现在王庆棣的未刊诗稿中，正如 1857

---

① 郑永禧：《衢县志》第 25 卷，第 50b 页；第 24 卷，第 18b 页；第 25 卷，第 10a ~ 10b 页。
② 王庆棣：《织云楼诗词集》第 1 编，第 14a 页。
③ 王庆棣：《织云楼诗词集》第 2 编，第 7a ~ 7b 页。
④ 郑永禧：《衢县志》第 15 卷，第 50a ~ 50b 页。该志称詹氏三子如其父母那样"皆才气俊逸，饶有家教"。
⑤ 王庆棣：《织云楼诗词集》第 2 编，第 11b ~ 12a 页。

年诗集出版后问世的下面这首诗一样，未刊的诗作主要描述婚姻生活中的事。郑永禧编纂的《衢县志》指出王氏在最后几年越发困窘，"晚年以迫于家境，多穷愁抑郁之作"。[①] 以下为一例。

贫居感作

睡起窗前晓色生，新愁复与旧愁并。雨声滴得心儿碎，似替愁人作泪倾。

堪嗟荆棘度年年，儿女夫妻总孽缘。不若泉台归去好，一抔黄土伴长眠。

愁来无计只吟诗，感慨萦怀不自持。莫道秋光多艳丽，可知将到尽头时。

相兼贫病未曾安，困苦艰难力已殚。淹蹇从来俱定数，不须好梦美邯郸。[②]

事实可能是，在经历了结婚初期的磨合后，尽管有持续的诗歌唱和，几个孩子也都令夫妻俩引以为傲，但詹、王二人的感情已经比较淡。王庆棣后期写过几首诗赠夫，但除了一首是庆祝詹嗣曾在 1870 年代初科举考试成功外，其他都没有流露出开心的情绪。[③]

---

① 郑永禧：《衢县志》第 25 卷，第 10a 页。
② 王庆棣：《织云楼诗词集》第 2 编，第 17a ~ 17b 页。
③ 王庆棣有一首谈论女儿婚事的诗与詹嗣曾作于 1877 年的某首诗内容相合。王庆棣另一首提到自己 50 岁生日的诗也作于 1877 年，还有一首诗提到詹朗妻子去世，詹嗣曾作于 1881 年的一首诗也提到同样的内容，因此王庆棣该诗也应作于 1881 年。但除了这几首外，其他几首都无法确定创作时间。假设王庆棣的诗是以时间顺序排列，那可以说有一半的诗作于 19 世纪七八十年代。

我们极其不完整的证据显示，与其说詹嗣曾一直和家人在一起生活，不如说他始终在家庭生活中缺席。正如我们下文所述，1860 年代或 1870 年代初，詹嗣曾就基本上不在家中常住了。他通过左宗棠结识了一些官员，偶尔在浙江嘉兴为这些人工作，其他时候他自称在某个贫困地区（可能是广西某地）任职。① 从夫妻二人分居两地起，王庆棣的诗中开始经常出现孤独、贫困的叙述，不过她也写到了很多家庭团聚的内容，至少是和儿子们在一起的情景。无论出于何种原因——拮据的家境、抱恙的身体、身处衢县的隔绝感，悲伤的情绪笼罩着王庆棣，远甚于她早年遭受的那些不幸，直到她人生的最后阶段。若干年后——不到 1900 年，詹熙定居衢州，② 这可能是王庆棣的孤独感在最后几年有所减轻的原因。

如果仅凭王庆棣的文字来判断，我们会惊讶于詹嗣曾离家几十年对妻子的挂念，以及因无法相伴的歉意。詹嗣曾在妻子 50 岁生日时寄去的诗中回忆了两人一起种梅子树的时光，表达了长期分居对妻子的愧疚之情。③ 他还写了一首诗交代詹熙，让詹熙在自己不在家时要照顾好母亲，这首诗还提到家境拮据、妻子的病令他忧心。④

尽管王庆棣长年孤身一人，但詹嗣曾的这类诗很难让人将

---

① 詹嗣曾在《扫云仙馆诗钞》（未刊本，第 2 卷，第 9 页）提到他在某个贫困地区任职的情况。

② 见后文关于《衢州奇祸记》的讨论。

③ 詹嗣曾诗《内子五十初度寄》是抒发夫妻分离的愧疚之作。詹嗣曾：《扫云仙馆诗钞》未刊本，第 1 卷，第 48～49 页。

④ 这首诗很长，题为《寄示熙儿五首》。詹嗣曾：《扫云仙馆诗钞》未刊本，第 1 卷，第 36～38 页。

这段婚姻归结为一次彻底的失败。事实上，王庆棣被要求为詹嗣曾在 1862 年刊行的诗集附上自己的诗作，至少就诗友而言，这段婚姻相当美满。但是，对比王庆棣交织着疾病、穷困、与在嘉兴的丈夫分离的孤独的一生，这种落差是显著的。正如詹嗣曾诗中所说，他的一生都在随心所欲地四处云游，也与许多志趣相投的人结下了良好的友谊。联系他对妻儿的牵挂，詹嗣曾的不幸使他成为一个值得同情的人，但是他的这些不幸还远未及王庆棣所遭遇的那些残酷。

最后值得一提的是，从王庆棣的诗中我们可以看出她有相当大的抱负。有一首较早的诗说出了她对自身天赋的期望与其必须承担的责任之间的冲突。

春闺杂感

枉抱凌云志，其如巾帼何。贫原甘井臼，乱未靖干戈。命否常怀郁，身羸病渐多。愁来无可诉，惆怅发高歌。[1]

有时王庆棣会挖苦一下女才的无用，正如这段摘自其诗的内容所述——该诗写于 1862 年前后，收入作为詹嗣曾诗集附录的王庆棣诗集。

愧余巾帼身，赋茗徒称扬。分应纺织工，翰墨且擅长。[2]

---

① 王庆棣：《织云楼诗词集》第 1 编，第 13a～13b 页。
② 王庆棣：《织云楼诗词集》第 1 编，第 14b 页。

不过值得注意的是，詹嗣曾曾邀请妻子将作品以附录的形式收入他的诗集，并且允许这样的内容存在。我们最终找到了一首王庆棣后期所写的未刊诗，这首诗说明，王庆棣的抱负从未消逝，尽管在其有限的、几次能够为人所知的机会中，她都表现得很沮丧。

贫居偶兴二首

巷僻居犹陋，柴门掩不开。花多招蝶至，园小少人来。

市隐名原称，家贫志未灰。闲愁何处诉，凭眺独徘徊。[①]

这些诗使我们相信，尽管波折不断，王庆棣一生始终对自身的才华抱有坚定的自信。或许令人失望的婚姻和未能达成的人生目标困扰着她，她在新兴印刷出版界令人惊喜的现身可能与这种失意有关，下一节我们将讨论这种可能。

二　王庆棣与新兴印刷出版界

1872 年，《申报》在上海创刊，同年创办文学副刊《瀛寰琐纪》《四溟琐纪》《寰宇琐纪》。这三个名称实际上指的是经过两次更名的同一刊物。第四种刊物《侯鲭新录》紧接着在 1876 年创办。[②] 1870 年代，王庆棣转向此类刊物，可谓开启

---

① 王庆棣：《织云楼诗词集》第 2 编，第 21a 页。

② Wagner, "Women in *Shenbao Guan* Publications"; "Joining the Global Imaginaire"; "China's First Literary Journals". 瓦格纳没有提到《侯鲭新录》。关于另外三家报纸的关系，见上海图书馆编《中国近代期刊篇目汇录》第 1 册，上海人民出版社，1965，第 431 页。

了其人生的新篇章。从目前可见的王庆棣作品来看，我们从未想过她会在此类刊物上发表作品，然而事实是在 1875 ～ 1876年，王庆棣在以上刊物发表了三首诗词，当时詹嗣曾人在嘉兴。第一首诗发表在 1875 年《四溟琐纪》三月刊；第二首发表在同年《四溟琐纪》六月刊；第三首则发表在 1876 年《侯鲭新录》第二卷。詹嗣曾也有一首诗刊登在 1875 年《四溟琐纪》六月刊。

当我们试着去解释王氏如此不寻常的举动时，我们立刻想到了其子詹熙。詹熙也在王庆棣发表诗词的这些刊物上发表过作品。[①] 我们从他后期的发表中了解到，他和上海的出版机构交情很好，我们有充分的理由推断，詹熙帮其母在此类新兴出版物上发表了作品。[②] 有两次母子二人的作品都刊登在一起，作品为同题诗，与其他人的同题诗作一起刊登。母子二人也各有一次独立发表，没有和彼此的作品放一起。

刊登的作品均由一位叫杜晋卿（杜求煃，笔名为饭颗山樵）的人组稿（至少是安排）而成。[③] 虽然杜晋卿是嘉兴海宁（海昌）县人，[④] 他也在那里考取了秀才（也许和詹嗣曾同年），但他时不时会住在龙游县。[⑤] 他在两地都很有名，且交游甚广，也去过上海。他是近代作家邹弢的朋友，邹弢也为这

---

① 詹熙还有一首诗刊于《寰宇琐纪》第 10 期，1876 年 10 月。
② 在第二章将会讨论的《衢州奇祸记》中，詹熙提到他是这些报刊的热心读者。詹熙提及此事已是 30 年后，但是它也能说明詹熙本人的倾向。
③ 此笔名出自李白《戏赠杜甫》诗句。
④ 原文提到海宁时有两种写法："海宁（海昌）"和"海昌（海宁）"，统一为前者。——译者注
⑤ 余绍宋：《龙游县志》第 40 卷，第 32b ～ 33a 页。

些刊物供稿。① 邹弢也是詹垲的朋友，很可能也是詹熙的朋
友。② 杜晋卿可能是这些刊物最活跃的供稿人之一，他常常在
《申报》发表文章。③ 他组织编订了几部文集，如文言短篇小
说集《客中异闻录》，其中一些名字可与他那些在这几份刊物
上发表作品的朋友联系起来。④ 问世于 1879 年的《客中异闻
录》受到学者的关注，主要原因是它带有早期白话色彩的语
言风格和相对开放的女性观，以及太平天国题材。⑤

　　杜晋卿的投稿主要是诗词作品，虽然他在《侯鲭新录》
的刊尾刊载诗话，但也经常组织自己以及其他诗人的作品
投稿给刊物。这些参与组稿的作者包括他的朋友，不限男
女。有些组稿甚至经过很长时间，王庆棣参与的三次就是
这种情况。其他时候，诗稿则多来自同一圈子诗友的交游
唱和。此外，杜晋卿也是位画家，他可能是以这种方式结
识詹嗣曾一家的。⑥

　　现在，我们来分析一下王庆棣诗作的三首诗。第一首诗的
内容是对太平天国时期一位毛烈妇的称颂。

----

① 钱琬薇：《失落与缅怀：邹弢及其〈海上尘天影〉研究》，硕士学位论
　文，政治大学，2006。邹弢以笔名"邹翰飞"为以上四份刊物供稿。
② 关于此人际往来，详见本书第三章。
③ 上海图书馆编《中国近代期刊篇目汇录》收录了这四份文学杂志的目录，
　见第 1 册，第 18～29、407～432 页。杜晋卿的名字出现的次数最多。
④ 《客中异闻录》序的作者署名红杏词人，也称碧桃，此人也常在报刊上发
　表文章。《客中异闻录》中另一位署名饭颗山樵的作者，正是杜晋卿
　本人。
⑤ 侯忠义、刘士林：《中国文言小说史稿》下册，北京大学出版社，1993，
　第 25～27 页；石昌渝主编《中国古代小说总目》，山西教育出版社，
　2004，第 212 页。
⑥ 王庆棣的诗集中收有几首她写给男性画师的诗。诗的口吻像是写给她的
　绘画老师、儿子或丈夫的朋友。

> 节烈人争敬，高风孰可追；
>
> 冰霜心独矢，金石志难移；
>
> 德合闺中仰，身期地下随；
>
> 纲常真不愧，青史令名垂。①

毛烈妇本姓陈，出身海宁（海昌）望族，尊礼明义。1861 年太平军攻入海宁，陈氏携祖母和母亲避难到桐乡。在桐乡，她遇到也来此避乱的毛家人。毛家妇人为其德行打动，"以礼聘为子妇"。婚后生有一子，因家道中落、丈夫身体不好且"不善治生产"，她负责处理所有家务。不久后丈夫因病去世，料理完丧事第二天陈氏就服药自杀，结束了自己 22 岁的生命，生前将儿子托付给自己的姐姐。杜晋卿在引言性质的《毛烈妇传》中介绍了毛氏悲惨的人生，随后是一组诗，其中包括詹熙、詹朗的诗作。这也是我找到的唯一一首詹朗的作品。王庆棣的诗排在最后，它歌颂了毛氏的节烈——这类内容在包括《申报》等近代报刊中十分常见，特别是创刊初期。王庆棣还有一首类似的歌颂另一桩节烈事迹的诗。

《四溟琐纪》刊的诗以律诗写成，原诗如下：

题《毛烈妇传》

节烈人争敬，清风孰可追。冰霜心独矢，金石志难移。

德合闺中仰，身期地下随。纲常真不愧，千古令名垂。②

---

① 《四溟琐纪》第 2 卷，1875 年 3 月，第 10b ~ 11a 页。

② 王庆棣：《织云楼诗词集》第 2 编，第 20a ~ 20b 页。亦见《四溟琐纪》第 2 卷，1875 年 3 月。《四溟琐纪》所录内容与诗集略有不同。

此诗和第三首发表的词均署王庆棣本名，因此在讨论第二首诗前需要先看第三首词。第三首词同归入一组诗词中，作为杜晋卿所绘《秋树读书图》的题词。① 这组诗词前没有引言，因而要将王庆棣的作品——本组中唯一一首词作结合语境来分析，多少有点难。另外，王庆棣为许多男性画家、画师写过题画词，她的诗词作品大同小异。而且王庆棣的词作仍然排在这组诗词的最后。除了詹熙和王庆棣，本组作品的大部分作者来自嘉兴，而非衢州。

唐多令·《秋树读书图》题词

红叶已萧条。幽人逸兴饶。把芸编、诵向林皋。篱菊芭蕉围绕处，风景好、此诛茅。

霜肃碧天高。秋声啸暮涛。助吟哦、诗思应豪。久坐不知斜阳照，明月影、上山坳。②

王庆棣发表的第二首作品前也有一篇引言，同样为杜晋卿所作。这篇也是一首词作，不过这次她不是唯一一个选择词体的作者。描写的场景是杜晋卿1874年的一次出行，他乘船从龙游县出发去上海，在途中一些地方停留。杜氏途中所见自然美景与光怪陆离的上海形成鲜明对比，上海给杜晋卿留下了超凡脱俗的印象。之后有人以杜晋卿的此趟旅行创作了一幅画，从詹嗣曾某首诗的诗注中，我们知道创作这幅画

---

① 《四溟琐纪》第10卷（1875年11月）题为《海昌杜晋卿〈秋树读书图〉记》。虽然王庆棣的诗题略有不同，但因为放在一组内，所以是同一幅画。
② 《侯鲭新录》第2卷，1876年。另见王庆棣《织云楼诗词集》，词，第6a~6b页。（诗词集所录词题为《唐多令·题〈读书秋树根图〉》。——译者注）

的人正是詹熙。① 杜晋卿也称，他格外欣赏这幅画，它让自己
回想起那趟旅行。与第一次发表一样，王庆棣的词排在最后。

金缕曲

　　幽兴谁能识。趁扁舟、江北江南，西湖东浙。不借山
川才思助，自有凌云彩笔。② 应猜作、乘槎仙客。③ 胜地
名区游已遍，想亭台，佳景曾亲涉。披图处，从头说。

　　生绡一幅留行迹。更相宜、春帆细雨，孤蓬落日。泛
棹苍茫烟水里，此虚词。醉扶归、巳玉山岭。鱼水同欢梦
乍回，撩乱鬓云，松令挽。销金帐底景，几番经历，供啸
傲，清风明月。共说少陵词，翰富锦囊中，早满诗千帙。
挥翠管，歌白雪。④

　　王庆棣完全没有提及喧闹的上海，但从她对杜晋卿诗作的
评论可以看出，她对上海是有一定了解的。

---

① 詹嗣曾：《扫云仙馆诗钞》刊本，第 1 卷，第 15～16 页。根据詹嗣曾与
　　杜晋卿碰面前的一首诗，可以确定这幅画是詹熙所绘。这幅创作于 1874
　　年的画现藏于衢州博物馆（彩图 4），这幅画足以证明詹熙出色的绘画技
　　艺。彩图 3 和彩图 4 为詹熙的画作。
② 出自江淹的典故。
③ 出自张华《博物志·浮槎》。
④ 《四溟琐纪》第 5 卷，1875 年 6 月。亦见王庆棣《织云楼诗词集》，词，
　　第 5b～6a 页。（《四溟琐纪》所录词题及内容与诗词集略有不同，诗词集
　　所录词题为《金缕曲·题〈扁舟觅胜图〉为海宁杜晋卿茂才作》，内容
　　如下：幽兴谁能识。趁扁舟、江北江南，西湖东浙。不借山川才思助，
　　自有凌云彩笔。应猜作、乘槎仙客。胜地明区游已遍，想亭台，佳景曾
　　亲涉。披图处，从头说。生绡一幅留行迹。更宜人、春帆细雨，孤蓬落
　　日。泛棹苍茫烟水里，此景几番经历。供笑傲、清风明月。共说少陵词
　　翰富，锦囊中、早满诗千帙，挥翠管，歌白雪。——译者注）

　　这首词也是发表的三首作品中唯一没有用真名（如"钱塘闺秀王庆棣　秾仙"或"钱塘女史王庆棣　秾仙"）的，而是用笔名"织云女史"，很容易让人联想到王庆棣的诗词集名。但是，在这个节骨眼上出现了一个问题，因为当时有另外一位女性用了同样的笔名在刊物上发表作品。① 可以肯定的是，当我们翻阅王庆棣的诗词集，发现这首词与其他两首署其本名的作品一并收入，说明这位令人存疑的"织云女史"事实上正是王庆棣。②

　　可见，这次发表完全为王庆棣一人之举，没有詹熙或詹朗的"陪伴"，可能这也是她使用笔名而非真名的原因。③ 不过，王庆棣是怎样结识杜晋卿的，难道她在嘉兴生活过吗？王庆棣的诗词中没有透露任何相关信息。或许杜晋卿当时去过衢县或龙游县。无论怎样，詹熙作画这件事解释了它是怎样引起王庆棣的注意的。此外，这组诗词中，有一首署名为"柯山萍道人"的作品，也被证实出自詹嗣曾之手。在其他作品中，詹嗣曾也从未用过该笔名。④ 能够确认该诗为詹嗣曾所写的唯一方法是将其与我们在詹氏诗集未刊稿找到的一首唱和诗比对。⑤ 这首署名"柯山萍道人"的作品与王庆棣的第三首作品

---

①　《四溟琐纪》第 5 卷，1875 年 6 月。使用同一笔名的另一位女作者叫许诵金。

②　王庆棣：《织云楼诗词集》第 2 编，第 20a 页；词，第 5b～7a 页。

③　此说不确，这首词题的画《扁舟觅胜图》即为詹熙所绘。——编者注

④　这组诗中其他作者的笔名没有一个能像"柯山萍道人"这样联系上具体的人。有几位作者的笔名显示他们来自嘉兴。

⑤　詹嗣曾：《扫云仙馆诗钞》未刊本，第 1 卷，第 15～16 页。亦可见《四溟琐纪》第 5 卷，1875 年 6 月。（《四溟琐纪》第 5 卷所刊詹嗣曾诗无题。——译者注）

同题，不过詹嗣曾写的是诗，不是词。① 詹嗣曾的文集记载，他与杜晋卿结识于 1874 年，甚至比詹熙认识杜晋卿还要早，尽管詹嗣曾很可能比杜晋卿还年长 10 岁。② 这也意味着我们不能不考虑詹嗣曾可能也是帮助王庆棣发表作品的中间人之一。也可能詹嗣曾只是积极推动，詹熙或杜晋卿才是主要的中间人，但是他显然没有阻止妻子的努力，反而可能以更积极的方式出力。

王庆棣绝不是唯一一位在这类刊物发表作品的女性，我已经找到另外 36 位可能是女性的作者，但是在这些女性中，有几位在 1870 年代前已经离世，所以这几位逝者的作品应该是由他人投稿的。因此，目前能确定的有 24 位女性是自己或与男性家人一起投稿的，王庆棣正是这样的情况。③ 王庆棣能够脱颖而出，既因其身份，又有如下三点原因。第一，并不是很多女性像王庆棣这样通过家庭成员投稿。也就是说，大部分女性作者似乎是在没有家庭男性成员的帮助下直接投稿给刊物。④ 第二，大部分作者与同组其他作者的互动要比王庆棣多，因此很容易便能理解王庆棣将三组诗词看作完整

---

① 詹嗣曾的诗题为《海昌杜晋卿求烺乞题〈扁舟揽胜图〉》，对应王庆棣词题为《金缕曲·题〈扁舟觅胜图〉为海宁杜晋卿茂才作》。从詹嗣曾诗可知，杜晋卿求诗于他，而非王庆棣。

② 詹嗣曾：《扫云仙馆诗钞》未刊本，第 1 卷，第 17 页。詹嗣曾的诗注中称詹熙为艺术家，可知詹熙和杜晋卿虽未相见但一定会成为好朋友，看起来杜晋卿在参加科举考试时已经结识了詹熙的很多朋友。《瀛寰琐纪》第 23 卷（1874 年 8 月）中一首写给杜晋卿的诗，提到作者送杜晋卿应考，但我们不知道此诗作者是谁（据目录显示，该诗的作者是陈鸿诰。——译者注）。

③ 当然很有可能一些声称是女性的作者其实是男性。

④ 比如一位署名补萝山人的作者，她的本名为张庆松，胡文楷编著《历代妇女著作考》（第 527 页）收有其词条。

的作品，仅仅将自己的诗词放在最后。一些女性作者会直接回应彼此的作品，① 而这种情况在王庆棣那里从来没有发生过。第三，提到其他女性作者，我们无法了解投稿作品与其他作品之间有何差别。但是，我们能从王庆棣的作品中发现一个很明显的不同，即她的未刊诗——尤其是晚年的诗作频繁流露出消沉的情绪，但这些刊载在《申报》副刊上的作品并没有这样的迹象。的确，如果只看这三首诗词，也会觉得王庆棣是个相当幸福的女人，但很显然，在其开始向刊物投稿时，王庆棣的境况已经十分糟糕。② 由于相当多的女性作者在作品中公开表达自己对女性生存状况的不满，她们逐渐为人所知，但这种情况并未发生在王庆棣身上。③

以上三个特点说明，王庆棣在对待公开发表这件事上比起其他女性作者要保守得多，因此我们不能仅凭她公开发表的作品就说她是一位现代作家，她甚至不是一位具备早期现代性的作家。不过，很难想象她在没有读过文学副刊（大概也没读过《申报》）的情况下投稿，从这点以及她一开始为刊物供稿这件事来说，尽管投稿的途径以及创作的文体都不是新方式或新事物，但她仍可因读者群体而被视作新式刊物《申报》的成员之一。

行文至此，我们不得不提出以下问题：既然王庆棣的三首作品是旧式风格，她发表这三首作品意义何在？我们对此有两

---

① Widmer, "'Media-Savvy' Gentlewomen of the 1870s and Beyond."补萝山人的作品比王庆棣更具有互动性。

② 王庆棣的诗词集大体上按照写作时间排列，排列在《题〈毛烈妇传〉》前后的作品都弥漫着抑郁消沉的情绪。

③ 王静悦、张玉春主编《中国古代民俗》［（一），黑龙江人民出版社，2004，第186页］收录了张庆松（补萝山人）的一首怨诗。

种假设。第一种假设是她只是想出名，这表明她尝试这种新途径是为了在不改变文风的情况下扩大读者群。这种假设符合她少时在四川的名气以及后来的抱负。

第二种假设是她寻求改变的阵地并不在她已发表的诗词中，而是在未刊作品中。她的未刊诗词多作于 1872 年——《申报》也是同年创刊。大体上看，比起早年的诗作，未刊诗词更加坦诚地披露了王庆棣的挫折与不幸。有学者指出，在这些刊物发表作品的女性越发大胆地在出版物中表达负面情绪。① 1872 年后，王庆棣诗中流露的情绪越发消沉，或许与那些她可能会看到的、发表在《申报》及其副刊上的哀伤女性作品有一定关系。此外，鲁道夫·瓦格纳指出，从创刊开始，这些刊物的社论都带有强烈的女性主义色彩，即使很多文章并没有这样的主题。② 与其猜想王庆棣的生活日渐不幸，我们想问，是否由于阅读了这些刊物而使她得以越发大胆地表达自我？我们无法证实这个假设，但这是可以想象的。从一开始，王庆棣就写过消极的诗歌，但她也会有积极的表达。其前后期诗词的不同在于消极与积极的比例及其所描述的各种困境。尤其当我们读到她晚年所作《贫居感作》中那令人震惊的一句——"儿女夫妻总孽缘"时，很难不联想到她晚年极度沮丧的情景。

三　詹嗣曾人生的两个阶段

詹嗣曾，字省三，号鲁侪、瘿仙等，生于 1832 年，大约

---

① 李长莉编《近代中国社会文化变迁录》第 1 卷，浙江人民出版社，1998，第 436 页。

② Wagner, "Women in *Shenbao Guan* Publications," p. 243.

死于甲午战争爆发的 1894 年, 享年 62 岁。[①] 他比妻子王庆棣小近 4 岁, 詹嗣曾长居衢州, 家族中很多先辈在科举考试中表现不俗。[②] 据称, 詹嗣曾自幼聪颖, 记事起即从母教, 后入读县学。

尽管詹嗣曾颇富才华且雄心勃勃, 但他还是遭遇了挫折。1849 年, 他在科举考试中不止一次名落孙山。[③] 更令人心碎的是, 1850 年代太平天国运动的爆发及蔓延也影响到整套科举取士制度的施行。和同时期的其他人一样, 詹嗣曾认为太平天国毁了他入仕从政的机会。[④] 这种挫败感在他的诗歌中表现得淋漓尽致, 詹嗣曾的诗歌远比王庆棣的隐晦艰涩。

前文已提到, 詹嗣曾存有同名四卷的两个版本诗集。第一个版本所收作品时间跨度为 1848 ~ 1861 年, 由周世滋资助出版 (很可能不止资助了一次, 而是两次)。[⑤] 第二个版本为未

[①] 詹嗣曾的卒年见郑永禧《衢县志》(第 23 卷, 第 58a 页)。根据周世滋的诗可推算出他的生年, 周氏诗提到 1851 年詹嗣曾 20 岁生日和 1861 年 30 岁生日, 这说明詹嗣曾生于 1832 年。周世滋:《淡永山窗诗集》第 3 卷, 第 9a 页; 第 11 卷, 第 21b 页。此外, 詹嗣曾本人的诗中提到他 1852 年时 20 岁, 见詹嗣曾《扫云仙馆诗钞》刊本, 第 1 卷, 第 15b ~ 16a 页。亦见顾廷龙主编《清代硃卷集成》第 397 册, 第 211 页。《清代硃卷集成》记录詹嗣曾的生年为 1834 年, 根据周世滋的诗来看, 此记载有误。(《衢县志》载"詹嗣曾, 字鲁侨"。——译者注)

[②] 顾廷龙主编《清代硃卷集成》第 397 册, 第 211 ~ 218 页。

[③] 詹嗣曾:《扫云仙馆诗钞》刊本, 第 1 卷, 第 3 页。

[④] 陈鸿诰也有类似的观点, 详见后文。

[⑤] 詹嗣曾、周世滋二人诗集使用相似的封面 (图 0 - 1)。浙江省图书馆藏有二人诗集, 此外中国国家图书馆藏有周世滋诗集, 上海图书馆藏有詹嗣曾诗集。柯愈春认为《扫云仙馆诗钞》未刊本 (他不知道该诗集的作者是谁) 的作者应是住在嘉兴的杭州人。柯愈春:《清人诗文集总目提要》, 第 1625 页。

刊稿本，没有标页码。未刊本的作品时间跨度为 1873~1887
年，与 1862 年的刊本相比，显得相当杂乱，注解体例不一，
夹杂了很多修订用的纸条（图 1-1）。

这些情况都表明，该版本是作者本人或亲友整理的稿本，
笔迹有可能出自詹嗣曾本人。不过，这些诗都标注了日期，并
按时间排序。很可能有另一部作品收录了 1862~1873 年的诗
歌，但业已不存。[①] 不知是不是巧合，两个现存版本的诗集都
展现了詹氏婚姻生活的不同阶段。

第一阶段：伙伴式丈夫

第一卷诗集出版于 1862 年，以下诗歌摘自詹嗣曾作于
1858 年的一首诗，彼时夫妻二人分离，王庆棣携子避难，而
詹嗣曾独守老宅。诗中流露出对妻儿的挂念。

> 自武林旋里将及一月，未得家书，不寐有作。
> 灯炧月复没，雨声凄凄来。
> 西风吹离思，飞随钱江隈。
> 言归将匝月，鱼雁犹迟回。
> 毋乃俱平安，尺素翻懒裁。[②]

很显然，詹嗣曾与妻子一样疼爱自己的孩子，并对他们抱
以厚望。从下面这首写于 1857 年，提到詹熙、詹朗及一个女
儿的诗中便可看出詹氏的心情。

---

① 后文讨论了詹嗣曾最后一首诗的情况，诗中提到他留下了十卷诗。
② 詹嗣曾：《扫云仙馆诗钞》刊本，第 3 卷，第 15b~16a 页。

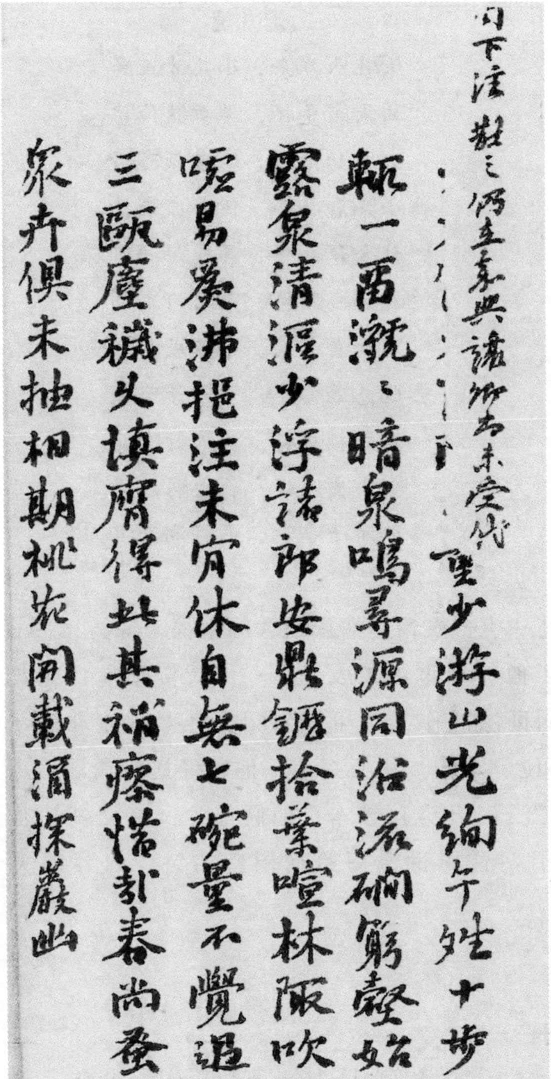

图 1 - 1　《扫云仙馆诗钞》未刊本书影

资料来源：首都图书馆惠允复制。

闲　遣

大儿六岁余，小儿才五龄。

娇女甫免怀，学步犹伶俜。

大儿始读书，琅琅颇可听。

小儿和其声，伊吾亦未停。

试令窥卷中，那能辨一丁。

我为哑然笑，秉质何不灵。

阿女喜弄笔，涂抹成鸦形。

聪慧逊金銮，爱怜等宁馨。

兄妹相扶持，依依行阶庭。

少小良足娱，长大同飘萍。

倘了子平愿，吾将溯沧溟。①

　　终其一生，友情是詹氏最大的幸福来源。第一个版本诗集见证了他与周世滋的友谊——周氏资助詹氏夫妇出版诗集。从周世滋的作品中可以看出，他对很多非正统的文体（比如小说、戏剧）很有兴趣，他曾经送给詹嗣曾一套《红楼梦》（《石头记》）抄本，他俩都为《红楼梦》作过诗。②这是其中一首周世滋写给詹嗣曾的诗，内容即关于《红楼梦》。

---

① 詹嗣曾：《扫云仙馆诗钞》刊本，第 3 卷，第 8a ~ 8b 页。

② 二人为《红楼梦》写的诗，见詹嗣曾《扫云仙馆诗钞》刊本，第 1 卷，第 18a ~ 18b 页。周世滋：《淡永山窗诗集》第 4 卷，第 4b ~ 5b 页；第 5 卷，第 8a ~ 8b 页。周世滋对戏剧的兴趣可见他为 22 部剧作所写的组诗，见《淡永山窗诗集》第 7 卷，第 11b ~ 14a 页。

答人询问《石头记》故事

高鹗编书百廿回，回回勘破有情痴。

绛珠殁后蘅蕉寡，正是神瑛出梦时。①

　　梦，包括文学梦，是周、詹二人感兴趣的另一个话题。周世滋对佛教、道教更感兴趣，这也是两人之间唱和的主题。他们另一共同的兴趣是诗歌，写诗以及讨论过去伟大的诗人。他们每年庆祝苏东坡的诞辰，也为其他文人（如袁枚）作诗。詹嗣曾似乎很佩服周世滋效仿袁枚的举动，他也向往袁枚那种反传统的生活方式。除了一首送给周世滋的关于袁枚的诗，② 他也写了一首关于袁枚作品的"读后"诗。在这首作于 1852 年，也就是他 20 岁左右的"读后"诗中，詹嗣曾对袁枚赞不绝口。

读《小仓山房诗》

翩翩儒雅冠清时，鸾凤高翔不受羁。

一代风流堪纪传，六朝烟景恰供诗。

才人独擅千秋福，名士能教四海师。

怪底世间闲草木，被公雕刻便称奇。③

直到晚年，詹嗣曾仍醉心于袁枚。④

　　如诗歌一样，詹嗣曾同样对绘画颇有兴趣，也是他与周世滋的另一个共同爱好。他有许多描写绘画的诗歌，这类创作一

---

① 周世滋：《淡永山窗诗集》第 5 卷，第 8a 页。

② 詹嗣曾：《扫云仙馆诗钞》刊本，第 4 卷，第 15a ～ 16a 页。

③ 詹嗣曾：《扫云仙馆诗钞》刊本，第 1 卷，第 20b ～ 21a 页。

④ 詹嗣曾：《扫云仙馆诗钞》未刊本，第 127 页。

直延续到他离开衢州以后——这也是我们将在下文具体探讨的内容。

虽然与周世滋的友情十分稳固,但这份友谊并不能减少詹嗣曾所面临的困扰,正如我们在下面这首作于 1860 年的长诗中所看到的那样,诗中充斥着难以承受的家国困境。

杂感六首　四

无端老父病缠绵,百计无能使霍然。家君抱恙两月。

薪米纷烦心久耗,桑榆迟暮体非坚。

穷乡难得良医遇,邻境频闻狂寇延。顷传宁绍告警。

览镜自伤憔悴甚,那堪人事日忧煎。[①]

太平天国带来的危机引发了詹氏夫妇对儒学价值的质疑。王庆棣面对的是理想的破灭,而在詹嗣曾看来,问题在于他用于应试的那套知识是否有任何意义。正如他在后来的一首诗中所言:"城头刁斗静无声,天际星河空复明。闭户徒然消岁月,读书翻是误功名。"

在作于 1861 年的另一首诗中,詹嗣曾表达了自己为养家糊口所承受的巨大压力。在这首诗中,他流露了更多反常的情绪。

有感五章章十六句　三

闲居不得意,忽忽若有亡。

牵缮欲出门,长路多豺狼。

---

① 詹嗣曾:《扫云仙馆诗钞》刊本,第 4 卷,第 6a 页。

孀母老且病，生未睹康强。

两儿与一女，少小依其娘。

所嗟兄弟鲜，门户无人当。

坐见升斗资，轮入官家仓。

饥寒固不恤，侘傺空自伤。

悠悠浮云征，仰视心彷徨。①

最终，詹嗣曾听从一个朋友的劝告，做了闽浙总督左宗棠的幕僚。时值左宗棠至衢州，主持恢复浙江等省的秩序。詹嗣曾至左宗棠麾下应不晚于1857年。詹嗣曾赴任前所作的一首诗显示，夫妻俩已经意识到，詹嗣曾是在无所事事中浪费生命，为总督服务这件事值得一试。② 根据郑永禧编《衢县志》的记载，在左宗棠麾下任职期间，詹嗣曾以能在马背上迅速写就招募令而闻名，而且在醉醺醺的时候也能做到——左宗棠借此开他的玩笑。为了照顾生病的母亲，詹嗣曾在工作还没有结束时便离职了，③ 不过这段与左宗棠共事的经历对其影响甚远，其中一个影响便是交际圈的扩大。从詹熙的一首诗中我们得知，詹嗣曾与左宗棠的许多幕僚唱和，并与其中一些人成为很好的朋友，④ 有几位更是当时的名流。

解读第一阶段的"伙伴式婚姻"

詹氏夫妇的诗集中没有太多互动的内容，因为二人很少谈

---

① 詹嗣曾：《扫云仙馆诗钞》刊本，第4卷，第17b页。

② 王庆棣：《织云楼诗词集》第1编，第6a～6b页；詹嗣曾：《扫云仙馆诗钞》刊本，第3卷，第6b页。

③ 郑永禧：《衢县志》第23卷，第57a～57b页。

④ 余绍宋：《龙游县志》第40卷，第35a～35b页。

及彼此，不过有一些诗涉及类似的主题，这类诗展示了一些宁静的生活片段，场景之一是连日大雪。在大多数情况下，詹氏夫妇很喜欢下雪天，也会满怀爱意地写到孩子们——但并不写在唱和诗中。夫妻二人都习读历史，但不一定共习。[①] 夫妻俩都很支持彼此的写作事业，正如我们在诗歌中看到的那样，他们互相背书。王庆棣的作品作为詹嗣曾诗集的附录，詹嗣曾为妻子作的贺诗也收入了詹本人的诗集，但在王庆棣现存的诗集中尚没有发现詹嗣曾的贺诗。

仅仅从这些片段看，似乎很多事情由詹嗣曾、周世滋主导，而王庆棣并未参与其中，包括远足、闲游。至于有明确事由，甚至看上去是室内进行的，像庆祝苏东坡诞辰这类活动，王庆棣似乎也没有参与。此外，很显然有一些与詹嗣曾、周世滋有往来的人并不认识王庆棣。尽管如此，詹嗣曾的很多朋友和周世滋一样，认可王庆棣的才华。詹嗣曾诗集的多篇序——包括周世滋所作题辞都称赞了王庆棣，周世滋还为王庆棣及其朋友汪甄作诗。[②] 1857 年，周世滋、汪甄、王庆诒（王庆棣兄）为王庆棣的诗集作序。

第二阶段：分居

1861 ~ 1873 年，詹嗣曾的首部诗集问世，并开始编订第

---

① 詹氏夫妇对历史都很在行，但是地方志没有提到二人共习历史。关于詹嗣曾学习历史，见郑永禧《衢县志》第 14 卷，第 23b 页；关于王庆棣学习历史，见郑永禧《衢县志》第 25 卷，第 10a ~ 10b 页。更多关于女诗人如何学习历史知识，见刘咏聪《才德相辉：中国女性的治学与课子》，三联书店（香港）有限公司，2015。

② 周世滋《淡永山窗诗集》为王庆棣写的诗见第 9 卷，第 6b ~ 7a 页；为汪甄写的诗见第 11 卷，第 12b ~ 13a 页。

二部诗集，其间詹嗣曾的行踪和活动未知。1873年前后，也许稍晚，他到嘉兴府工作，很明显王庆棣被留在了衢州。① 根据郑永禧编《衢县志》的记载，詹嗣曾在嘉兴的工作是辅佐他的朋友——左宗棠以前的幕僚许瑶光。郑永禧编《衢县志》还称，许、詹二人在1878年共同编纂了《嘉兴府志》，詹嗣曾还为人捉刀代辑《鸳湖诗钞》。② 许瑶光是左宗棠幕下最出色的两位官员之一，后来官至嘉兴府知府。

除了新工作和新地点，1873年詹嗣曾的生活还发生了其他变化。在51岁这一年，他终于考中秀才。③ 从郑永禧所编《衢县志》的记载来看，尽管有好几次举荐的机会，但他似乎从未成为一位正式官员。这些机会大部分来自左宗棠幕下另一位出色的官员杨昌濬，杨昌濬出身湖南，后担任闽浙总督。

詹嗣曾似乎婉拒了这些机会，正是这份强烈的正直感，为其在官场朋友圈中赢得了极大的尊重。④ 同时，他以抱负远大闻名。王庆棣在詹嗣曾诗集附录中解释了丈夫的处境，她的叙述被地方志引述："譬如椟内珠，焉能晦其光，又如匣中剑，精彩终不藏。"⑤

詹氏夫妇的诗作补充了地方志无法提及的细节，也暗示了

---

① 嘉兴境内的海宁（海昌）县和嘉兴附近的南浔是詹嗣曾提及最多的地方。

② 郑永禧：《衢县志》第23卷，第57b～58a页。光绪《嘉兴府志》（上海书店出版社1994年影印）没有提到詹嗣曾参与了这两部作品的编纂。

③ 郑永禧：《衢县志》第13卷，第32a页。

④ 郑永禧：《衢县志》第13卷，第32a页。亦见《衢县志》，第557页；衢州柯城区志编纂委员会编《柯城区志》，方志出版社，2005，第955页。

⑤ 王庆棣：《织云楼诗词集》第1编，第14a～14b页。后被《衢县志》（第557页）引用。

詹嗣曾很可能短暂地担任过（至少考虑担任）广西某贫困地区的官员。他要不就是从未获得过该职位，要不就是上任不久便离任了。[①] 有点类似的是，詹嗣曾的朋友周世滋考中秀才，并被授予台湾台南的一个官职，但是不久之后周世滋便回到衢州照顾年迈的母亲。[②] 詹、周二人无疑视科举为"大事"，但他们都没有在基层工作任内获得满足感。

另一个变化是詹嗣曾与周世滋再没有交集，其原因不详。詹嗣曾是一个善于交际的人，他转而与其他人成为朋友。这一时期的诗作透露了他与许瑶光的唱和往来。此外，同期的诗友还有杜晋卿和杜晋卿的朋友陈鸿诰（字曼寿），陈鸿诰在同辈中相当有名。1870 年代末，陈鸿诰带着女儿陈慧娟和儿子赴沪上学习新文化，此事在当地引起了轰动。他们在上海时，任伯年为父女俩创作了一幅很有名的肖像画。[③] 陈鸿诰本人也是画家，晚岁橐笔东瀛。[④] 詹嗣曾与陈鸿诰的交游时间不长，但能使我们将其与当时上海正在快速商业化的艺术界联系起来，也更加凸显了之前我们了解到的詹嗣曾的绘画能力。

詹嗣曾结识的这些人，均是出版界与艺术界的活跃人士，并且十分支持女性人才。有了这样的人际基础，我们便可以理解，尽管詹嗣曾与妻子多年分居，但他利用这些人脉来帮助妻子实现当作家的抱负，或者至少帮助儿子实现了妻子的抱负。

---

① 詹嗣曾：《扫云仙馆诗钞》未刊本，第 2 卷，第 9 页。

② 郑永禧：《衢县志》第 23 卷，第 54a 页。

③ 黄式权：《淞南梦影录》，上海古籍出版社，1989，第 102～103 页。

④ 俞剑华编《中国美术家人名词典》，上海人民美术出版社，1981，第 1047 页。亦见 Roberta May-Hwa Wue（伍美华），"Transmitting Poetry," pp. 1102－1135，特别是她的 "The Profits of Philanthropy," pp. 196－197；Yu-chih Lai（赖毓芝），"Surreptitious Appropriation," pp. 158－227.

据我们所知，王庆棣伤心的最主要原因是丈夫不顾家——反而因为儿子或丈夫与杜晋卿的交情，让她间接接触到现代媒介。詹嗣曾、詹熙与杜晋卿在一定程度上合作的事实，让我们相信父子二人帮助王庆棣发表作品。这也使我们留意到，15 年前①詹嗣曾及其朋友周世滋也曾努力出版了王庆棣的《织云楼诗词集》。另外，我们可以推断，詹嗣曾（或詹嗣曾、詹熙一起）将王庆棣（或她的作品）推介给朋友（杜晋卿），在这种情况下促成了王庆棣在《申报》副刊发表作品。如果有选择的余地，王庆棣可能不会选择投身文学，而是选择更充实的家庭生活。不过，王庆棣是有抱负的，杜晋卿在出版界所拥有的影响力可以最大限度地弥补丈夫于家庭生活中的缺失。

《扫云仙馆诗钞》未刊稿本提供了更多 19 世纪七八十年代夫妻二人的生活细节。在未刊本所收作品涵盖的 15 年中，詹嗣曾与王庆棣一直保持联络。尽管詹嗣曾并没有提到太多次王庆棣——诗集里可知，20 年中仅提到 4 次（我们无法确定，因为詹嗣曾的很多诗歌今已不存②）。不过与 1862 年的诗集相比，未刊本中提到妻子的次数已大幅减少。詹嗣曾记得妻子的50 岁和 60 岁生日。③ 至于王庆棣一方，她会写信给丈夫庆祝他考取秀才，也会就其他问题与丈夫通信，但是她未刊诗中写给丈夫或关于丈夫的诗比丈夫写给她的多不了多少，倒是充斥着悲伤、疾病、贫穷、孤独的内容和情绪。即便如此，当我们将夫妻二人的未刊诗放在一起对读时，若这些不是二人的唱和之

① 原文为"a decade and a half earlier"。——译者注
② 从王庆棣的词作我们知道詹嗣曾也写词，但詹嗣曾的词作今已不存。
③ 詹嗣曾：《扫云仙馆诗钞》未刊本，第 1 卷，第 48～49 页；第 2 卷，第115～116 页。

作的话，我们也发现了二人的一些相同志趣。比如，他们会用几乎相同的诗题给女儿的婚姻生活提供建议。① 在这 15 年中，他们都与詹熙、詹朗保持稳定的联系，但只有詹嗣曾写诗给詹垲。那么，在探讨这段婚姻的第二阶段时，仅仅谈论婚姻的不幸并不能完全反映事实。②

关于第二阶段的一些疑问

詹氏夫妻的现存诗歌留给我们关于这段婚姻的一些疑问。第一个疑问与詹嗣曾本人有关：他真的不得不在外那么长时间吗？很显然，父子参加科举考试都是大事，但除了从衢县移居至嘉兴，并没有证据表明考取秀才给他的仕途带来了任何变化。一个与此有关的疑问是，他如何与身居高位的朋友相处？如果袁枚那种拒斥官场生活的人生态度是他自我定位的一部分的话，他是如何结交这些才权兼备的朋友的？我们可以确定的是，在他的诗友中，有两群身居高位的人，先是左宗棠身边的幕僚，后有在嘉兴围绕在许瑶光身边的那群人。此外，在《申报》副刊发表文章的一些作者也是他的密友。这三群人有部分重叠，而且在这三群人及其他群体中詹嗣曾都发挥了一定作用。詹嗣曾的诗作中记录了他最开心的时光——游山玩水，会饮，纪念先辈伟大诗人，与志同道合的人一起写诗。詹嗣曾在嘉兴任职可以看作为维持生计，不过这也显示出詹嗣曾独具

---

① 谈论女儿婚事的诗，见王庆棣《织云楼诗词集》所收《顺女于归，诗以戒之》（第 2 编，第 13a～13b 页）和詹嗣曾《扫云仙馆诗钞》未刊本所收《顺女于归孔氏，诗以戒之》（第 1 卷，第 8 页）。王庆棣的诗更长。
② 未署名的文章《王庆棣巾帼奇才》的作者没有读过詹嗣曾的诗，若能对读夫妻二人的诗集，情形将大不一样。

慧眼地认识到，地位、权力与他的社交能力和对文字的热爱相辅相成。也许是衢县太过远离这些日常最有趣的潮流，以至于无法保持精神上的愉悦。

未刊本最后的这首诗写出了詹嗣曾对其生活方式的忏悔——至少对此感到讽刺。诗题为《拙集编成自题一绝》。

> 詹子无才亦太痴，卅年心血耗何为。
> 田园久落他人手，赢得囊中十卷诗。①

尽管如此自嘲和充满挫败感，但詹嗣曾晚年的诗给人留下的印象是，他又找到了更多生活的乐趣。

第二个疑问关于"伙伴式婚姻"。詹氏夫妇是一对才华横溢且高产的作家。像王庆棣这样的闺秀的理想应该就是找到一位像詹嗣曾那样富有诗意的男子，与其唱和，共度余生。② 但在这种假设下，当我们读到詹氏夫妇的诗时，发现这对夫妇的生活并不是那么愉快。詹嗣曾更感时忧国，而王庆棣则更关注个人的苦闷，二人都流露出消沉的情绪。即便如此，詹嗣曾也有几次主动或被动地促成了妻子的文学理想。在这种情况下，还能说这段婚姻是"伙伴式婚姻"吗？比起第二阶段，这首诗看上去更适合形容第一阶段的婚姻状况，但是即便在第二阶段，夫妻二人仍然相处融洽。"伙伴式婚姻"是否足以概括这段关系中的全部复杂性，仍是值得商榷的问题。很清楚的是，二人从始至终相敬如宾。

---

① 詹嗣曾：《扫云仙馆诗钞》未刊本，第 2 卷，第 132 ~ 133 页。十卷诗之说意味着詹嗣曾记录 1862 ~ 1873 年生活的两卷诗作已不存。
② Ko, *Teachers of the Inner Chambers*, esp. pp. 86 – 90.

第三个疑问是关于詹嗣曾对妻子文学事业的支持与其自身几分反主流生活方式的关联。这个疑问可以用更具体的术语来重新阐述。难道是袁枚勉励女性的态度在一定程度上促使詹嗣曾支持王庆棣的写作？是否与詹嗣曾幼年的母教有关？还是说，这种支持更应该理解为对杜晋卿、陈鸿诰等人代表的现代化趋势的回应？当然，这些可能性在不同程度上都能成立。从王庆棣的角度来看，也会产生同样的疑问。和詹嗣曾一样，王庆棣也是袁枚的拥护者，至少在某种意义上她羡慕袁枚的女弟子潘素心。她从袁枚那里学到的东西与这些男性的生活方式毫无关系，而是对女性写作的关注。不过，王庆棣对袁枚传统观的感激之情是毋庸置疑的。与此同时，我认为她可能也受到《申报》的鼓舞，尽管她发表在《申报》副刊的三首诗词的内容并不是特别进步。《申报》及其刊发的女性作品激发了她作为读者的灵感。王庆棣在 1870 年代创作的诗歌中，情绪消沉的诗作数量日增，可能与此有关。但是 1870 年代也是詹嗣曾离家在外的时期，很难说是哪个因素导致了王庆棣晚年消沉的写作风格。

需要说明的是，袁枚并不是唯一影响了王庆棣的先辈。她极端消极的表达风格也可以追溯至更早的人物——宋代的朱淑真。长久以来，朱淑真都被杭州女性当作婚姻不谐、才华被压抑的典型。王庆棣最亲密的诗友汪甄的诗集名——《断肠集》，就是直接引自朱淑真的诗集名。① 若用朱淑真来解释王庆棣的态度转变，我们最好不要将王庆棣仅当作妇女解放的思想先驱，即使是从经济状况、战争、怀才不遇、疾

---

① 周世滋：《淡永山窗诗集》第 11 卷，第 13a 页。

病或是伴随孤独感而来的苦闷来看，也要将她视为传统意义上的"断肠人"。无论背景为何，王庆棣的抑郁之词正是其子改良小说的醒目先声。

有点令人惊奇的是，郑永禧编《衢县志》提到王庆棣晚年"多穷愁抑郁之作"。在指出她晚年日益消沉的状态后，提到王庆棣对某些女性的行为颇有微词。她指责"妇竖之误国"，有可能就是影射慈禧太后。同时，她对"夫死妻三年服，妻死则否"的定律表示抗议。① 鉴于上述抗议与服丧有关，这种言论应该是王庆棣对丧偶后（1894 年前后詹嗣曾去世）自身身份的回应，然而地方史家认为这种方式的回应很可能蕴含了更广泛的女性主义关切。有趣的是，1907 年，女权运动先驱何震（又名何殷震）在其《女子复仇论》一文中提出了类似的观念。② 不论在王庆棣身后她的这番言论是否被改造得更富现代性，但晚清新兴话语确实有可能暗含了广义的女性主义意识。

王庆棣在郑永禧编《衢县志》中被收入《列女志·贤媛》；王庆棣的条目在此后的衢州地方志中则被收入一般的《人物传》，并明确称其追求"男女平等"。③ 当地的记录可能有点极端。当代的读者会反对这种说法，因为王庆棣的怨言并没有到地方志记载的那种程度。不过，早期的地方志记载引用了王庆棣的话，其意义与"男女平等"相差不大。

---

① 郑永禧：《衢县志》第 25 卷，第 10a ~ 10b 页。王庆棣原话是："定律夫死三年服，妻死则否。此最不公。以古今法律皆由男子所定，殊未得法律之平。"

② Liu, Karl, and Ko, *The Birth of Chinese Feminism*, pp. 119 – 121.

③ 《衢县志》，第 557 页。

四 婚姻关系以外的疑问

当我们归纳詹氏夫妇的故事时，提出了两组疑问。第一，王庆棣的诗名是否重新达到她少时在四川的盛名？与此相关的是，我们好奇，她晚年极端的穷愁抑郁是否与来自父亲、兄长、丈夫超乎寻常的支持有关？在实际的名气方面，我们仅找到一小份记录，是一篇关于晚清著名女诗人的文章，刊登在 1912 年的《妇女时报》上。① 文章提到王庆棣 1857 年出版的诗集，并摘录了其中的部分内容，又增加了几首其他诗作。文章还提到很多女性十分乐意收到王庆棣精心构思的赠诗，但并没有说明时间、地点以及这些女性的身份。根据这篇文章，我们能够推断王庆棣的创作不仅有诗集中的那些诗作，还有送给具体某些女性的赠诗，而且很可能创作时间一直持续到清末。总而言之，王庆棣可能未必像她希望的那样具有显赫、长久、流传广的诗名，但是她的才华使她在同代女诗人中享有良好而谦虚的声誉。

第二，关于王庆棣晚年的消沉与詹熙、詹垲有远见的女性观之间的关联，我们是否有足够的了解？王庆棣能够在《申报》副刊上发表文章很有可能靠的是詹熙，也有可能是詹嗣曾的人脉。詹熙能够轻易采取措施压制、改变其母亲关于服丧的说法，因为他是 1926 年《衢县志》作者郑永禧的同事。② 郑永禧编《衢县志》是在王庆棣去世 20 年后才出版的，无论是不是詹熙（或其他人）将关于母亲的记录改成了过于进步

---

① 周国贤：《诗话》，《妇女时报》第 6 期，1912 年，第 84~85 页。
② 詹熙、郑永禧都当选浙江省议会议员。郑永禧：《衢县志》第 13 卷，第 38a 页。

口吻的叙述，他一定将母亲的基本情况告诉了郑永禧。

詹熙仅存的诗作见于龙游县的地方志，其中有一组包括八首诗的组诗，这组诗写于 1903 年，回忆了龙游当地难忘的几个人，前两首诗分别写的是詹嗣曾和王庆棣。写詹嗣曾的诗排在第一首，记录了詹嗣曾辅佐左宗棠治军之事。

> 团石村中战垒空，先人橐笔此从戎。
> 至今削稿篇篇在，载入文襄奏牍中。
> 左文襄驻军龙游，先严佐其戎幕。西、龙两县军报皆隶焉。

写王庆棣的诗排在第二首，尽管语气更委婉，但提到了她的创作。

> 通驷桥头落日寒，河西老屋访应难。先慈幼时与先外祖父母同居河西街。
> 子春遗稿愁披读，中有先慈墨未干。先外祖母系龙游余子春观察之祖姑，① 观察曾著有《子春遗稿》，② 先慈与先严均有题词，兹检志稿，始知其详。③

尽管当地文献的记载十分含糊，但这些诗让我们有理由相信詹氏夫妇的写作才华是其子的骄傲。詹熙写这些诗时，其父

---

① 从余绍宋编纂的《龙游县志》（第 40 卷，第 35a~35b 页）可知，余子春是余撰的笔名，余撰是 1852 年的进士。江庆柏《清代人物生卒年表》（人民文学出版社，2005，第 335 页）记录了余撰的生年。余撰考中进士后的经历，见余绍宋《龙游县志》第 15 卷，第 24b 页。
② 余绍宋：《龙游县志》第 7 卷，第 21a~21b 页。
③ 余绍宋：《龙游县志》第 40 卷，第 35a~35b 页。

母都已去世（王庆棣去世不到一年）。这些诗写于 1903 年，当时詹熙的小说已经出版 5 年有余，他的教育事业也正如火如荼地进行。

毫无疑问，詹熙对母亲的支持及其进步思想之间的微妙联系无法证实，但是这一微妙联系可以用来解读詹熙后来在写作——进而延伸至教育上的成就。尤其当我们想到王庆棣从父亲、兄长、丈夫等主要男性亲人那里获得的非比寻常的支持和鼓励，我们便能认识到，当她的长子提出进步的、以女性为中心的观点时，不会出现与保守的家庭传统做斗争的局面。正如我们稍后会看到的，詹垲则处在完全不同的局面。从传记资料来看，詹垲是一个模糊的存在，但他的写作历程与詹熙有几处重合。通过詹熙将詹垲与詹嗣曾、王庆棣联系起来，我认为詹垲的进步主义思想能被置于这个家庭。

第二章　詹熙的生平、
子女与写作

　　詹熙生于 1850 年，卒于 1927 年。[1] 据地方志记载，詹熙字肖鲁，号子和。另外，詹熙还有一个笔名——绿意轩主人。他是詹家四个男孩、三个女孩中的老大，詹嗣曾和王庆棣出版的诗集中仅提到了长子詹熙和次子詹朗，不过詹嗣曾后期的未刊诗稿中提到了三子詹垲和四子詹敏。一些地方志记载詹氏夫妇的子女时仅提到詹熙一人。[2] 詹熙很年轻时便做了生员，后考中秀才，在 1882 年，也就是他 32 岁时名列会试的副榜。[3] 这意味着尽管他差点考中举人，但仍是一介秀才。[4] 13 年后，詹熙创作了一部小说。在这部小说中，他视科举制度为戕害国家的无用陋习。

---

① 《衢县志》，第 557 页。
② 事例见《衢县志》，第 557 页。科举考试失败的次子詹朗几乎无人提及，他的学名叫"次侪"。还需要提到的是，詹熙和詹朗的学名与詹嗣曾的学名"鲁侪"有一些关系。
③ 《衢县志》，第 557 页。关于副榜，参见 Hucker, *A Dictionary of Official Titles in Imperial China*, p. 219. 詹熙的童年，见詹家骏《詹熙、詹麟来事略》，《衢县文史资料》第 2 辑，第 93 页。
④ 在《花柳深情传》中，郑芝芯的经历也是如此。绿意轩主人：《花柳深情传》，第 142 页。

　　詹熙多才多艺，结合《花柳深情传》中带有自传色彩的叙述和地方志的记载，可以看出詹熙对包括金石、书法在内的一切艺术门类都十分有兴趣，而且他曾以艺术品商人和鉴赏家的身份游历北京、上海、苏州。① 他也作画，至少有三幅作品存世（其中两幅见彩插图 3、图 4）。② 与其父母以审美为取向的创作历程相比，詹熙的艺术生涯更受利益驱动。詹熙另一项有偿工作是写作。《花柳深情传》中的作者简介提到他在上海以卖字为生，并特别提到他为一位天津的出版商编写教材。③ 至于詹熙的其他作品，前文已经提到1870 年代他曾在《申报》的文学副刊上发表过三篇作品；1897 年，他还在《游戏报》发表了一组描写底层妓女的《野鸡歌》和一部狭邪笔记。④ 这些作品大多是有稿酬的。教书是詹熙的第三个收入来源。1895 年，当看到傅兰雅发起"时新小说竞赛"的招贴时，詹熙正在苏州教书，此后两年间（1895～1897）他便写出了《花柳深情传》。⑤ 小说的第 14 回引用了《野鸡歌》，并以其笔名之一的"绿意轩主人"署名。这组诗以底层妓女的口吻表现了这一群体凄惨的生存状态。

　　《花柳深情传》已被重印、再版多次，并且有三个不同的书名。小说中有个书名叫《醒世新编》，但是事实上这个名字

① 　绿意轩主人：《花柳深情传》自序、第 1 回和第 31、32 页；《衢县志》，第 557 页。
② 　詹熙现存的画作藏于衢州博物馆。
③ 　绿意轩主人：《花柳深情传》，第 1 页。
④ 　Hanan, "The New Novel before the New Novel," pp. 332, 337.
⑤ 　哈佛－燕京图书馆等藏有此书 1897 年春江书画社本。

从未被用作整本书的书名。① 我没看到《花柳深情传》的所有
修订版，但是我看过其中一个版本名为《除三害》。② 据称
《除三害》出版于 1899 年，③ 内容与《花柳深情传》并无太大
差别。④

　　看起来詹熙是在上海、苏州——而不是衢州——从事他全
部（至少大部分）的绘画和写作事业，经济利益主导着他的
活动，也促使他游历四方。在 1900 年或稍早时，他有时会回
衢州居住。1900 ~ 1901 年，他写下了未公开的目击者证词，
记录下了衢州发生的 11 名传教士和一名地方官员被杀的惨案。
与《花柳深情传》一样，据说这部作品也有包括《衢州奇祸
记》在内的好几个名字。⑤ 詹熙的另外一部作品是为衢州出身
的清官赵抃作的年表。⑥ 如今这篇年表以大字刻于衢州的赵抃
祠内。詹熙的诗集《绿意轩诗稿》可能从未出版，但有几首

---

① 像《除三害》就是一个很明确的书名。绿意轩主人：《花柳深情传》第
　　32 回，第 143 页。樽本照雄编《新编增补清末民初小说目录》记录了这
　　部小说的三个名字：《除三害》《花柳深情传》《醒世新编》。
② 中国至少有两所图书馆（浙江省图书馆和上海图书馆）藏有此书。我没
　　有看到全本，但是《除三害》和《花柳深情传》在行文上几乎一模一
　　样。《除三害》仅有的一个不同之处是书中提到《除三害》这个书名是
　　换掉了原本的书名《醒世新编》，见第 32 回；另一个不同之处是《除三
　　害》没有序。
③ 樽本照雄编《新编增补清末民初小说目录》，第 76、274、817 页。
④ 詹熙被视为《花柳深情传》的作者，同时萧鲁甫也出现在《除三害》的
　　作者署名处。一些批评家认为萧鲁甫是詹熙的别名。张兵主编《五百种
　　明清小说博览》（下），上海辞书出版社，2005，第 1727 页。如前文所
　　说，"肖鲁"是詹熙的字。
⑤ 其他书名为《衢州教案之祸》《庚子奇祸记》。重刊的手稿本用的是《衢
　　州奇祸记》这个书名，见台湾学生书局，1988。
⑥ 郑永禧：《衢县志》第 14 卷，第 26a 页。

诗收录在由其子的朋友余绍宋编纂的《龙游县志》。[1] 就我们现在所知,这三部作品全部(至少大部分)是在衢州写成,并非商业利益驱动下的产物。

詹熙回到衢州说明他早年的目标破灭,不过至少他后来的事业也达到了早年的这般成就。[2] 他的第二次事业发展主要在衢州,并且围绕教育和教育改革进行。在回到家乡之前,可能在 1890 年代,他和一些地方绅士(包括詹垲)便以犯法为由夺得了当地一座寺庙的控制权。[3] 在公共教育普及前的一段时间,这样的没收方式在当时的中国很常见,这群具有进步思想的绅士迫切需要有场地和资源来开设新式学校。[4]

久而久之,詹熙便成为衢州新式教育的领导人物。在接下来的 25 年里,他以校长的身份或其他方式对多达六所学校进行了改造。之前在科举考试中取得的成绩成为他从事这些教育活动的资本。作为教育家,他所从事的事业之一是开设小学,至少有两所小学的创办与其有关。[5] 1914 年,他还创办了一所名

---

[1] 余绍宋:《龙游县志》第 28 卷,第 43a 页。

[2] 他在给余庆龄的诗中写道:"我亦年来非得志。"余绍宋:《龙游县志》第 40 卷,第 33 页。

[3] 郑永禧:《衢县志》第 3 卷,第 24 页;第 20 卷,第 21a 页。在这些记录中,詹熙、詹垲都被当作绅士。没收充公的原因是和尚曾帮助过弃养女婴的家庭。没收是由知府伍桂生下令执行,伍桂生在 1888～1890 年任衢州知府。郑永禧:《衢县志》第 10 卷,第 25b 页。关于此次没收的更多信息,见 Borthwick, *Educational and Social Change in China*, p. 97.

[4] 这类事情更详尽的论述,参见 Duara, *Rescuing History from the Nation*, esp. pp. 147－175.

[5] 詹熙曾创办樟潭两等小学堂,见郑永禧《衢县志》第 23 卷,第 27a 页。他也在一个叫长竿岭的地方创办了一所模范小学,即"长竿岭模范小学"。《柯城区志》,第 955 页。另一所与其相关的学校是求益学堂,该学堂是一所完全学校,有关求益学堂可见本书第六章。

叫"贫儿院"的学校。① 这所学校旨在教授各种技艺，包括用
科学方法缝纫、印刷、种植蘑菇及除虫菊。② 这一举措可能源
自"百日维新"时的号召。③ 另一项教育事业是推动女子教
育。詹熙是创办于 1906 年的衢县淑德女子小学校的校董，学
校提倡男女平等。学校的堂长是一位女性，但詹熙也有一定的
管理权。④ 他能担任如此多的职位，原因之一是他的各个职务
任期都很短，做完一个再接下一个职务，如此进行。他有时可
能仅仅是个有名无实的领导，但历史资料证实，詹熙在教育和
管理上都很有才干。年近花甲之时，詹熙仍在教育行业耕耘，
积极参与学生组织的各项活动，包括贫儿院组织的印刷、种植
蘑菇及其他实用技能培训。⑤

　　另外两个他积极奔走的事业是管理仓储和税收。在管理县
粮时，詹熙曾被指控在财务上违规操作，他成功地为自己进行
了辩护。据家族传言，他以税收廉洁在衢州声名鹊起——詹熙
曾在衢州管理过一段时间的税收。他因反对增税赢得民众好
感。身居要职带来的知名度和他秉公为民的责任感使他在当地
广为人知并受到尊敬。⑥

　　基于其在教育和政府管理上取得的成就，詹熙在 1907 年

① 郑永禧：《衢县志》第 23 卷，第 28 页。
② 具体事例，见衢州市教育志编纂委员会编《衢州市教育志》，杭州出版社，2005，第 405 页。
③ Spence, *The Search for Modern China*, pp. 227, 229.
④ 关于女堂长，见《衢州市教育志》，第 405 页。这位女堂长是郑永祚的母亲，也是学校的创办人之一。郑永祚是詹熙朋友郑永禧的哥哥，亦见 Rankin, *Elite Activism and Political Transformation in China*, pp. 230 - 231, 386 nn. 59 and 66.
⑤ 《衢州市教育志》，第 405 页。
⑥ 詹家骏：《詹熙、詹麟来事略》，《衢县文史资料》第 2 辑，第 94 页。

当选衢县教育会评议员，在 1909 年当选浙江省谘议局议员。[①]
在教育界和政界同时任职在当时十分普遍。参选的资质往往基
于参选者在教育领域取得的成就。[②] 甚至到了民国时期，詹熙
仍混迹于政界。[③] 不管是凭借技能还是人脉，在清末民初及之
后的时间，詹熙在衢州身居要职几十年。

除以上事业，詹熙还积极投身地方志编纂工作。1922 年，
衢县修志局成立，詹熙等十人被任命为编纂。[④] 不清楚詹熙负
责编写哪类文献。当时詹熙已年过七旬，已经经历了漫长而多
变的职业生涯。

一　詹熙与其子女

詹麟来

知晓詹熙子女的成就有助于我们更深刻地了解他本人的
人生轨迹。詹熙有一个大家庭，包括六个儿子和两个女儿。
众多子女中，成就最突出的是长子詹麟来（字石甫，1877 ～

---

① 郑永禧：《衢县志》第 3 卷，第 20a 页。关于浙江省谘议局，见郑永禧
《衢县志》第 13 卷，第 38a 页。据家族记载，詹熙有一段时间主管县粮
赋事，因税制改革问题上的清廉作风在衢州颇得民心。詹家骏：《詹熙、
詹麟来事略》，《衢县文史资料》第 2 辑，第 92 ~ 98 页。更多事例，见
Hill, "Voting as a Right," esp. chapter 2; Judge, *Print and Politics*, esp.
pp. 161 - 197; Spence, *The Search for Modern China*, pp. 245 - 268.

② Hill, "Voting as a Right," esp. chapter 2.

③ 《柯城区志》记录了他担任的一些官职，见第 955 页。其中包括财政科科
长和田粮处处长。

④ 黄吉士：《鞠育后人勤耕砚田的徐映璞》，《衢县文史资料》第 4 辑，第
63 页。

1919）。1890 年，13 岁的詹麟来即考中秀才，获得了家族三
代连中秀才的荣誉。① 詹麟来就读于新式学堂。② 1904 年，他
与年纪稍小的、来自龙游县的余绍宋一同创设了衢州第一家天
足会（余绍宋后来以艺术③和地方志方面的成就闻名）。④ 该会
自视为十年前创设的上海天足会的分支。⑤ 入会的男性要发
誓不娶缠足女性，女会员也要发誓不给自己的女儿缠足，已
缠足的要立刻放足。余、詹二人还让自己的妹妹在数千民众
面前讲演放足的过程。这类讲演都在衢县本地的一座寺庙前
举行。⑥ 吸取上海改革者的经验，余绍宋、詹麟来等人同时
在衢州发起了向地方士绅宣导天足的运动，以避免遭到强烈
反对。

　　天足运动的第二步是募资。正是天足会成员缴纳的会费
使詹麟来、詹熙等人得以兴办衢县第一所女子学校——淑德
女子小学校。⑦ 建校始于 1906 年，但开放招生是逐渐推进
的。这群发起人聚集在余绍宋家商议后，决定将天足会成员

---

① 詹家骏：《詹熙、詹麟来事略》，《衢县文史资料》第 2 辑，第 96 页。
② 詹家骏：《詹熙、詹麟来事略》，《衢县文史资料》第 2 辑，第 96 页。
③ 余绍宋的艺术作品见俞剑华编《中国美术家人名词典》，第 263 页。
④ 郑永禧：《衢县志》第 8 卷，第 12b ~ 13a 页。各方记录的时间略有不同，
　如《衢州市志》所载为 1905 年（第 15 页），詹雁来《衢州女学谈》称
　是 1904 年。这个误差很可能是阴历和阳历的时间差所致。收录于《东浙
　杂志》第 1 期（1904 年 3 月）的《衢州不缠足会简章》，署名为詹麟来
　等 7 人，这篇文章确定了 1904 年在衢州成立的反缠足会章程。
⑤ 詹雁来：《衢州女学谈》，《妇女杂志》第 1 卷第 11 号，1915 年 11 月 5
　日，第 3 页；詹麟来：《衢州不缠足会简章》，《东浙杂志》第 1 期，
　1904 年 3 月。
⑥ 《衢州市志》，第 15 页；詹雁来：《衢州女学谈》，《妇女杂志》第 1 卷第
　11 号，1915 年 11 月 5 日。
⑦ 《衢州市教育志》，第 405 页；郑永禧：《衢县志》第 3 卷，第 26b 页。

募集的经费用在更稳定的事业上。① 该校学生主要来自天足会成员。放足运动之后的发展超出了"放足"这一核心议题，成员甚至参与了因抗议美国《排华法案》而兴起的全国抵制美货运动。②

也是在 1906 年，詹麟来、余绍宋以及若干衢州人赴日留学。詹麟来于东京中央大学获得经济学硕士学位，成为在日华人的杰出代表——部分归功于他优秀的外语能力及其从事中日双语写作的记者身份带来的知名度。③ 在日期间，詹麟来加入同盟会并结识了孙中山。④ 1911 年 5 月，由留学生领导的反帝运动在中国高涨，詹麟来立刻回国，在上海和杭州加入一支争取地方绅士、教育家、商人等行业领袖支持的先锋队。这一系列反帝运动促成了辛亥革命的爆发，推翻了清朝的统治。不久之后，詹麟来回到衢州，继续统合革命的支持力量。⑤ 中华民国成立时，詹麟来被选为衢州的代表参加浙江省临时议会。1911 年初，他协助筹办衢州第一份报纸——《衢民新报》，⑥

① 郑永禧：《衢县志》第 3 卷，第 26b ~ 27a 页。詹麟来等人《衢州不缠足会简章》记载，龙游县、江山县都有不缠足分会，与衢县状况无异，但是不缠足运动是由衢县不缠足会领导的。

② 《衢州市志》，第 15 页。

③ 詹麟来的优秀表现，见小岛淑男《清末民国初期浙江留日学生之动向》，王勇主编《中国江南：寻绎日本文化的源流》，当代中国出版社，1996，第 254 ~ 259 页；詹家骏《詹熙、詹麟来事略》，《衢县文史资料》第 2 辑，第 97 页。詹麟来发表的中文文章可见《日英同盟之将来》，《东方杂志》第 8 期，1911 年 2 月 25 日，第 12 ~ 18 页。这篇文章最初是用日文发表在《大阪每日新闻》上的。

④ 詹家骏：《詹熙、詹麟来事略》，《衢县文史资料》第 2 辑，第 97 页。

⑤ 小岛淑男：《清末民国初期浙江留日学生之动向》，王勇主编《中国江南：寻绎日本文化的源流》，第 257 页。

⑥ 《衢州市志》，第 1081 页。

该报后因刊发讨伐袁世凯的文章被勒令停刊。① 1911 年，詹麟来担任《浙江潮》的编辑，该杂志是国民党在东京创办的刊物。② 辛亥革命后，他在杭州教书，待了几年。

大约在 1913 年，詹麟来回到衢州，回家乡的主要原因是自己身体状况不佳，不过他也对袁世凯欲重建帝制的企图不满。③ 彼时他不再参与任何政治事务。这位公认的衢州最优秀的年轻人染上了肺炎，他谢绝了一位日本友人（女性）赴日治疗的提议，在 1919 年去世。据说在詹麟来人生的最后几年，他一直为包括《申报》在内的地方及全国性报刊供稿，为进步事业译介、写作。作为一位日文教师，他很受欢迎。他也创作、发表老少皆宜的小说和诗歌。④

詹雁来

詹熙子女中，名气仅次于詹麟来的是二女儿、老幺詹雁来（字艳秋）。詹雁来出生于 1891 年，比詹麟来小 14 岁。她和余绍宋的妹妹都因天足运动受到当地人的关注。在天足运动的前一年，即 1903 年，詹雁来在兄长的教导下学习。詹麟来送了她几册商务印书馆出版的国文教科书。⑤ 后来她被浙江官立女

---

① 廖元中：《昔日衢州的报纸和报人》，《衢州文史资料》第 22 辑，第 226 ~ 236 页，特别是第 226 页。
② 浙江潮事，见詹家骏《詹熙、詹麟来事略》，《衢县文史资料》第 2 辑，第 97 页。亦见廖元中《昔日衢州的报纸和报人》，《衢州文史资料》第 22 辑。
③ 廖元中：《昔日衢州的报纸和报人》，《衢州文史资料》第 22 辑，第 226 页；詹家骏：《詹熙、詹麟来事略》，《衢县文史资料》第 2 辑，第 97 页。
④ 詹家骏：《詹熙、詹麟来事略》，《衢县文史资料》第 2 辑，第 96 ~ 98 页。
⑤ 詹雁来：《衢州女学谈》，《妇女杂志》第 1 卷第 11 号，1915 年，第 3 ~ 5 页。

子师范学堂录取，毕业后至上海爱国女学校深造。前路未卜的困境（可能是经济上的问题）迫使她尚未完成学业便回到衢州，[①] 接着她开始在衢县淑德女子小学校任教，教授体操、国文和其他科目。[②] 詹雁来是衢州第一位女体育老师。[③] 以上关于詹雁来的信息，都来自她发表在 1915 年《妇女杂志》上的一篇来函，该信以第一人称写成。[④]

以下是这篇来函的两段摘录：

余之幼年时代 吾衢地方偏僻，交通阻碍，事事落人后。当前清光绪癸卯年间，各省纷纷设女学，而吾地独无。时余方十一岁，余父主讲龙游小学校，随侍在龙。每日除应尽女红而外，虽由余母略授之无。然余尚未知读书乐趣也。是年暑假，伯兄由绍兴归省，携有商务印书馆第一次出版国文教科书数册，为余讲诵。余质颇颖悟，过目辄勿忘，且甚引为趣事。伯兄顾而乐之，遂哓哓于母前，劝余勿再缠足，为将来游学地步。母以风气未开为虑。伯兄曰："风气须赖有人开之。我不任其责，将谁任！"母

---

① 詹雁来：《衢州女学谈》，《妇女杂志》第 1 卷第 11 号，1915 年，第 3～5 页。

② 方文伟：《衢县淑德女子小学校》，《衢州文史资料》第 7 辑，浙江人民出版社，1989，第 191～194 页；詹家骏：《詹熙、詹麟来事略》，《衢县文史资料》第 2 辑，第 95 页。

③ 詹家骏：《詹熙、詹麟来事略》，《衢县文史资料》第 2 辑，第 96 页。

④ 在较为晚近的年代，很多女性都面临这些抉择。Wang Zheng, *Women in the Chinese Enlightenment*, p. 149. 结合詹雁来后来的生涯，这些资料使我猜想，她可能像王政研究过的一些女性那样，也在上海的中国女子体操学校读过书。

深题其言。余之放足读书，实自是年始也。①

　　天足会之模范　是时上海沈仲礼先生创设天足会，各省府州县，纷纷设立，而吾地又寂寂无闻焉。甲辰秋，伯兄乃创立衢州天足会。号召同志百数人，开会于郡城之天宁禅寺，到者数千人。即以余为模范天足。其时吾郡纯然天足者，舍余而外，实不多见。不图自次以开会后，举者虽不敢毁者之多。然时会所趋，未可以人力相强。若江山、若龙游、若开化，其他如金严各县。闻风兴起者，大有其人。伯兄复奔走各县属，演说天足之利，缠足之害。翌年乃与上海总会联络，定名为衢州天足分会，而以余各入总会注册，为天足会员。②

　　郑永禧编写的《衢县志》也有相似的记录，还提到了詹雁来文中未涉及的余绍宋的妹妹。这部地方志也大力颂扬了詹雁来的事迹，不过同时提到了余绍宋和她为倡设天足会四处演说、劝导的事情。③ 此外，方志中也提到"有女子小学之设即由此会数同人发起而成立"。

　　詹雁来后来成为女权同盟会的创会成员。女权同盟会是一个旨在为女性争取职业权、参政权、财产权和其他权利的组织。1922 年，该组织在北京发布成立宣言。④ 詹雁来撰写了相关文章，其中有一篇号召家庭分居来避免将缠足、吸食鸦片等

----

① 詹雁来：《衢州女学谈》，《妇女杂志》第 1 卷第 11 号，1915 年，第 3~5 页。
② 詹雁来：《衢州女学谈》，《妇女杂志》第 1 卷第 11 号，1915 年，第 3~5 页。
③ 郑永禧：《衢县志》第 8 卷，第 12b 页。
④ 徐映璞：《两浙史事丛稿》，浙江古籍出版社，1988，第 308 页。（《两浙史事丛稿》仅提及浙江女权同盟会，未提到 1922 年北京创会一事。——译者注）

恶习传给后代。① 另外，她还参与了一些编辑工作，1923 年她还在《浙江道路杂志》发表了一篇文章。② 詹雁来最后一篇为人熟知的文章发表于 1926 年。在这篇文章中，她提出即使在共和政体下也要继续奋力争取男女平等。③ 历史上关于詹雁来的活动记录到 1926 年，此后就没有了。

从以上资料可以看出，詹麟来和詹雁来继承了其父詹熙的进步思想。特别是詹麟来在反缠足运动中的表现继承了詹熙在小说中表达的思想。在经历了革命方才建立的新政体下，詹熙的子女很可能提高了父亲的声望。可以想象，1911 年后詹熙持续的曝光应该与詹麟来在政府的重要地位有关。当然，詹熙和詹麟来在很多事情上都密切合作，如创立淑德女子小学校，甚至詹熙的小说《花柳深情传》在交给出版商之前是由詹麟来手抄而成的。④ 事实上，从 20 世纪初开始，父子二人的名声便紧密联系在一起。

尽管詹雁来最初较为被动，她对女性平等的兴趣源于詹熙对她的教育和普及女性教育的支持。在那篇倡导家庭分居的文章中，她也关注到詹熙"三害说"中的"两害"（鸦片、缠足）。我们不能确定，家族之于詹雁来的影响是否能够追溯至王庆棣或詹嗣曾，不过詹雁来 11 岁时王庆棣才离世，祖孙二人很可能熟悉彼此。有意思的是，祖孙二人几乎同时现身于新式女性报刊——王庆棣出现在 1912 年《妇女时报》的一篇文

---

① 詹雁来：《论住家在教育上宜以分居为必要》，《妇女杂志》第 2 卷第 1 号，1916 年。

② 《浙江道路杂志》第 1 期，1923 年 11 月 17 日。

③ 詹雁来：《中国妇女欲争到男女平等的根本问题》，《时兆月报》第 21 卷第 1 期，1926 年。

④ 绿意轩主人：《花柳深情传》，自序。

章中，该文回顾了晚清一些优秀的闺秀诗人；[1] 1915 年，《妇女杂志》刊载了詹雁来的来函。我无法评论这在当时几乎是巧合的现象。王庆棣和詹麟来的具体生活和成就各有不同，但是她们都关心女性教育。

二　詹熙的作品《花柳深情传》

詹熙唯一的小说《花柳深情传》（图 2 - 1）是一部具有高度反思性的作品，讨论了鸦片、缠足和八股文对社会的毒害。在一定程度上，它反映了詹氏家族的历史。小说分为三条剧情线或用三个故事呈现，有两条很清楚的叙事线索（主线故事和框架故事），第三条叙事线索较为隐晦。看过这三条剧情线后，我暂时把注意力转向詹熙另一部为人所知的作品，这部讲述 1901 年衢州教案的作品——《衢州奇祸记》。该作和《花柳深情传》是詹熙唯二的存世之作。《衢州奇祸记》是纪实作品而非小说，但是结合《花柳深情传》来看，它揭示了一些潜藏在《花柳深情传》中的理想主义色彩。[2] 据此，我认为《花柳深情传》的中心思想是反对鸦片、八股文和缠足有显著的好处，仅说明这些好处便能够改良人心。将这两部作品对读还能获得詹熙更多的生平信息，这是其他途径无法获得的。

---

① 周国贤：《诗话》，《妇女时报》第 6 期，1912 年。
② 《衢州奇祸记》的手稿藏于台北"国家图书馆"，收入刘兆祐主编《中国史学丛书三编》第 1 辑，台湾学生书局，1986，第 76～191 页。（后文小说人物称谓统一按《花柳深情传》原文称呼，如"丫鬟""邹小姐"等。——译者注）

图 2 - 1　《花柳深情传》封面（1897）

资料来源：哈佛 - 燕京图书馆惠允复制。

主线故事和框架故事①

詹熙的《花柳深情传》设置了一个特定的时空。或者更

---

① 主线故事，即围绕小说主要人物展开的主故事线；框架故事，即通常作为引子或楔子的故事情节，将主故事线与其他支线故事连接在一起，使看似关系不甚紧密的各叙事部分连缀于一体。——译者注

准确地说，它唤起了两个时空。这种双重时间叙事结构贯穿于主线故事和一个构成小说文本的框架故事。大致说来，主线故事对应詹嗣曾、王庆棣壮年时期（30 岁左右）在衢州的生活，而框架故事对应的是更成熟时期（47 岁左右）的詹熙，故事主要发生在上海。

主线故事的时间跨度远大于框架故事——从篇幅和故事发生的时间都可印证这一点。故事从太平天国运动初期开始，小说中写的是 1847 年（第 41 页），叙事贯穿主要人物魏家三代，包括已从要职上退休的祖父，在科举上毫无建树且身陷鸦片毒瘾的父亲，以及四子一女。长子、次子和三子都各自沉迷于"三害"：长子嗜鸦片，次子好八股，三子迷恋小脚女。祖父和父亲去世后，魏家子女都已成家。从小说第 10 回到第 31 回第一节，主线故事主要讲述了太平天国运动时期发生在衢州的事情及其后果，时间约持续到 1895 年。

框架故事包含并且详细阐述了主线故事。在苏州教书的詹熙看到了傅兰雅"时新小说竞赛"的招贴。框架故事的叙事时间停在小说出版的 1897 年。小说的时间线也可以用章节来划分：导言、第 1 回第一节、第 31 回最后一节、第 32 回。有趣的是，第 32 回描写了一段梦境，而这段梦境引起了一些人对小说整体逻辑的质疑，但詹熙并没有将质疑放在心上，他找到了一家出版商将小说出版。① 第 14 回中的一小段插叙打断了主线故事，在这段插叙中出现了绿意轩主人——尽管并不是

---

① 司马懿（Chloe F. Starr）讨论过梦境在建构青楼小说叙事结构方面的作用。Starr, *Red-Light Novels*, pp. 75 - 124.《花柳深情传》采用的方式与司马懿讨论过的都不一样。在《花柳深情传》中，詹熙自己的梦境成为小说中一个关于维新的梦魇。

他本人现身，而是在剧情中讨论他描写底层妓女的《野鸡歌》。① 第 14 回和第 32 回的插叙都提到了上海妓女，也就是绿意轩主人诗中描写的那群人。

郑芝芯是两层叙事空间里的关键人物。他是作者刻意置于故事中的一类人。他一开始是魏家社交圈外围的人，但后来带领他们除弊改良。郑芝芯与很多洋人都有来往，特别是一个叫得哩马的洋人对传授西洋知识十分热心。正是郑芝芯提议由绿意轩主人来写这部小说，当绿意轩主人登场时，郑芝芯则从故事中消失了。除了绿意轩主人在第 14 回那段插叙中提到他（郑芝芯并不在场），这两个故事完全各自独立了。一个包含另一个，但故事人物完全不连贯。从历史上看，太平军进攻衢州的时间距 1897 年已有 40 多年，但是这 40 多年在小说中被浓缩为"十年祸"（第 139 页）。有人可能会说，詹熙为迎合傅兰雅《求著时新小说启》的要求，② 将太平军进攻之事改为比实际时间更晚、距当时更"近"的"新"事。

这样的时空处理使两个故事各自独立。框架故事发生在上海，但作者刻意模糊了主线故事的发生地，比如在某一处叙述中，作者"忘了"主人公之一所住之山的具体名字。另外，主线故事的发生地主要是在浙东，而非衢州所在的浙西。③ 主人公所在的村子叫西溪村。"西溪"通常与杭州有关，但是仔细观察就会发现，很明显衢州才是事件的中心。我们常在小说

---

① 书中的插叙部分提到了《野鸡歌》。小说中也提到"昨日看见《游戏报》上刊出野鸡歌八首"。Hanan, *Chinese Fiction*, p. 138.

② Hanan, "The New Novel," p. 324.

③ 衢州和紧邻的金华一度被视为"浙东"，可能"浙东""浙西"的界定不是一直固定的。晚清刊物《东浙杂志》在衢州、金华和附近地区发行，关于这个刊物，见本书第五章。

中看出某个主人公去西溪村的路线，尽管作者对故事的发生地讳莫如深，但从这些路线图可以确定，"西溪村"不是在衢县境内就是在衢县周边。① 故事中的一些人物后来逃到了约莫100里外、在浙江境内的某个山区（第131页）。从小说主人公某次从山区至北京的路线也可以确定，所在地区很明显就是在江西玉山。② 当媒人为魏家女儿婚姻奔走时，是从玉山过常山。③ 常山县位于衢县西部。

　　小说中三代同堂的魏家因太平军至而流散各地，打破了他们平静又有点蒙昧的生活，之后又从他们的生活中消失了。在这期间，魏家有些人逃到了很远的地方，三年后才团聚。即便在"平乱"后，太平军的余波仍对当地的安全构成了一定威胁，并持续了数年才消失。正如小说所描写的那样，也有其他原因使人们移居或周游中国其他地方，比如苏州和上海，甚至索性去了印度、英国及其他国家。不过魏家在衢州或其附近的老宅田产仍占据当地最佳区位优势。当左宗棠重建这些地方的秩序后，各方面都开始好转。复苏的另一个表现是，以郑芝芯及其外国友人得哩马为代表开始引介西学。仅在最后一回，叙事提到要将小说誊抄后在上海出版，这才没有提到衢州。

---

① 绿意轩主人：《衢州奇祸记》，刘兆祐主编《中国史学丛书三编》第 1 辑，第 80 页。魏家的一个儿子带朋友回家，从杭州到衢州，再到衢州以西的玉山县。文中透露他们先去了杭州，再乘船去江山县，取道富阳、严州、兰溪。快到龙游时，他们也知道自己快到衢州了，龙游就在衢州以东。

② 绿意轩主人：《衢州奇祸记》，刘兆祐主编《中国史学丛书三编》第 1 辑，第 75 页。从书中的山区去北京途经河口、鄱阳、湖口、九江、镇江、上海、天津、通州。

③ 绿意轩主人：《衢州奇祸记》，刘兆祐主编《中国史学丛书三编》第 1 辑，第 77 页。

即使作者含糊其词，我们也能够弄清楚小说的时间、地点，还能看出这部小说主要是关于本地事务的，而不是聚焦国家、国际事务。在"本地"这个范畴内，它聚焦具体一个家族，对家族所在的城镇也着墨甚少。① 它纯粹关心的是，心态较为守旧的这些人是怎样抛弃那些阻碍他们进步的陈规旧习。当魏家人逐渐领悟时，对他人产生的效应也是逐步加强的。总之，詹熙希望这些改良思想，特别是通过小说的方式传播后能够为中国指明方向，以完全摆脱造成甲午战败的自身劣性。詹熙正是在甲午战争期间，即1895年开始写这部小说的。这个时间点强调了甲午战争与小说的关系。与上海相比，西溪村显得落后，被视作一个吸纳西学和西方生活方式的案例。小说地理特征的另一方面在于，虚构的情节与詹熙本人家族的关联。我们已经知道，衢州在1856年、1857年、1860年和1862年为"长毛"（太平军）所占领，我们进而可以想到，詹熙父母诗中都提到全家离开衢州，有几次去了一个叫"西村"的地方，还有一次去了王庆棣的故乡杭州。那些诗也让我们确定了他们离开衢州去往"西村"和杭州的时间，是在1855年、1856年、1858年和1860年。

有意思的是，詹嗣曾和王庆棣都提到了携子逃难的艰辛。下面这几句王庆棣的诗便流露出忧愁："世乱常恐儿女小，家贫难慰舅姑愁。"② 詹嗣曾两年后所写的一首诗也表达了类似无助的情绪："儿女不知三窟意，牵裾犹说要归家。"③

---

① 太平军撤退后，书中只提过一次衢州，魏家人要去那里找口粮，魏家人远离故乡，而当时衢州物价飞涨。《花柳深情传》，第52页。

② 王庆棣：《织云楼诗词集》第1编，第6b页。

③ 詹嗣曾：《扫云仙馆诗钞》刊本，第3卷，第13页。

1855～1860 年，詹熙应是 5～10 岁的年龄，完全记得这些家族创伤。《花柳深情传》的其他人物亦可能是与詹家有关系，比如王宝华就是生活在詹家附近的大家长，尽管他是王庆棣（而不是詹嗣曾）的父亲，但是个让人印象深刻的人，很可能也是小说中魏家大家长的原型。小说中子女的设置也很能说明问题：四子一女、11 岁的长幼年龄差都能够看出詹熙家族的影子（排除早夭的子女），尽管这种联系可能不是刻意造成的。

有几点之间的联系看起来较为含糊不清。小说主人公之一，时文（八股文）老师孔先生，曾经为左宗棠工作但惹怒了左宗棠不得不自谋生路，作者这样处理的深意是什么？这段情节是否基于现实经历？据说詹嗣曾为照顾生病的母亲而不做左宗棠的幕僚，① 但是他也可能在就任期间遇到过类似孔先生这样的滑稽人物，因而小说便直接反映了八股文无用的普遍看法。② 有趣的是，在小说前半部分，孔先生还赞美了这种赵抃也曾尝试的写作形式，詹熙曾为赵抃这位宋朝人写过年表。小说在其他地方也提到在明朝"时文一项……初时并不害人"，当时优秀士人都懂实学，而到了清末"无真切受用处"（第 69 页）。

无法确定詹家是否遭受过"三害"荼毒。不过小说中那些一次又一次试图赴考的人物与詹嗣曾有相似之处，詹嗣曾也曾为通过科举考试努力多年。③ 当然，王庆棣、詹熙的妹妹和

---

① 郑永禧：《衢县志》第 23 卷，第 58a 页。

② 关于这一时期废除八股文的讨论，见 Elman, *A Cultural History of Civil Examinations*, pp. 585－594.

③ 詹嗣曾多次落选秀才考试。他作于 1849 年的应制诗，见《扫云仙馆诗钞》刊本，第 1 卷，第 3a 页。前文提到，詹嗣曾在 1873 年考取功名。

其他亲戚像当时衢州上层社会的女性一样，都缠足（第8
页）。此外，我们了解到詹熙自己的女儿也是到了1903年才松
绑双脚。我们也不知道詹氏一家是否像魏家人一样遭受鸦片毒
害，但是詹熙对鸦片毒瘾生动的描写说明其生活中或有某位亲
戚沾染了鸦片。[①] 詹家有几位成员身体长期虚弱或突然身故，
但在我们最熟知的几位患病或去世的人里并没有看到鸦片的影
子。[②] 我们了解到詹嗣曾担忧酗酒的危害，不止一次戒酒，但
喝酒与吸食鸦片的危害性完全无法相提并论。[③]

　　总之，我们有足够理由相信詹熙创作的这个故事灵感来源
于他的家族史。这并不是说这部小说是完全自传性的。小说讨
论的并不是世变下"三害"引起公愤的程度和时间。家庭在
这个时间受到不合时宜的影响，太平军至，魏家必须以进步的
心态来"除三害"。我们以"天足"为例，从詹雁来发表的信
函内容可知，衢州的第一家天足会1904年才成立，当时太平
天国已经覆灭40年了。

　　描写小说写成、出版过程的框架故事也很有可能是真实与
虚构结合的产物。1897年，也就是小说出版的这一年，詹熙
人在上海。《花柳深情传》中的几处叙述都可以印证这一点。
此外，妓女蔡良卿事略、描写底层妓女的诗歌和曾有意出售的

----

① 　马克梦（Keith McMahon）的《财神的堕落》（*The Fall of the God of Money*,
　　pp. 148 - 151）花了大量篇幅谈论清末中国鸦片猖獗的中西方因素，他
　　还引用了《花柳深情传》。
② 　王庆棣的兄长王庆诒便是一例。她诗中的一句注释提到，在四川学诗时，
　　王庆诒有点游手好闲："兄在名山署中，日惟饮酒赋诗，不与俗事。"王
　　庆棣：《织云楼诗词集》，第 9a 页。但是这并不是说王庆诒吸鸦片，同
　　理，詹垲早逝，但是他相当反鸦片，本书第三章将会讨论。
③ 　詹嗣曾：《扫云仙馆诗钞》未刊本，第 2 卷，第 85 页。

三幅不同的广告作品都是詹熙在上海这座城市留下的痕迹。[①]
郑芝芯将魏家的故事说与绿意轩主人，将小说介绍给出版商
的重要剧情显然是虚构的。即便这样，郑芝芯和绿意轩主人
也可视作詹熙自身经历的两面，一个是在主线故事中为其发
声，另一个是框架故事中的人物角色（当然，也是他在其他
地方使用的笔名）。[②] 他们都是小说的组成部分，区别在于虚
构性。这两个人物在詹熙生平与小说情节之间建构了距离上的
幻象。

　　正如主线故事中有相当一部分内容能从詹熙的生活和关
注的问题来解读，框架故事也有来自作者自身经历的特点。
詹熙在自序和开篇中对促成这部小说的社会进程颇不以为意。
在苏州时，他听说了傅兰雅的"时新小说竞赛"，便花了几
周时间写这部小说，在他投身艺术界的两年间也随时带着书
稿。所有这一切或许说明，写这部小说并不是一件特别重要
的事，而且小说本身也是仓促而成。自序中提到，詹熙后来
修订过书稿，而且修改了很多内容，但是在作者/叙述者的话
中我们没有看出小说经过艰辛打磨。不过在某些方面，这部
小说看起来经过了精心构思——它的叙事结构和虚构情节都
可以印证这一点。

　　框架故事是晚清文学作品中常用的叙事方式。韩南
（Patrick Hanan）因小说的情节安排将詹熙称为"感情澎湃的
作者"（involved author）。这种称呼同样出现在司马懿对"青

---

①　詹垲：《花史》，铸新社，1907，第 107 页。詹熙与蔡良卿初识在 1885 年
　　秋，此时已认识 10 年，但是蔡良卿的小传是在第二个 10 年后才出版。

②　故事中詹熙的另一个代言人是魏家幺子月如。他在其他地方使用笔名的
　　情况，参见余绍宋《龙游县志》第 40 卷，第 35a 页。

楼小说"（Red-Light Novels）的研究中，尽管《花柳深情传》属于另一类题材。两位学者的研究说明，《花柳深情传》并不是第一部用框架故事将写作过程纳入叙事的小说。① 邹弢的《海上尘天影》也是这样的叙事结构，并且詹熙在小说第 14回还提到了《海上尘天影》，足以说明詹熙受其影响。

　　谈及叙事结构的细节，我们还可以再代入邹弢与詹熙经历的相似之处继续思考。他们都生于 1850 年，而且都在较年长时才考取功名，都热心投身教育改革。② 他们籍贯不同，邹弢来自无锡，但是邹家与詹家很像，两家在太平天国运动时期都遭受重创。本书第三章我将提到，邹弢与詹熙很可能相识，甚至是朋友。至少我们知道他们都认识杜晋卿，当然还有詹垲。③

　　作者经历的另一个价值在于可以了解詹熙努力达到王韬对《花柳深情传》的期望。不知是什么触动詹熙写作了那篇自序，但是我们知道（与邹弢、詹熙一样）王韬是《申报》副刊的撰稿人，他推介过邹弢的《海上尘天影》。詹熙比较倒霉，王韬因为健康状况恶化而没有为他这本书做推介。1897年春，詹熙结识王韬时，王韬已经命在旦夕。1897 年 5 月，王韬去世。詹熙的自序说王韬称赞《花柳深情传》，但没有任何文字可证实。无论怎样，可以肯定的是邹弢、王韬都对詹熙产生过影响。

---

① 关于叙事结构的建构，见 Starr, *Red-Light Novels*, pp. 73 – 124；Des Forges, "From Source Text to 'Reality Observed," pp. 67 – 84.

② 教育改革，见朱德慈《近代词人考录》，中国社会科学出版社，2004，第 138 页。

③ 还有一部狭邪小说可能影响过詹熙，就是俞达的《青楼梦》。在詹熙小说发表前，俞达已经为《申报》副刊供稿近 25 年，俞达的笔名是吟香氏。

对詹熙所受的多种影响应加以考虑，比如越来越多的传教士用汉字撰写小说和非传教士翻译基督教小说［比如斯托夫人（Harriet Beecher Stowe）著《黑奴吁天录》（*Uncle Tom's Cabin*）］。主人公深受"三害"折磨而迅速痊愈，这样的转变与传教士小说中的迅速皈依异曲同工。[1] 斯托夫人的小说正是傅兰雅举办"时新小说竞赛"的灵感之一。[2] 詹熙创作《花柳深情传》时不可能直接知道《黑奴吁天录》（第一版中文译本出版于 1901 年），但是"小说促进社会改良"的观点正是他的主要观点。我们可能无法确定是什么促使詹熙选择这样创新的方式组织他的叙事，但是中西思想合璧的想法是可以想到的。

《花柳深情传》的三种修辞策略

乍一眼看上去，《花柳深情传》的故事相当直白。这是一部以剧情为导向，具有说教性质的作品。若读者没有留意，很可能忽略暗藏在文本中的多种修辞策略，以下试举三例。

1. 太平军

第一个修辞策略是将太平天国运动作为触发各类事件的祸根。这一招很机智，也有点危险。说它危险是因为小说将太平军塑造成"三害"的死敌，这就意味着，特别是对魏家来说，任何被八股文、鸦片或缠足所害的人都很有可能招致太平军的攻击，正如被缠足的女人遭受的那样。然而按照这个逻辑，可以理解为，太平军为正义事业而战，只是他们的方式残忍

---

① Hanan, *The Missionary Novels of Nineteenth-Century China*, pp. 58 – 84, 75 – 76.

② Hanan, *Chinese Fiction*, p. 77.

无情。

太平军进攻时，魏家死了两个人（赵姨娘和丫鬟春云），因为在小说一开始便交代了魏夫人已经去世，赵姨娘掌管家事，但是她品行败坏。赵姨娘本性贪婪，又是小脚，这使她在全家逃难时举步维艰，最终被太平军强奸后烧死。春云比赵姨娘稍好，她从树上掉下坠崖而死。太平军的暴行掩盖了一个事实：从思想上说，太平军的目标与詹熙试图推进的改革不谋而合。

詹熙试图化解这一潜在的棘手状况。第一，他设计了"太平军入侵西溪村前，魏家第一代和第二代当家人临终前告诫改革"的情节，明确了"三害"之于魏家人的意义。第二，他提出了魏家人"除三害"的第二个，也是更合理的、与太平军毫无关联的理由。当情节继续推进，幸存下来的魏氏族人逐渐懂得为什么"三害"是有害的。尽管太平军入侵是魏家人自强的诱因，但最终是天足、戒鸦片和西学的好处让他们摒弃了旧习（《花柳深情传》的一些人物插图见图 2 - 2 至图 2 - 5）。

2. 孔先生

第二个修辞策略是与八股文老师孔先生相关的情节和关注点。如果没有孔先生，小说中呈现的近代社会就不会如此宏阔，魏家也不会在第 11 回家毁人亡后找回彼此，不过从表面上看孔先生像个笨手笨脚的老傻瓜。

孔先生是以魏家家庭教师的身份登场的。第 10 回，祖父魏老先生和吸食鸦片成瘾的父亲在太平军进攻前去世——这绝对不是巧合。一连串变故使魏家家境败落，孔先生也被辞回家。漂泊不定的孔先生却承担起新使命，找到了失散各地的魏

图 2－2　魏水如、魏镜如画像

资料来源：哈佛－燕京图书馆惠允复制。

图 2-3　邹小姐、丫鬟雪花画像

资料来源：哈佛 - 燕京图书馆惠允复制。

得哩馬

鄭芝芯

魏月如

图2-4　魏月如、郑芝芯、得哩马画像

资料来源：哈佛－燕京图书馆惠允复制。

图 2－5　孔先生、魏华如画像

资料来源：哈佛－燕京图书馆惠允复制。

家人。他从未想到做这件事，但命运降临在他身上，因为他认识魏家所有人并且他无法胜任很多工作因而不得不频繁换工作，四处奔波。他最初尝试在一座村庙里开设旧式学堂，但因太平军至而无法继续。这些变故迫使他向左宗棠军营里的幕友（詹嗣曾做过这一职务）寻求工作，结果铺采摘文倒给他惹了麻烦。之后他去往上海，做了一名报刊记者，不过他那些毫无意义的句子再次暴露了博学的无用。更糟糕的是，他太天真，无法领会青楼文化的要领，结果把自己弄得像个傻瓜。这些挫败证明，孔先生使用的那套措辞和礼数都已经过时，但也为读者展示了军营和青楼生活的一角。

从第 14 回到小说尾声，孔先生四处漂泊，靠他的口耳相传，四散的魏家人恢复了联系。一旦他们确定了对方的所在地，就会想办法回家乡或与家乡的人取得联系。我在本书第四章将会讨论，晚清文学批评家称这一时期之后的几部小说在叙事上都效仿了《水浒传》的经典模式，以读者能够读懂的方式来安排事件。这些文学批评家的意思是，一些本身不重要的人物在小说叙事上承担了建立沟通渠道、串联起重要人物的作用。《花柳深情传》只字未提《水浒传》，但是孔先生在情节上起到的串联作用对当时的读者来说并不陌生。①

3. 女性与阶级

孔先生的处境使其在另一种方式上成为一种媒介。对孔先生这样去杭州参加乡试的文人来说，他不太可能娶一位农家女，但詹熙恰恰设置了这样的情节。孔先生的妻子劳氏是天足，虽然她没有受过教育，但在实际事务上的能力与丈夫大相径庭。

---

① 更多修辞方式，见 Rolston, *How to Read the Chinese Novel*.

孔先生丢掉在魏家的工作后，劳氏借着本家的势力创办农场，和儿子一起种田度日。随着故事的发展，农场经营得越来越好，因而多亏了劳氏，孔先生最后不至于无家可归。农场最大的隐患是缺水，但是这个问题也给文末实践新学提供了机会。

事实上，从郑永禧编《衢县志》中我们已经知道，衢州没有缠足的女性往往是住在山区的少数民族，毫无疑问，她们都是体力劳动者。[①] 这个被称作"徐客"的群体同样出现在《花柳深情传》中（第 14 页）。她们显然不可能融入当地人的生活，不过在小说塑造的理想社会中，孔先生与劳氏的婚姻就是跨越阶级的结合，天足女性可由此进入主人公的上层社会。若没有这种及其他意想不到的、跨越阶级的婚姻关系，以及太平军的影响，魏家人（及读者）可能永远不会了解天足的好处。

我们在魏家内部看到了另一个意义更重大的现象——没受过教育的女性是如何"身先士卒"的。太平军"入侵"，魏家的丫鬟雪花挺身而出，因为魏家的小女儿阿莲不能跑，这位来自广东的天足女背上阿莲，先带她藏进山洞，然后带着她艰苦跋涉了三天平安逃到江西。在江西，雪花也一直照料着阿莲，她一开始为左宗棠的军队锉铅弹赚钱，其间遭营勇调戏，得邻舍相救。之后她和阿莲被一对乡绅夫妇收留。在这个过程中（其间阿莲做了一个有预兆的梦），有位菩萨一直在指引着事态的发展，雪花最终也嫁给了所爱之人，做了魏家次子华如的妾，当时华如仍在八股文上相当用功。阿莲也在江西结婚生子，不过在其夫离世后又回到了西溪村投奔娘家。

雪花比阿莲要早回到西溪村，她开始重振魏家家业，独任

---

① 郑永禧：《衢县志》第 8 卷，第 12b 页。

其劳：魏家长子镜如吸食鸦片成瘾，无力掌事；华如在苏州做官，但郁郁不得志，不过他最后摆脱了困境；水如是一个沉迷于小脚女人的败家子；月如尚年幼。此外，赵姨娘已离世，家中事务无人操持。雪花以身作则，展现了她坚强的意志和坚韧的个性。雪花提出将自家田产自种自吃，杜绝懒惰和中伤诽谤，一一整饬家中事务，魏家女性都松绑了小脚，实现了自身价值。阿莲回到西溪村后也受到鼓舞，仿效放足，生活逐渐改善。

果然，华如将雪花奉为女英雄（第 131 页），将孔先生的妻子劳氏奉为第二英雄。赵姨娘是反面教材，而阿莲（最有身份的贵妇）既不是英雄也不是反面教材，直到她效仿雪花放足，靠自身的才智操持家业。不同于第一印象，这部小说的内涵并不是使下层阶级超越上层阶级。作为一个在新社会中成长的闺秀，阿莲在小说最后有了新身份，其意义超过雪花。阿莲这个人物很可能是用来吸引和引导詹熙所期望的那一小部分女性读者（如果有的话，详见下文）的，更有可能是用来启蒙男性读者——出身上层的女性应该对社会做出贡献。在小说中，反缠足的言论更多聚焦于缠足对女性力量的摧残——使她们虚弱被动，而不是谈论女性的行走能力（第 105 ～ 106 页）。雪花的"反例"更说明，有一双天足，女性就不那么容易受到男性的攻击（第 85 页）。

阿莲这一人物的关键问题不在于她生来懒散或被动，事实上她在书画上显示出很高的天赋（第 28 ～ 29 页），然而缠足耗费了她的精力。从阿莲这一人物身上可以看出詹熙对新时代上层女性的想象和展望。一旦阿莲摆脱了累赘，她就可以利用自身的天赋和所学。这也意味着阿莲有能力帮助雪花掌管家业，因为雪花（在小说中日益丰艳）最后被华如收为妾室，也无心再过问家事，因而阿莲有机会出面掌事。与此同时，魏家的其他一些女性，包括华如的正室邹小姐也纷纷放足。最终，得益于儿子在广东的事业成功，阿莲也成了财主婆。

第三条剧情线：女主人和丫鬟

《花柳深情传》的第三条剧情线可由主线故事推断而来。就小说的基本情节结构而言，缠足的问题来自水如对小脚女性的迷恋——对应了镜如的鸦片成瘾和华如的深于时文。按理说，镜如、华如对天足的认可理应一劳永逸地解决缠足的问题。但是在这里，这一转变观念的过程与另外"两害"发挥的作用不同。第一，下层阶级的女性指出了前进的方向，阿莲是从丫鬟雪花——太平军到来时两个女人逃难的可怕经历给她上了一课——而不是她的兄长那里了解天足的好处。第二，在一家人团聚后，当魏家人看到整饬家业的雪花，女人们便开始青睐天足，包括邹小姐——华如的正室，她和雪花共侍一夫。正是两位女性的热忱唤醒了相对清醒的华如和相对堕落的水如反缠足的意识。第三条剧情线强化了主线故事中的反缠足意识，它延续了主线故事的逻辑，强调了女性的作用带来了意想不到的转变。

我们很容易便能看出影响第一条和第二条剧情线的因素：第一条由傅兰雅发起的"时新小说竞赛"构成，第二条受到青楼小说等这一时期流行的小说写作风格影响。[①] 第三条剧情线从何而来？一种可能是，受到《黄绣球》作者汤宝荣的影

---

① Starr, *Red-Light Novels*, pp. 73 – 124.

响。在汤宝荣为他的朋友徐珂词集所作的附录文章中，[①] 我们了解到一件很可能促成这条剧情线的事：汤宝荣身患重病，汤妻史瀶偕常向一位西医买药。有一天，史瀶偕带着未缠足的丫鬟意兰一同前往，西医的太太便向史氏宣讲了一番天足的好处。后来汤宝荣夫妇搬到上海，当时天足的呼声在上海越来越高涨。此时，意兰已离世，史氏也已经 55 岁。尽管如此，史氏也没有为年龄所惧，勇敢地放足了。[②] 意兰对妻子放足的间接影响深深触动了汤宝荣，他记下了发生的一切。这件事同样深深触动了徐珂，他将汤宝荣的文章收入自己的词集附录。

这件事与詹熙有何关系？我猜想詹熙很可能从汤宝荣或其他住在苏州的人那里听说了这件事，汤宝荣当时人在苏州，徐珂词集出版前的 10 年间他都病休在家。徐珂词集问世于 1903 年，10 年前就是 1893 年前后，据汤宝荣的诗集记载，1896 年前后他病得很重。[③] 从《花柳深情传》的序可知，1895 年詹熙在苏州，当时他听闻小说竞赛的消息，并且写出了这部小说的大部分内容。难道他没有与汤宝荣直接交流过或从共同的朋友那里听说此事吗？尽管阿莲、雪花的关系与史氏、意兰的关系不同（后者不是正室与妾的关系，而是女主人和丫鬟的关系），但我们还是能发现效仿丫鬟/妾室雪花的正室中，最典型的例子就是华如的正室邹小姐。

---

① 汤宝荣该文应为一篇题图文（《徐仲可天苏阁〈娱晚图〉序》），收入徐珂《纯飞馆词》附录。——译者注

② 这个故事见 Ko, *Cinderella's Sisters*, pp. 18 – 23；徐珂辑《天苏阁丛刊》，《丛书集成续编·集部》第 161 册，上海书店出版社，1994，第 120 ~ 121 页。

③ 《颐琐室诗》第 2 卷，第 2a 页，汤宝荣编《汤氏家刻》，1890 年刻本，苏州图书馆藏。他当年的诗流露出患病的信息。

受众的问题

这部分内容将聚焦女性读者的问题。詹熙的小说表现了没有男性干预下的天足优势，这是否说明詹熙借此想要激励女性树立对自身能力的信心？还是说，他预设小说读者是女性？小说中直接面向读者（看官）的内容表现了另一种情况。试举两例。

> 看官知道，大凡妓女，眼界阔大，心地十有九明白，以其往来江湖，凡有大官巨贾，眼皆看惯。
>
> 看官知道，大凡女人压服男人，使男人如下人一般服伺他，男人未有不怨悔的。

这种直接面向读者的口吻明显说明小说的目标读者是男性，而非女性。此外，我们也可以看出某种男性读者类型在詹熙内心占据了重要地位。这类男性读者可能是年轻男性，像他的儿子詹麟来——致力于说服妹妹放足、送她去新式学校读书，好让她过上好日子；也有可能是像余绍宋这样的年轻男性——他的妹妹和詹雁来一起放足。这一行文设计使我们确信，女性一定能从《花柳深情传》中获益，但是并不是作为读者直接受益，只能是间接受益。

《花柳深情传》中的女性人物大部分不是上层人士，她们之中只有一位能够阅读，但是阿莲在时文方面与她那沉迷科举的哥哥一样表现优秀。这也是一种明显的反讽——阿莲所擅长的，正是詹熙想要摒弃的文学形式。这个思路似乎是想说，阿莲的读写能力可以用于写作其他文体（比如商业合同），也为她后来返回西溪村提供了条件。是否詹熙担心小说中有不合适的内容不宜供上层阶级的女性阅读？在这部唯一的虚构类作品中，詹熙将阿莲塑造为古文阅读者，并反对一切"书能培养女性新观念"的意识。因此，雪花这一人物是为阿莲这样的女性开阔视野而存在的，但是从小说隐秘的第三条剧情线看，似乎是詹熙不自觉地暴露了对女性才智的信心，坚信——至少是有所期待——女性生成自我改变意识的能力。

三 另一种叙事：《衢州奇祸记》

詹熙的叙事作品《衢州奇祸记》① 与早四年问世的《花柳深情传》有以下三点不同。第一，这部作品显然不是迎合市场之作，也从未出版过；第二，写作时间是在詹熙回到衢州后；第三，书中弥漫着改良主义者在经历了 1898 年"百日维新"和 1900 年义和团事件后的沮丧情绪。这本书没有传递《花柳深情传》中借正面榜样的力量来改变人们思想的观念，不过，作品中消沉的情绪也揭开了《花柳深情传》中原本隐而未显的几个问题。

《衢州奇祸记》相关的历史事件

詹熙描写的事件发生在 1900 年 7 月，衢州为一群在当时

---

① 《衢州奇祸记》的手稿本分为几个部分：自序；他对官员等人所受处罚的评价；篇幅很长的《衢州奇祸日记》。《衢州奇祸日记》是全书的核心。正如其题，这部分的内容是以日为单位记录的，始于 5 月（阴历）"暴徒"入衢州，终于 7 月清军击溃"暴徒"。这部分后有几页杂述。日记记到 1900 年，但是全书的自序和杂述写于 1901 年，詹熙得知最后的审判结果后才写下这些文字。

被称为"贼"的人围攻。关于这段历史的叙述存在很多争议，因此很难说清楚究竟发生了什么。[①] 我将先介绍这个事件的大致情况，再用詹熙的叙述加以补充。

这群"贼"的头目是一个叫刘家福的人，他洗劫城内米行、反抗借大旱哄抬米价的豪绅，从衢州逃至浙江、福建交界地带。刘家福受过教育，似乎有称帝的野心，他聚集了许多文化人为自己举策建言，也十分了解义和团在北京的所作所为，并试图效仿他们。像义和团一样，刘家福的队伍头戴红巾，笃信自身具有坚不可摧的力量，他们也认为穿红色裤子便能飞。[②] 1900 年夏，刘永福在浙闽边界起事，一路向东挺进。队伍一路士气高涨，数千支持者加入其中，并成功攻下了衢州西边的常山县和江山县。

衢州府西安县知县吴德潇来自四川达县。当时已 60 岁的吴德潇与自己的一大家子一起生活在衢州府治所在地。这一大家子包括他的幕友、儿子、孙子和他年迈的母亲。吴德潇是进士，曾任钱塘县知县。在杭州时，为了让当地人了解新作物，振兴农业，他重刊了一部农书，以期当地农业像蜀地一般繁茂。[③] 吴德潇以虔信佛教、学识广博、至孝为人称道。此外，他与康有为、梁启超、黄遵宪、林纾等维新人士

① 我对此的讨论主要依据《衢州奇祸记》以及 Broomhall, *Martyred Missionaries*, pp. 183 - 200；Forsyth, *The China Martyrs of 1900*, pp. 95 - 97；衢州市地方志编纂委员会编《衢州市志（简本）》，浙江大学出版社，2003，第 337~339 页；《衢州市志》，第 1228~1229 页；郭道平：《被讲述的历史：庚子衢州事件中的吴德潇被戕案》，《现代中国》2012年第 1 期，第 18~37 页。
② 《衢州奇祸日记》6 月 29 日，绿意轩主人：《衢州奇祸记》，刘兆祐主编《中国史学丛书三编》第 1 辑，第 13 页。所记日期都是阴历。
③ 郑永禧：《衢县志》第 27 卷，第 26b~27a 页。

私交甚笃。吴德潇的长子吴铁樵当时已经去世，作为密友的谭嗣同为其亲撰讣告并刊于《时务报》，谭嗣同对佛教的兴趣也多源自吴铁樵。[①] 吴德潇在北京时与梁启超有来往，曾聘请梁启超为其次子授业。[②] 吴德潇也是康有为领导下的维新派成员，1895年与其他成员共同发起成立强学会，并参与《时务报》的运营。

随着刘家福等人起事，人们也变得越来越亢奋（当时詹熙称这些人为"乱民"），地方乡绅请求吴德潇组织团练自卫。吴德潇一开始采取强硬政策，部分是出于对传教士意见的遵从。他拒绝组织团练；发布严厉的禁令，禁止散布谣言；严禁衢县人攀爬城墙窥探局势。时任衢州府城守都司的周之德则反其道行之。有一种说法是，周之德的做法受到当地人拥护；另一种说法是，吴德潇在粮食事务上的做法招致了周之德及一些乡绅的憎恨，周之德等人利用机会散播谣言，攻击吴德潇的政策。尽管就个人而言，詹熙并不讨厌吴德潇，但他十分清楚此时百姓的无助，也很理解他们想要组建团练的心情。

无论如何，随着刘家福队伍的临近，针对吴德潇的反对声日益壮大。同在城里的衢州府知府、金衢严道道台等官员对团练政策也开始含糊其词。恐慌情绪笼罩民间，从杭州等地派来的军队负责守卫衢州，但他们并没有合适的武器傍身，难以支撑。在詹熙看来，这样笨拙的支援是"很奇怪的"。另一个"奇怪"的表现是信息传递的滞后，城内的官员很久后才得知

---

① 蔡尚思、方行编《谭嗣同全集》增订本，中华书局，1981，第257~259页。
② 梁启超：《饮冰室诗话》，上海书局，1910，第32a~34b页。

江山县和常山县失守。①

詹熙写到在缺乏外援的情况下，周之德最先做出决断：逮捕并处决吴德潇从外地邀至衢州的外地人（详见后文）。当时"贼乱"已逐渐失控，"乱民"摧毁了天主教堂等建筑，随后由当地豪绅罗楠带队的"乱民"用残忍的手段杀害了吴德潇，他们拔光了吴德潇的胡子，将其乱刀砍死；随后吴之二子一孙及幕僚丁役共 34 人被杀，其中包括师从梁启超的次子，他是公认的栋梁之材。这 34 人死前遭到了不同程度的伤害、侮辱。逃过劫难的人仅有当时寄乳于外的幼子、吴德潇的第二任妻子和年已八旬的母亲，乱民因吴母年事已高没有杀害她，仅要求她散发。

此时衢州有七位传教士，由苏格兰人汤明心（D. Baird Thompson）率领，他们先去衙门，期望得到吴德潇的保护，但当他们赶到时吴已遇害。他们又寄望于道台，但道台拒绝了他们的请求并处决了他们。两名不在场的女传教士没过多久也遇害。另外一批从常山县附近教区逃来的传教士也没有躲过厄运。总共有 11 位传教士及其子女遇害。10 天后，清军抵达衢州，平定了"贼乱"，刘家福及其党羽被处决。

在詹熙看来，祸乱始于传教士被害事件。传教士被害促使中英两国在上海、北京的官员开始全面调查此事。在 1901 年秋季的两次审判中，相关者受到相当严肃的处理。周之德、罗楠及另外 13 位地方乡绅在杭州被处决（有一些人被斩首示众）；还有 21 人被永久流放，若是官员则被革职，并要在原

---

① 《自序》；《衢州奇祸日记》7 月 6 日，绿意轩主人：《衢州奇祸记》，刘兆祐主编《中国史学丛书三编》第 1 辑，第 16～18 页。

籍地面临牢狱之灾或被流放。这份判决旨在打压所有"贼乱"期间没有参与调停的人，亦用来惩罚那些攻击传教士的人。据我所知，除了强奸犯和强盗，没有一位"乱民"受到裁决。若真如此，"乱民"应是在衢州当地受到了司法审判。在这些被革职的官员中，像后来编纂《衢县志》的郑永禧，他支持团练但没有什么过错，这类人仅被解除了职务。郑永禧受到的惩罚较轻，而且他也年轻，足以在之后的职业生涯中东山再起。

这份判决也影响了衢州的财政状况。官府需拿出 5000 银元修缮市容、为遇害的传教士立坟冢、雕像，修复被毁的教堂，接替而来的新一批传教士也受到优待。衢州教案事发后，衢州五年都没有举办科举考试。[1] 最后，20 多名乡绅在遇害者的追思会上被迫道歉，詹熙、詹垲还有几位日后脱颖而出的名人位列其中。[2]

此后，由传教士以及像梁启超这样的高级知识分子记录的事件始末陆续出版。传教士因审判前后抵衢的时间不同，记录的内容也略微不同，关注点主要是遇害的传教士，不过他们对曾与传教士共事的吴德潚评价普遍不高。林纾、黄遵宪和梁启超是知识分子中仅有的三位提到吴德潚之死的。[3] 与传教士的

---

[1] 在许多其他与义和团有关的传教士案件中，也出现了这样的处罚。Spence, *The Search for Modern China*, p. 235.（五年没有举办科举考试的仅有衢州西安县。——译者注）

[2] 中国第一历史档案馆、福建师范大学历史系编《清末教案》第 3 册，中华书局，1998，第 27 页。

[3] 林纾：《畏庐文集》，商务印书馆，1910，第 65b ~ 66a；黄遵宪：《人境庐诗草笺注》，上海古籍出版社，1981，第 1004 ~ 1013 页；梁启超：《饮冰室诗话》，第 32a ~ 34b 页。

记述不同，著名知识分子的记录实际上是关于吴德潇的简短赞辞。他们认同吴德潇对抗地方乡绅、官员的态度，并将事件矛头指向周之德和罗楠。梁启超还特别赞扬了吴德潇的遗孀冉氏。冉氏是位受过教育的女性，事发时嫁给吴德潇不过三年，当乱民带走吴德潇，冲进县治，冉氏镇定地在脸上抹上污垢、换上破衣，藏在外屋。她或许正是利用了义和团恐惧女性污秽和法术的心理而得以幸存。①

事件平复后，冉氏秘密收殓了家人的遗体并妥善安葬了他们。她也写下了一份实录，记录了全部受害者的名字和他们遇害的细节。后来，道台派人去事发现场取回所有的书面材料，冉氏机智过人，她告知来人，若没有两名官方证人到场，她不会交出材料。因此她争取了一些时间，得以将自己的证词送到杭州的浙江巡抚那里。根据另一份文献可知，巡抚将冉氏的证词上呈光绪帝，这份证词也成为此后调查的重要证据。梁启超指出，正是冉氏及时的举动保住了吴德潇的好名声，也唤起了世人对他的同情。② 可以预见的是，冉氏的证词使人们更加怀疑道台等地方官员的作为，也树立了吴德潇身临倒悬之危的好人形象。黄遵宪对冉氏的记述则更为详尽。

不过传教士和知识分子的记录都没有着重描述衢州当时的恐慌情绪，也没有看到乡绅组织团练的益处，甚至有一位传教士认为团练会威胁地方社会秩序。③ 詹熙的记录与他们产生了鲜明对比，清政府滞后的反应和弥漫在衢州的恐慌情绪让詹熙认为，呼吁组织团练的做法是可以理解的，因为他并不认为吴

---

① Cohen, *History in Three Keys*, p. 122.
② 梁启超：《饮冰室诗话》，第 32a ~ 34b 页。
③ Forsyth, *The China Martyrs of 1900*, p. 90.

德潇是无耻之徒，他也没有详述冉氏的经历，也不认同他十分关注的那些"海上报章"① 的观点——米价争端使很多乡绅对吴德潇怀恨在心。在詹熙看来，至少在粮食问题上，吴德潇与地方乡绅相处融洽。

詹熙记录了很多在其他文献中无法看到的细节。例如，他写到了当时衢州城内的市民心态。

> 乡民迁运入城之什物，及其牛豕鸡犬，城屋为满，无可容纳，不得已委弃街衢，于是拥挤喧哗，终夜有声。官怒甚，下令不准乡民入城。漏三下，会同周城守拦截于南关外，民进退维谷，号哭怒骂，声闻里许。②

这幅乱象也被两位传教士记录了下来。

詹熙进一步记下了吴德潇的举步维艰。据其所录，吴德潇拒绝组织团练的行为进一步激化了此前一些人对他的怨恨。他从主政衢州起，便为一副寿联烦恼不已，那副寿联由（当时被控叛国的）康有为所写，挂在他的衙门内。吴德潇对外文的认同也给他招致了"通洋"的嫌疑，他的三个儿子都学习西学，还在当地教堂学习外文。此外，吴德潇曾热情招待过一个日本使团。当时在衢州声势大涨的仇洋心态甚至让詹熙担心自己的安危，因为詹熙的儿子也接受西学——这一点也曾使詹家的孩子成为众矢之的。而且吴德潇还支持詹熙的

---

① 詹熙所称的"海上报章"包括《时务报》《申报》《中外日报》《沪报》《万国公报》。
② 《衢州奇祸日记》6 月 18 日，绿意轩主人：《衢州奇祸记》，刘兆祐主编《中国史学丛书三编》第 1 辑，第 5～6 页。

次子赴日留学。① 事发期间，詹熙数次遭到"乱民"推搡，特别是他尝试缓和衢州市民与吴德潚的紧张关系，不过他最终因为提出了许多"平乱"的策略而赢得了百姓的信任，没有受到太大伤害。

吴德潚的另一个致命点是他保护了 11 位来衢的武器行家。无知的人会认为这些行家与"乱匪"无异。不知道这 11 人的结局如何。吴德潚让这些人住在衙门疗伤，也使吴德潚被扣上"通匪"的帽子。詹熙为其辩护，称吴德潚深受佛教思想影响而不够务实，但他也认为吴德潚"恃才傲物，不听人言"。② 吴德潚与传教士的往来又加深了大众对他的质疑。

大多数人认为，就是周之德将那 11 位外地人误认为乱匪，而突然处决了其中三人的举动引爆了暴乱。詹熙认为，对民众来说，周之德是英雄，而不是借暴乱报复吴德潚的失意官员；相反，周之德理解民众受到威胁的心情，知道民众希望能在官府的领导下对抗暴徒，他们也会因此安心。詹熙也直言，他认为住在衙门的 11 个人正是渗透进官府的乱匪。罗楠，这个在林纾、黄遵宪、梁启超和传教士笔下的恶棍，在《衢州奇祸记》中并没有占据太多篇幅，但是周之德多次作为倾听民意的人出现在书中，吴德潚反而是忽略民意的人。

詹熙的话中充斥着对事态发展的悲情。与传教士和知识分子将乱匪和地方团练混为一谈的讲述不同，詹熙强调衢州人自身的感受，他的心与衢州人同在。他认为衢州人平乱有功，但

---

① 《衢州奇祸日记》7 月 6 日，绿意轩主人：《衢州奇祸记》，刘兆祐主编《中国史学丛书三编》第 1 辑，第 20 页。
② 《衢州奇祸日记》6 月 26 日，绿意轩主人：《衢州奇祸记》，刘兆祐主编《中国史学丛书三编》第 1 辑，第 11 页。

是在杀害官员和传教士这件事上，引发了当地人对外国人的排斥和愤怒。他写道：

> 当时愚民妄杀，皆由官府先时不妨乱不保教，城外土匪如毛，城中犹禁止谣言，一旦□逼城根，愚民各有保其身家之计，逼极而飞，势所必至，推原其心，亦由是慷慨仗义，奋不顾身，其心无他，其志不夺，而岂知大祸之在后也，呜呼惨哉！①

最后，詹熙非但不全然认同教案判决的结果是合理的，还列举了数位在吴德潚死后巴结外国势力从而获得轻判的官员及乡绅。相反，也有量刑过重的情况，特别是周之德的死刑。詹熙称，周之德离开衢州去杭州接受审判时，衢州人为他撑伞以防他被人伤害，也有人表达了对他的同情之意，对如此误导周之德所作所为的审判结果感到愤怒。詹熙还记录并多次提到周之德留给儿子的遗言——衢州如今是是非之地，他应该尽快离开这里——成为衢州人的口头禅。与此相反，两位传教士中较尖锐的一位表达了他们对执行死刑的满意态度："很明显，人们已经相信，罪人受到应有的惩罚。正义感已经超越了对外国人的厌恶感。"②

从这些言论可以看出，詹熙的立场与同时代的传教士和杰出知识分子相比显得相当与众不同。毫无疑问，他是有个人目的的。正如他坦承的那样，他从事写作的动机之一就是避免有

---

① 《衢州奇祸日记》7月6日，绿意轩主人：《衢州奇祸记》，刘兆祐主编《中国史学丛书三编》第1辑，第17页。

② Forsyth, *The China Martyrs of 1900*, p. 511.

人质疑他对吴德潚帮助不够而对他展开调查。不过他的部分言论可能比其他人的更接近事实。有别于林纾、黄遵宪、梁启超的维新派视角，詹熙聚焦于衢州人自身。虽然他是当事人，但他有足够的观念来更准确地解释人们为什么会反抗吴德潚。通过詹熙的记录，我们可以很容易了解当时衢州的恐慌情绪，加上吴德潚执意拒绝组织团练、他的很多怪癖和多次误判，使他成为众矢之的并走上绝路。詹熙很敏锐地指出，如果官府能够更妥善地处理这些问题，外援能够及时到达的话，吴德潚本可以逃过一劫。不过即便詹熙所言只有一半属实，他的说法会使传教士和知名知识分子的记录复杂化——传教士和知识分子认为，在当时的情形下，唯一应受谴责的是不服从命令的乡绅和官员，吴德潚的做法始终是正确的。

在这部未刊行的手稿之外，我们能够找到其他一些支撑詹熙观点的依据。其一是在郑永禧编写的《衢县志》中摘录了《衢州奇祸记》的部分内容，说明它具有一定的可信度。[①] 梁启超支持吴德潚的声明也被收录在这部地方志的另一卷。[②]

四　从《衢州奇祸记》看《花柳深情传》

在这样的背景下，让我们回到《花柳深情传》，再将它和詹熙描写的"衢州奇祸"放在一起分析。两部作品在叙述口吻上的一些差异可以解释为政局变化所致。早几年，梁启超和康有为很可能颇受欢迎，而在 1900 年的社会氛围下，他们就成为民

---

① 　郑永禧：《衢县志》第 9 卷，第 36a～37a 页。
② 　郑永禧：《衢县志》第 26 卷，第 40 页。

众围攻的对象。虽然这一现象是短暂的，但它在一定程度上隐喻着一场激烈反抗——这种激烈抗争在《花柳深情传》中是找不到的。甚至出现在小说结尾、可视作某种程度上的消极反应的短暂梦境，也只是发生在副线的框架故事中，而不是在主线故事里。梦境发生在上海，而非西溪村，而且这个梦在绿意轩主人醒来后就无疾而终了。在主线故事中，西溪村的每个人都坚信推翻"三害"是明智之举，故对此并没有过多展开。如果《花柳深情传》是在尝试解读衢州 1895 年或 1897 年的现实状况，那么它不应对"三害"提出如此简单的解决方案。《衢州奇祸记》使人懂得，接受西学、新习惯、新做法的明智，以及与外国人交流的意义都是不证自明的。在如此严峻的形势下，1900 年吴德潚对西学、外国人的态度与《花柳深情传》里的人物极其相似，然而现实却以失去自己和 34 个人的生命而悲剧收场。《花柳深情传》中潜藏的乐观情绪正是意象之一，它本质上是一种理想化的处理，正如一种反差性叙述，并不反映衢州事发时的真实情况。

詹熙两部作品的另一个重要差异是《衢州奇祸记》关注群体，而不是某个家族。《花柳深情传》选取微观的一面描写衢州，《衢州奇祸记》则更为生动形象，我们能从中看到衢州城池、街坊、阶级以及它与事发地周边江山县、常山县的联系。《衢州奇祸记》多次讨论了普通民众与乡绅的紧张关系，更准确地说是，乡绅在应对外来入侵者的问题上产生的分歧——是否组织团练。这一分歧在吴德潚这样的国家精英（进而可以联系到康有为、梁启超等人）与更地方主义的官员、士人之间格外突出，而詹熙介于这两群人之间。对西学的不同态度也是区分这几类人的标准。

普通民众与乡绅的分歧表现在对社会阶级的描述。《衢州奇祸记》文中充斥着对普通民众的蔑称，如"乱民""贼""愚民"等；而对乡绅，詹熙则以私下可能用的尊称来称呼。① 这说明《衢州奇祸记》中视下层阶级为危险、有点愚昧并且需要上层阶级引导的一群人。产生鲜明对比的是，《花柳深情传》赞颂了丫鬟，甚至让上层阶级向她学习。

《花柳深情传》集中描写一个家族，它绕开了所有充满不安和复杂性的内容。但是《衢州奇祸记》则表现得十分明显，它意在向像衢州这样的地方宣扬改革和西化，而不是单单说服某人或某个家族。在预期改革当道前，教化的进程会不断推进。仅看一下詹麟来的经历，即使是在1911年辛亥革命成功后，他和一群人仍然得带头实施改革，这样地方官员才能接受新政体。另一个说明教化进程更早一些的例子是詹雁来关于1904年放足运动的记录，记录了詹麟来专门向女性和社会大众解释缠足之害的热情演说是如何帮助推进该运动的。

《花柳深情传》和《衢州奇祸记》的对比引出的另一个问题是，詹熙全身心地投入新的生活方式，使自己在当地陷入危险。他因为很多原因遭受质疑：他早期在一所学校与保守乡绅发生过冲突；② 他的孩子都学外文，有几个甚至直接师从传教士；有一个或多个孩子预备留学日本；他经常在通商口岸报纸（如《万国公报》和《沪报》）上发表言论。另一个招致危险的因素是他想劝阻民众不要采取激烈行动。很多衢州人完全反对，甚至反感这种对外来思想的接纳。尽管詹熙经常不认同这些报

---

① 例如，通常在名字后加"绅士"字样或者在姓前加"绅"字样。
② 《衢州奇祸日记》7月6日，绿意轩主人：《衢州奇祸记》，刘兆祐主编《中国史学丛书三编》第1辑，第22页。

纸对事件的报道，但他很希望当地百姓能通过这些报纸认识到杀害传教士是不应该的。

我在前文指出，《花柳深情传》是"地方主义"，相反《衢州奇祸记》则具有国家主义色彩。不过，尽管我们不知道《花柳深情传》是如何营销的，但很可能它当时都没有在衢州贩售过。我之所以做出这样的推测，是因为《衢州奇祸记》完全没有提到这部小说，而且郑永禧编《衢县志》也没有提到。这部小说的目标读者可能是京沪等地有维新思想的男性。换句话说，《花柳深情传》是为那些期待自己所在地方能有同样的社会变革而又不了解衢州（更不必说西溪村）当时状况的读者服务的，它为读者建构了一套完美的"地方"范本。对小说的读者来说，西溪村和衢州都是虚构的地方。

根据上一条信息，结合詹熙在1895年和1897年的行踪，我们猜测他在写作这部小说时并不是一直住在衢州，可能也没有意识到一旦衢州人留意到这部小说将会给他带来的危险。詹熙作为进步人士的弱点在《衢州奇祸记》记录的现实之下更加突出。回顾往昔，这点变得逐渐清晰起来。詹熙虚构的代言人郑芝芯积极学习外文，并且聘请外国人教儿子学外文，[1] 在处理这段情节时，詹熙认为，在1900年的衢州郑芝芯的举动会危及自身安全。万幸的是，现实中詹熙凭借自身的足智多谋和他对衢州所做的贡献使自己免遭酷刑。

《花柳深情传》塑造了一个理想化的衢州，毫无疑问它能够吸引上海有维新思想的读者；《衢州奇祸记》则充满衢州的真实

---

[1]　案例见绿意轩主人《衢州奇祸记》，刘兆祐主编《中国史学丛书三编》第1辑，第136页。

特征，通过呈现衢州这个詹熙度过余生的地方，展示了詹熙由上海回到衢州的行迹，也表现出衢州是一个无法轻易促成改革的地方，在落实如成立女子学校这样的反传统行为之前仍需要做很多准备工作。《衢州奇祸记》让我们看到作为地方教育工作者的詹熙，在承担这一新角色时所面临的挑战——不像他虚构的郑芝芯，如果想在实现社会进步的过程中免遭劫难，他必须谨慎行事。

第三章　詹垲的一生和他的 狭邪笔记

本章将先后概述詹垲的生平，介绍他主要创作的三类作品之一——狭邪笔记。尽管他的改良小说和社论也很有启发，但狭邪笔记包含了很多带有自传性质的内容，远多于前两者。

一　生平

詹垲的生平远比詹熙难以捉摸，部分原因是他有很多别名，如"稚瘫""子爽""子渠""紫蕖""思绮斋""幸楼主人"等。[①] 有些与他家人的名字有关联。[②] 不过"幸楼主人"是他最常用的笔名，根据地方志记载，詹垲一般撰写报刊文章和诗歌时会用"幸楼主人"署名。地方志没有提到"思绮斋"这个名字，但是詹垲的三部小说和两部狭邪笔记都用的

① "稚瘫""子爽"见郑永禧《衢县志》第 23 卷，第 58b 页；"子渠"见曹聚仁《上海春秋》，曹雷、曹宪镛编，上海人民出版社，1996，第 348 页；"紫蕖"出自《花史》序；"思绮斋"为其写小说时的笔名；"幸楼主人"为其创作狭邪笔记、报刊文学及旧体诗时的笔名。
② 像"稚瘫"似乎就与其父笔名"瘫仙"有关联；"子爽"与詹熙的笔名"子和"有关联。

这个笔名。此外，据我对狭邪笔记的考察，有可能"章蕖"（笔名"荷亭"）取自他本人的学名，在一段时间——至少是短暂地用过这个名字作为笔名。无论詹垲是否真想用这种方法隐藏自己，但这么多笔名可以解释为何在衢州的詹家后代对他的存在一无所知，[1] 甚至晚近的一些地方志完全没有提到他。[2] 不管怎样，郑永禧编的《衢县志》三次明确提到詹垲是王庆棣的孩子，也提到了他与詹嗣曾的父子关系。[3] 此外，詹嗣曾写给詹垲的 6 首诗也收录其中，[4] 詹垲的一部作品显示詹熙是其兄长。[5]

地方志的记载都提到詹垲孩童时期的早熟，据说他 12 岁就对古典文学和其他文学作品十分熟稔。他曾参加过科举，但是身体多病让他无法通过科举考试取得晋升。詹垲有一次在苏州参加考试，突然病发，詹嗣曾急急忙忙地将他带回家。幸运的是，他在童子试中拔得头筹，1895 年考中秀才，得到了与父亲、兄长一样的功名。[6] 早年的成功使他和前辈师长，特别是其父对接下来的考试充满期待，但最终失败了，这也导致詹垲郁郁寡欢了一段时间。

1894 年甲午战争爆发时詹嗣曾去世。四处游历的詹垲最后落脚上海，他在上海新闻界求职的经历将放在本书第五章讨

---

① 1965 年王庆棣后代手抄诗集的编后语称，王庆棣和丈夫只有詹熙一个儿子。此外，詹家骏回忆詹熙和詹麟来的文章中也没有提到他。
② 例如《衢县志》。
③ 郑永禧在《衢县志》中明确提到的三处见第 15 卷，第 50b 页；第 24 卷，第 19 页；第 25 卷，第 10b 页。詹垲与詹嗣曾的关系，见郑永禧《衢县志》第 23 卷，第 58b 页。
④ 詹嗣曾的 6 首诗见《扫云仙馆诗钞》未刊本。
⑤ 詹垲：《柔乡韵史》，文艺消遣所，1917，第 6 页。
⑥ 郑永禧：《衢县志》第 23 卷，第 58b 页。

论。像詹熙一样，詹垲也参与了 1890 年代衢州没收寺庙改造成学校的行动。结合詹垲对 1901 年衢州教案的判断，说明当时詹垲仍被视为地方乡绅。这次经历说明，当时詹垲一直被视为地方乡绅，不过很可能 1895 年后他就定居上海了。地方志的记录称，詹垲到上海后没多久就写下了广为传诵的《洋场大观赋》，文中感叹了中国当时的困境。① 这篇赋已佚。

到 1897 年前后，上海著名报人袁祖志（袁枚的后代）②、李伯元③、英敛之④、邹弢⑤等都对詹垲有很深的印象。詹垲从那年开始担任两份同名《商务报》之一的主笔。詹垲任职的《商务报》创刊于上海，几乎没有留下什么资料。另一份位于北京的《商务报》后来也聘用过詹垲。⑥

就笔名而言，据我们今天所知，詹垲任职上海《商务报》时没有使用笔名，而是用真名；在北京，即便有的文章署了笔名，大部分还是用的真名。只有他发表在《汉口中西报》的文章印证了郑永禧编的《衢县志》所言，他最常用的笔名是"幸楼主人"（或其简称）。在那四五年里，詹垲发表的社论都署名"幸楼"或单独一个"幸"字。

---

① 郑永禧：《衢县志》第 23 卷，第 58b 页。

② 张乙庐：《海上尘影录》，《金刚钻月刊》第 1 卷第 8 集，1934 年，第 1 ~ 9 页。

③ 李伯元与詹垲的交往，见《李伯元年谱》，薛正兴主编《李伯元全集》第 5 册，江苏古籍出版社，1997，第 100 ~ 101 页。李伯元在他的《游戏报》上推销詹垲的《柔乡韵史》。薛正兴主编《李伯元全集》第 5 册，第 1 页。

④ 关于天主教徒、记者、《大公报》创办者英敛之，见本书第五章。

⑤ 詹垲称他 1897 年结识邹弢。詹垲：《柔乡韵史》上册，第 31 页。1911年，他也为邹弢的一些作品做注。

⑥ 为便于区分，后文提到上海的《商务报》时称"上海《商务报》"。——译者注

　　我在前文已经提到詹垲的另外两大类作品。这里我通过笔名重新介绍一下这两类作品。第一类是狭邪笔记：1898 年的《柔乡韵史》①、1906 年的《花史》、1907 年的《花史续编》。不像詹熙《花柳深情传》那样充满同时代的维新思想并致力于推动中国进步，詹垲的狭邪笔记借鉴了余怀、李渔和袁枚②饱含对唐代和晚明的怀念。在这一构思下，作者将自己塑造成一个深深同情上海妓女但对同时代发生的变局也有体察的知识分子。在这些作品中，詹垲同时用了真名和笔名"幸楼主人"，因此《柔乡韵史》的署名是"衢州幸楼主人詹垲"，《花史》和《花史续编》则加上了"紫蕖""思绮斋"等别的笔名。

　　由于詹垲的小说都没有用真名或"幸楼主人"署名，那么我们怎么才能知道詹垲就是这些小说的作者？相关信息记录在《花史》中，《花史》的封面和版权页所署的作者名是"思绮斋"，前言则署名为"衢州詹垲紫蕖"和"衢州幸楼主人詹垲"。③《花史续编》附有《碧海珠》，这更增强了这层关系的可信度。《花史续编》有三篇附录，分别记录一位妓女的诗歌。詹垲发现自己已经在《碧海珠》里写过其中一位妓

---

① 《柔乡韵史》最初是 1898 年由《寓言报》所在的出版公司出版，后来又再版了几次。其中有一版序言显示为 1901 年的版本，现藏于北京大学图书馆，但是复旦大学图书馆所藏版本似乎比北京大学图书馆这部稍早。北京大学图书馆藏本有第 101 篇小传，复旦大学图书馆藏本则没有。

② 关于李渔，见詹垲《柔乡韵史》下册，第 22 页；关于袁枚，见詹垲《柔乡韵史》中册，第 1 页。

③ 魏爱莲著·赵颖之译「思绮斋的身分」『清末小說から』第 108 期、2013。《花史续编》中没有出现这几个名字，但是《花史续编》是《花史》的续集。

女——彭鹤俦，① 而《碧海珠》署名"思绮斋"。作为一部续作，《花史续编》没有序言，也没有署名"幸楼主人"，但是它的封面和版权页都宣称为思绮斋的作品。

更零散的依据是使用了"潓隐"这个名字。这个名字既可能指詹垲自己，他能够胜任《花史》的编辑工作（即自己编辑自己的作品），也可能指某个协助詹垲编辑的人（下文将提到，我认为后者的可能性更大）。在《中国新女豪》中，"潓隐"这个名字再次出现，称《中国新女豪》的序言作者（不是小说作者）是"思绮斋潓隐"。说明这部小说的作者不是一位就是两位——我们会发现后者更接近事实。

詹垲其他类型的作品还有《全球进化史列传》，由他和一个叫"李明智"的人合著，序言称书的出版时间是1904年。在这部作品中，他自称"衢州詹垲紫葇"，这正是他在《花史》上的署名。无论这个相同的署名与时局有何关系，司马迁式的传记写作手法让这部作品更接近狭邪笔记，而不是詹垲的其他类型作品。待讨论完詹垲的狭邪笔记，在本章最后我将讨论这部文集。

地方志称詹垲死于上海一家旅馆，去世时49岁。② 可能在1910年或1911年他最后一次投稿给《汉口中西报》后不久便去世了，③ 甚至在投稿前便去世了。无法确认他是否在汉口生活过，即使有过，也只可能是暂住。我认为詹垲曾在汉口短暂居住过一段时间的原因是，他特意在两部改良小说中设置了

---

① 思绮斋（詹垲）：《花史续编》，商务印书馆，1907，附录1，第1页。
② 郑永禧：《衢县志》第23卷，第58b页。
③ 最后一次投稿时间，见胡香生《报人、报业与辛亥革命》，《湖北文史资料》总第48辑，1996，第116页。

一些发生在汉口的情节，包括很多对特定街道、建筑的描写——尽管这些描写都不是那么详细具体。①

在很多方面，目前文本证据所能呈现的詹垲的人生是不完整的。首先，我们除了知道詹垲确实结过婚外，对他的家庭一无所知。② 如果"章荷亭"确实是他的笔名，他应该有一个儿子。至少我们知道，"章荷亭"的儿子于1914年结婚。③ 而1914年，根据我们所掌握的粗略年表，詹垲的儿子也到了适婚年纪，当时詹垲应年近半百。本章最后会引用汤宝荣的一首诗，这首诗里提到了詹垲的儿子。另外一个重要的谜团是詹垲的政治倾向。他是同盟会成员吗？从他刊发的文章来看，他是同盟会的支持者，但这是我们唯一能确定的。我们也不知道詹垲是否与詹熙或詹麟来讨论过他们都感兴趣的反清问题——很可能有过，但我们无法证实。詹垲当然也有保守派的朋友，这说明他可能也有保守的一面。④ 詹垲的早逝也让我们不禁猜测：他的死与其政治倾向有关，还是仅仅因为体弱多病？有一种可能是他时常流连风月场的生活方式耗损了其身体。几个与他有来往的妓女和至少一位他的男性同伴患有花柳病。⑤

本节最后，来看几部詹垲其他类型的作品。尽管在探究詹

---

① 在《中国新女豪》中，当女主人公完成她的丰功伟绩后，城中竖立起一座她的雕像；一场发生在日本的暗杀行动就是在汉口组织谋划的。思绮斋（詹垲）：《中国新女豪》，上海集成图书公司，1907，第九回。在《女子权》中，女主人公来自汉口，而且在故事最后又回到了汉口。

② 詹嗣曾：《扫云仙馆诗钞》未刊本，第112页。

③ 《香艳杂志》第12期，1915年。这期登载了一张章荷亭儿子的结婚照。

④ 见本书第五章。

⑤ 男性同伴是欧阳淦，欧阳死于花柳病，详见后文。死于旅店的情况有时正与花柳病有关。

垲生平方面这些作品没有什么意义，但它们能够展示出詹垲的多才多艺。像他的兄长一样，詹垲有一部旧体诗词集，这部诗词集从未刊行，现亦不存。从地方志可知，这部诗词集叫《幸楼诗文集》。① 尽管地方志记录了一些詹熙的诗，但唯一能确认出自詹垲的几首旧体作品是写在他的狭邪笔记里的，包括十首写上海的竹枝词。这十首可以称作打油诗的竹枝词大多是以匿名形式流传下来。② 这里摘录第三首。

> 五花争把马头装，傍晚都来跑马场。借问马夫谁出色，道旁多说四金刚。
>
> （每春秋两度，西人赛马之时，妓皆艳妆而出。甚至衣马夫以彩衣。饰其驾车之马。以杂色绘彩。竞相夸尚。四金刚谓林黛玉等四妓。有传在前）③

以此可以断定此为詹垲所作，因为它也出现在《柔乡韵史》和《花史》的结尾。④

在陈无我作于 1928 年的《老上海三十年见闻录》中，出现了几首疑似詹垲所作的诗。分别为署名"幸楼主人"的《相思赋》和《〈汗人集〉自序》，上文提到的第三首竹枝词以及署名"紫蕖"的《竹夫人传》。⑤ 我至今没有找到更多关

---

① 郑永禧编纂的《衢县志》称这部诗词集未刊，由詹家人保存。郑永禧：《衢县志》第 15 卷，第 51b 页。

② 亦见 Yeh, *Shanghai Love*, pp. 194 – 200.

③ 詹垲：《柔乡韵史》下册，第 40 页。

④ 陈无我《老上海三十年见闻录》（上海书店出版社，1997，第 100 页）也收录了这首诗，但没有注，作者署名处为"失名"。

⑤ 陈无我：《老上海三十年见闻录》，第 291、322～323、327 页。

于这些文字的信息，也没有发现《汗人集》。[1]

1930 年代，有一篇写晚清的文章称赞了詹垲的小品文，称其"于小品文无所不能"。[2] 随后，1900 年 6 月 21 日的《采风报》刊登了一则润笔广告，这则广告进一步突出了詹垲的多才多艺，广告署名为"幸楼主人"，很可能就是詹垲本人。广告称他面向《采风报》的读者，可以八元的酬劳撰写寿文、祭文、碑志；作序、传、记、跋需四元；楹联、诗、词等参考《采风报》之前惯例。[3] 同时附有一个上海的地址，称润笔者每天下午一点后会在那里。[4]

詹垲润笔的文章已无法找到，但是这则广告更加深了我们对其文风多样的印象，它也流露出一丝焦虑，因为它给人留下的印象是要永无止境地忙于赚钱。[5] 詹垲在经济方面的压力可能远大于詹嗣曾或詹熙——后两者都有更多的经济来源，也不需要靠卖文为生。

---

① 《李伯元年谱》也提到了《汗人集》，见薛正兴主编《李伯元全集》第 5 册，第 101 页。

② 张乙庐：《海上尘影录》，《金刚钻月刊》第 1 卷第 8 集，1934 年，第 8 页。

③ 王中秀等编著《近现代金石书画家润例》，上海画报出版社，2004，第 76 页。对比詹垲交际圈中其他人的价格后，让人感到有趣的是，詹垲润笔八元（甚至四元）的要价有些高。他在《汉口中西报》的稿费是一篇两元，《中国新女豪》和《女子权》的售价各为 4.5 分、3.5 分；《柔乡韵史》为 5 分，《花史》为 6 分，他写外国名人的书售价二元五分，已经是我们知道的詹垲作品中售价最贵的了。我无法解释书籍定价上的差异，除非定价与印数挂钩，而詹垲润笔作品的要价一定与作品的篇幅、写作难度有关。 （原文为："楹联诗词等详《游戏报》前幅。"——译者注）

④ 原文为："来件请于每日三点钟后交跑马厅恩庆里毛寓。"——译者注

⑤ 狭邪笔记和小说《碧海珠》也给人同样的印象。

二　兄弟之间

　　詹熙与詹垲之间有迹可循的联系并不多。正如我们从地方志所看到的，两人是兄弟。通过二人对 1890 年前衢州的描绘，可以看出兄弟间的联系并不紧密。另外，1885 年詹嗣曾为两个儿子举办了一次酒会。这同样说明，兄弟俩处在同一社交圈。[①]

　　从詹氏兄弟的作品中也能看出一些二人之间的兄弟情。首先，来看詹垲的描述，在 1898 年出版的《柔乡韵史》的一篇文章里提到，在 1885 年"伯兄绿意轩主人"（詹熙）偶遇一名妓女（蔡良卿），并且讨论了她十分熟悉的戏剧。[②]《柔乡韵史》初版以蔡良卿为开篇，现在的版本则是另一个不同的名字。其次，詹熙的《花柳深情传》（1897）中设置了一段插曲，是关于上海妓女苏韵兰与后来（或者已经）与詹垲熟识的邹弢之间的韵事。第二年，詹垲的《柔乡韵史》也提到了他们。[③] 最后，我在结论处会讨论，詹氏兄弟的改良小说在形式上和内容上很相近。

　　综上所述，我们可以假设：甲午战争爆发前，尽管他们在上海住了一些时日，兄弟俩始终在衢州，他们的父亲詹嗣曾也在家乡。他们在家乡致力于推动教育现代化，在经历了甲午战争和父亲去世后，他们对中国的未来越来越失望。詹熙创作改

---

① 詹嗣曾：《扫云仙馆诗钞》未刊本，第 105 页。
② 詹垲：《柔乡韵史》上册，第 6b 页。
③ 詹垲称他在 1897 年结识邹弢（见詹垲《柔乡韵史》，第 31 页），这完全可以说明他是经詹熙的引介认识邹弢的，邹弢与詹熙同岁。

良小说，试图强国复兴；詹垲移居上海，深陷风月场。此后，几乎没有让他俩相见的现实条件。[1]

不过，仍有其他方式促成二人的联系。家族才干以及人们对它的重视是一个重要的共性——存在于詹氏兄弟之间、父母与子女之间、詹熙与其子女之间。詹家对男女才华都相当重视，这一点对本书至关重要。再次重申，本书的四个主要观点都认为女性才智并不逊于男性。

兄弟俩对现代化的上海的叙述也是需要关注的问题。在詹熙看来，是先进的知识吸引了他，正是在现代、科学精神的指引下，他了解到傅兰雅的做法，受其鼓舞才会去兴办新式学校、编纂教科书。[2] 相反，詹垲深陷上海风月场。有人可能会说，詹熙凭借他的文人地位传播新学，[3] 詹垲则凭自己的才华过上了才子佳人般的生活。也许正是兴趣上的分歧导致詹熙回乡生活，而詹垲选择留在上海。不过詹熙也并不回避与妓女往来，[4] 反而是詹垲格外投入包括职业教育在内的教育领域，他写的妓女题材作品暴露了他的兴致所在：一个贫穷的女人除了出卖自己的身体还能做什么赚钱？职业教育显然是最有可能的出路之一。最后，詹氏兄弟都参加过科举考试，新旧文体皆习，也是各大报纸的热心读者。这种有趣的矛盾统一也许说明二人关系亲近——但也不一定如此。詹氏兄弟的诗词集均已佚，我们只能猜测他们之间的关系。

---

[1] 郑永禧编纂的《衢县志》中关于詹垲的信息很可能是詹熙提供给郑永禧的。这部地方志问世于 1926 年，詹熙当时仍在世，但詹垲已去世 15 年。

[2] 绿意轩主人：《花柳深情传》，第 134～135 页。

[3] 关于文人的讨论，见 Yeh，"The Life-Style of Four Wenren."

[4] 詹熙采访蔡良卿和他描写底层妓女的诗便可证明这点。

三　狭邪笔记：编订、时期、形式

詹垲写了一些关于妓女的作品，第一部就是重印多次的《柔乡韵史》，也是他此类作品中最成功、影响最大的。也可以说，这部作品是他最好的一部，尽管在广泛的文类中如此排序评价的做法有待商榷。

如今，我们很难追溯《柔乡韵史》的出版历程。詹垲和出版人沈敬学的序所标时间是1898年，沈敬学是《寓言报》的主编（詹垲在《寓言报》供职过一段时间，《柔乡韵史》也曾连载于《寓言报》）。不过现存的1898年版包含1899年、1900年增订的内容。这些增订的内容多数出现在每一章目的最后，但是即便在内文也能发现1898年以后的内容。这个版本应问世于1900年，甚至是1901年。我认为，应该真的存在一部现已散佚的1898年版。另一种可能是，《寓言报》从1901年3月才开始连载《柔乡韵史》。[①] 除了那两篇序，《柔乡韵史》还有5首题诗，其中一首出自袁祖志，但该诗没有附注。

《柔乡韵史》最初收有100篇妓女小传，在最后定稿时又增加了不止一篇。[②] 据沈敬学和詹垲的再版序可知，1907年该书再版。除了时间不同，两篇序与1898年版的一模一样。[③] 1907年版包括1898年版的大部分内容（以及第101篇妓女小传），增删了一些内容，合计105篇小传。增加的重要内容之

---

① 樽本照雄编《新编增补清末民初小说目录》，第599页。
② 北京大学图书馆藏本有第101篇小传；复旦大学图书馆藏本则没有。
③ 我见到的唯一一部1907年版是藏于首都图书馆的"绥中吴氏藏书"版。

一是插图，很多没有标明时间，标明了时间的照片摄于 1901 年和 1902 年。1907 年版没有完全遵循 1898 年版的版式设计，但从根本上说它也并没有什么变化。①

正如我们不能妄自断言"1898 年版"就是在 1898 年出版的那样，也没有确凿的证据证明"1907 年版"就是在 1907 年出版的。由于插图所示年份较早，很有可能再版的时间要更早，只是在 1907 年修订了时间和其中一篇小传，又加了两篇小传。无论如何，"1907 年版"后来又在 1914 年、1915 年、1917 年重印。两版《柔乡韵史》都是以詹垲的一组竹枝词结束（本书 117 页曾引用其中一首）。图 3－1 展示的是 1898 年版的扉页。

《柔乡韵史》之后至少以三种形式再版（部分再版或全部再版）。其中一版就是 1903 年的《绘图海上百花传》，南京图书馆有藏，它是 1898 年版的石印本。因为它弄错了詹垲的笔名，这个版本很可能未经作者授权。② 据我所知它没有再印，③ 因此后文不会讨论这个版本。

其他版本还有《花史》（图 3－2）。这一版本中，詹垲

---

① 比如 1907 年版全书分为三个部分，而不是像 1898 年版的两个部分。而且 1898 年版是一行 32 字、一页 14 行的版式，1907 年版则变成一行 30 字、一页 11 行的版式。

② 该书第二卷开篇署名编者为"杏楼主人"，非"幸楼主人"，校注者为"梦花仙史"，梦花仙史的身份不详。1907 年版多了 7 张手绘插图，但其他方面，从每行字数到每页行数都完全一样。不过所收文章数量大大减少，仅有 46 篇，不及《柔乡韵史》篇幅一半。这一版中沈敬学的序被保留下来了但时间改为 1903 年。詹垲的自序似乎和以前一样，但是序的时间改为 1896 年——显然是错的。46 篇文章分为四章，不是三章。书末原来十首竹枝词存七首。1907 年版的出版方是文翰阁，所在地不详。

③ 樽本照雄编《新编增补清末民初小说目录》，第 221 页。未列其他版本。

图 3 – 1　1898 年版《柔乡韵史》扉页（沈敬学题）

资料来源：北京大学图书馆惠允复制。

1906 年春写了新序，《花史》的出版时间是 1906 年 4 月。詹垲的新序后附有 1898 年版各序，包括沈敬学的序和詹垲的自序（自序略有改动）。[1] 这次再版的序也没有写明具体日期；还有一篇未署日期的序是汤氏所作，笔名为"颐琐室主"，排在沈敬学序和詹垲自序之间。汤序结尾处写有："颐琐室主同客海上。"经证实，这位汤氏就是前文提到的汤宝荣，即《黄绣球》的作者。[2] 此外，汤宝荣在 1900 年曾赠诗沈敬学和吴趼人，这些诗给人的印象是，他生活在一个新小说即将诞生的世界里。[3] 1901 年，沈敬学主编的《寓言报》刊登了汤宝荣的润笔广告。[4] 本章末和结论将要讨论汤宝荣与詹垲其他方面的交际。这里我仅会讲到汤宝荣与《花史》的关系。

作为一篇原序，汤宝荣的序很可能是为《柔乡韵史》某一早期版本而作的，这与 1907 年版中出现的照片摄于 1901 年或 1902 年的道理一样；不过我没有找到这样的"早期版本"。

---

[1] 此版自序比 1898 年版多了一句结语："亦以见中国外强中干之势，至今日尤岌岌可危云。"詹垲：《花史》，"序言"，第 4 页。

[2] 虽然关于这部小说的作者是不是汤宝荣仍存疑，但从两方面可以说明汤宝荣与詹垲关系密切：其一，汤宝荣和詹垲在狭邪文学领域来往甚密；其二，他俩都是晚清妇女问题小说的作者。汤宝荣时任商务印书馆编辑，同时也是名诗人。陈玉堂编著《中国近现代人物名号大辞典》全编增订本，浙江古籍出版社，2005，第 304 页。汤宝荣诗集命名为《颐琐室诗》，亦见郭长海《〈黄绣球〉的作者颐琐考》，《社会科学战线》1993 年第 4 期。郭文断言汤宝荣确实就是小说《黄绣球》的作者。虽然郭长海的论断存在争议，但是正如郭文所称，民国初年，汤宝荣发表在《小说月报》上的序文和推荐文，说明他对小说始终抱有兴趣。

[3] 《颐琐室诗》第 2 卷，第 9a、17a 页。关于吴趼人转向小说创作的讨论，见 Huters, *Bringing the World Home*, pp. 123 – 150.

[4] 颐琐：《颐琐室主撰作润例》，《寓言报》第 1 期，1901 年 10 月。这则广告与"幸楼主人"发布在《采风报》上的那则十分相似，差别仅在于润笔文类和价格。

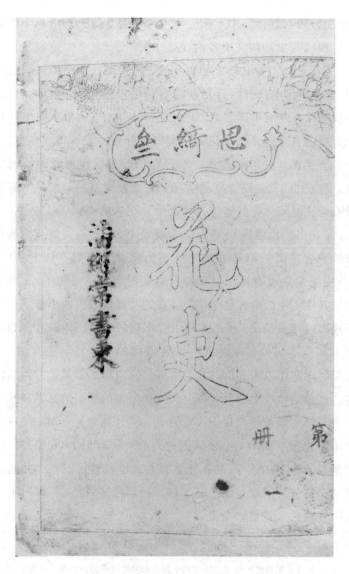

图 3 - 2　1906 年版《花史》封面

资料来源：美国国会图书馆惠允复制。

《花史》没有题诗，"颐琐室主"在《柔乡韵史》的第101篇小传和《花史》内文中各出现过一次。①

《花史》主要取材于《柔乡韵史》中的妓女小传。《花史》的83篇小传中只有两篇是新内容，很多内容与《柔乡韵史》一模一样，若有不同之处，也仅是一点增补。《柔乡韵史》并没有将内容分类，而《花史》则将其分为"品、情、色、艺、杂"五类部，并略做改动，不过它仍旧是值得留意的复制版本。《花史》也是以竹枝词结尾，有五幅全新的插图——有些没有标注时间，有些标注为《花史》出版的1906年。

《花史》出版后16个月，也就是1907年10月，或多或少延续了《花史》编纂方式的《花史续编》出版（图3-3）。《花史续编》也有序，但都没有标明时间，它收录了43篇小传，其中3/4的内容是全新的。在这些展现旧事的小传，记录了很多《柔乡韵史》《花史》中曾出现的女性，她们大多被记录为完全不同的名字。书中主要增加的内容是《柔乡韵史》初版问世9年以来发生的社会事件。它也增加了其他方面的内容，比如四位妓女所写的诗、妓女张宝宝的爱国请愿书和其他作者写的文章。与《绘图海上百花传》《花史》一样，《花史续编》也配有插图。七张插图中，除一张标记1906年外，其他都标记为1907年。内容分类的方式也延续了下来，并略有改动，被分为"豪、能、雅、妙、艳、流"六类，② 每一类下的内容要比《花史》杂乱。

---

① 在《柔乡韵史》结尾，汤宝荣出现在妓女李萍香的故事中（下册，第39页）；还有一次是出现在《花史》妓女洪金凤的故事中（第58页）。据信这两次是汤宝荣和编辑沈敬学为詹垲找寻这些妓女。

② "流"也可指"风流"。

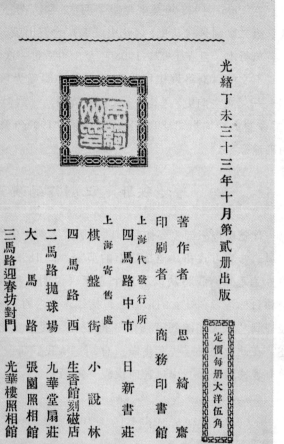

光緒丁未三十三年十月第貳册出版

著作者　　　思綺齋
印刷者　　　商務印書館
上海代發行所
四馬路中市　　日新書莊
棋盤街　　　　小說林
上海寄售處
四馬路西　　　生香館刻磁店
二馬路抛球場　九華堂扇莊
大馬路　　　　張園照相館
三馬路迎春坊對門　光華樓照相館
各省大書莊均有售者

定價每册大洋伍角

图 3 - 3　《花史续编》版权页（1907 年版）

资料来源：浙江省图书馆惠允复制。

《花史》与《花史续编》在版式上仅有细微差别。① 《花史》在1906～1908年至少再版了两次，第一次是以单行本出版，第二次则是《花史》《花史续编》合订出版。《花史续编》也有单行本，且在1907～1908年至少再版过一次。②

下文的讨论将聚焦以上四部作品中明确为詹垲所写的三部——《柔乡韵史》《花史》《花史续编》。除特别标明，文中《柔乡韵史》均指"1898年版"，提到"1907年版"时我会很明确地标出。③

四　詹垲狭邪笔记创作的演变

伴随詹垲三部主要作品标题和版式不断变化的，是作品在文风、修辞方式和其他特征上的演变。以1898年的《柔乡韵史》为基点，我将从以下几个方面来说明这种演变：创作缘由和目标读者；妓女的形象；包括作者在内的人物形象。我已经提到"从无插图到有插图"的变化，其他变化会在后文详述。在此我先对这些变化做一总结：从我们研究的角度来看，最有趣的转变是"由风趣向说教"的渐变。

---

① 《花史》的版式是一页12行，一行31字；《花史续编》则是一页11行，一行31字。

② 合订本现藏于浙江省图书馆，但其出版方不同：《花史》由铸新社出版，《花史续编》由商务印书馆出版，出版时间为1907年。出版方不同意味着这两本书一开始是分开出版的。1906年版《花史》的1987年复制本现藏于美国国会图书馆，出版方是文宝书局。北京首都图书馆藏有时中书局1908年出版的《花史》，这版可能是稍早时《月月小说》版的重印本，《李伯元全集》第5册也提到了这个版本（第1页），很可能这两个文本之外还有别的版本。

③ 我用的1898年版为北京大学图书馆藏本。1907年修订版由文艺消遣所出版，上海图书馆藏，此版本在1914年、1915年、1917年都重印过。我使用的《花史》《花史续编》是浙江省图书馆所藏合订本。

《柔乡韵史》

1. 创作缘由和目标读者

尽管詹垲的写作遵循一套明确的文学传统，但他创作《柔乡韵史》的动机的确有点让人困惑。这种困惑首先来自作者的自序，这篇自序意外地充满说教色彩。[1] 甲午战争失败的阴影萦绕不去，詹垲对中国内地的积贫积弱深感痛惜。相反，他说上海洋场一片欣欣向荣，"通衢之间肩摩毂击，一岁所糜金钱，难以数计也"。[2] 继而责备他的同胞纵酒狂欢，即使在这困难时期这些人也囊中羞涩。詹垲称他们是自取其辱，就像上海的不良风气也影响到周边。他还说到自己之所以在上海居住多年，是因为很多人将他视为向导；当他穷困寂寞时，他开始写关于妓女的文章自娱自乐。他认为妓女值得引起公众关注，但也将她们视为中国社会沦丧的见证。

正文前的作者自序说明，他在写作这类文本时采用了较为传统的方式。他强调了孤独的主题，并承认仿照了1697年出版的讲述南京晚明遗事的《板桥杂记》。他在自序中称，上海是一座声色之城，读者会想要了解它，书中的妓女小传都来自詹垲在上海滩复杂的经历。这意味着一些品艳家会对他的记述产生兴趣。从这段自序我们可以推测出多愁善感之人——很可能文人是这本书的主要受众，其他想了解上海的人也可将此书作为指南。[3] 商人和普通游客也是詹垲的目标读者。

---

[1] 1907年修订版的一些重印本中没有收录这篇序，《花史》又将其收录。

[2] 詹垲：《花史》，"序"，第4页；詹垲：《柔乡韵史》，《寓言报》，1898，"序言"，第2页。

[3] 更多内容详见 Yeh, *Shanghai Love.*

目标读者这一点在沈敬学和汤宝荣的序中也有体现。沈敬学称赞詹垲是一位才华横溢的作者，他周游各地，这部文集突出了文人的意趣；汤宝荣则提到了《板桥杂记》，以此传达了类似的观点。不过沈敬学和汤宝荣的口吻都没有像詹垲那般说教。

2. 妓女的形象

正如稍早王韬、邹弢等人的同类型作品一样，① 詹垲的每篇传记都围绕一个、两个或（偶尔）一小群妓女。单独描写个人的篇目数量超过后两者，不过两人合传的数量也不少。每篇传记的篇幅很少超过一页，这种精简的叙述方式说明刻画是相当简洁的。传记的布局不一，后文将详述，但是传记中有姓名的妓女往往是核心人物，相关内容也围绕着她的体态、才华及其令人印象深刻的传奇经历等展开，但这些讨论仅围绕妓女本身。试举几例，这些妓女中有卖身养家的，有精通《红楼梦》等文艺作品的，有相貌出众的，有以善良、坚韧闻名的，有以此摆脱穷困的。较为普遍的是命运悲惨的女性，如习乐谋生的妓女。其他话题还有鸦片成瘾、酗酒、卖唱、患病（包括性病）、年老色衰、怀孕、缠足与否、义和团等。

在讲述这些故事时，詹垲提到了很多上海日常生活的片段。比如，有充分的证据表明，记者在支持狭邪文化方面发挥了作用，特别是著名的"花榜"——它效仿科举制度，引起极大的轰动。有几处内容也提到了大众阅读的小说以及妓女所写的弹词。这些片段都是偶然呈现的，但总体上描绘出了一个动态、快速发展、不断开发、充满艺术活力、令人振奋的城市

———————

① 詹垲曾提到王韬的《淞隐漫录》。詹垲《柔乡韵史》上册，第45页；下册，第6页等。

景象。

　　关于两人的合传提供了多种人际关系的信息。有的建立在共同的经历或才艺之上，如唱歌；有的则基于亲缘关系，如姐妹或母女；有的是基于詹垲所了解的情形。与个人传记一样，合传也是围绕某一话题，但是也记录了很多上海日常生活的片段，与全书结构相呼应。

　　只有两篇传记是群像写作——《四大金刚》和《四小金刚》。① 这两篇篇幅都不长，可能是因为当时的读者十分熟悉这些妓女的背景情况。尽管这版《柔乡韵史》没有具体说明，但有人——甚至可能就是詹垲本人认为插图仍有必要，因此在书中附上了一张四大金刚的插图（图 3-4）。

图 3-4　《柔乡韵史》中的"四大金刚"插图

资料来源：复旦大学图书馆惠允复制。

3. 包括作者在内的人物形象

　　《柔乡韵史》全书侧重展示妓女的魅力，虽也有例外，但

————————

① 有一篇传记标题称写三位妓女，但是只写了其中两位。詹垲：《柔乡韵史》上册，第 16 页。

大部分的刻画都意在引起共鸣。这说明很多从事同类型题材创作的作家都很欣赏这些妓女，并且理解她们的艰辛，如身后留名的袁枚。很多与詹垲同时代的写作者至今依然负有盛名，如王韬、李伯元、袁祖志以及邹弢——他们都是书中提到的詹垲友人。[①] 詹垲的很多朋友如今已不知名，如沈敬学和汤宝荣。另外有相当多的人身份可考，但姓名不详，只留下了隐晦的笔名，无法核实其究竟是何许人士。

如沈敬学，詹垲提到的很多人都是受雇于或主管娱乐小报，詹垲便是通过这些人进入了交织着文人赏阅与妓女才情的"花榜"，即使我们无法确认某一报人的具体身份也能认识到这一点。可以说，其中一些人多少是常驻上海的，还有一些是从外地（包括衢州）来沪小住或从乡下移居城市。地方官员、商人、日本人、朝鲜人、西方人都被詹垲记录在册，不过他们的身份大多仅能凭国籍而不是姓名来确认。仅有一个例外是日本作家、官员永井久一郎，在《柔乡韵史》中他以为人熟知的笔名"天囚居士""来青散人"示人。永井久一郎是日本著名作家永井荷风的父亲，后者作品的主要题材就是描写日本妓女生活。[②]

虽然詹垲在如今并不是耳熟能详的人物，但他是当时上海

----

① 袁祖志，见詹垲《柔乡韵史》上册，第9页；邹弢，见《柔乡韵史》下册，第9页；王韬，见詹垲《柔乡韵史》上册，第45页；李伯元，见詹垲《花史》，第74页。李伯元评论詹垲的内容，见附录；袁祖志的推荐语、与邹弢的来往，见邹弢《三借庐集》（《清代诗文集汇编》第773册，上海古籍出版社，2010，第9页）中詹垲的评论。

② 詹垲：《柔乡韵史》下册，第33页。永井久一郎酷爱《红楼梦》，永井荷风应受此影响。甲午战争期间，永井久一郎以《大阪每日新闻》通讯员身份抵沪，他是李伯元的朋友，参见吴佩珍「永井荷風と紅楼夢の関係前史」『筑波大学地域研究』第18期、2000。

记者界甚有地位的一员，他的笔记作品也是当代人了解"老
上海"的有力依据之一。① 詹垲的交际圈囊括了画家、作家以
及色艺、文学品鉴家。的确，对这群与书中核心人物——妓女
往来的男性来说，品艳、情感是必需的。虽然妓女是核心人
物，但正因为有男性在场，她才能凸显自身，不管是情人、旧
情人还是其他关系。《柔乡韵史》不仅描写妓女个人生活，也
记录了妓女与男性友人之间的互动。男性文人之间的关系、妓
女之间的关系也是很重要的话题，但这部文集特别集中讨论的
是男女关系及其内在的情感。②

　　詹垲的这些文章包含了许多关于他个人及其志趣的信息。
我们从中知道，詹垲在 1894 年（有的地方写的是 1895 年）来
到上海，当时他已经游历了中国大部分地区。在这趟旅途后，
詹垲经历了一段长时间的低潮，可能也与其稍早失意的科举经
历有关。他写道：

　　　　曩余伏处敝庐，有语及海内名山大川诸胜概者，辄惝
　　恍模糊，莫得其统。迨顷岁客游四方。渡钱塘，登会稽。
　　历天台四明，东抵吴会。航海而北，三至京师，久之。又
　　逆江而西，过彭蠡，涉洞庭，以窥于衡湘。然后叹耳闻之
　　略，不敌目击之详也。至于品艳亦然。③

　　汤宝荣序也提到了这次游历，同样把赏景与品艳联系在一

①　Yeh, *Shanghai Love*, pp. 162 – 163.
②　李海燕对中国文学中情感的作用做了很有意义的解读，参见 Haiyan Lee,
　　Revolution of the Heart, esp. pp. 60 – 92.
③　詹垲：《柔乡韵史》中册，第 51~52 页。

起。我们在地方志中也能看到这样的生平片段。詹垲为 1898
年版所写的简介也提供了一些他的生平信息，文中提到他居沪
多年。

从以上资料我们了解到，詹垲亲历了甲午战争。[①] 上海给
詹垲提供了能够以文字谋生的机会，但也难掩乡愁和寂寞。
从抵沪到作品出版的 1898 年，詹垲做了三四年的记者。据他
1899 ~ 1900 年的文章可知，这两年情况也是如此。在这期
间，他结识了很多妓女——不一定都是情人关系，同情她们
的遭遇。男性朋友圈也能让他找到乐趣和安慰，男性友人总
会帮他留意有趣的烟花女子。虽然偶尔也会冒犯到他人，但
他给大多数人留下了很好的印象，是一个襟怀广阔、兴趣广
博的人。

在书中，詹垲记录的多数是他认识的妓女，有一些甚至关
系相当要好，而仅有若干位是从朋友那里听说的。他用带有歉
意的口吻解释说，上海的妓女太多了，他很难一个个去认识，
不得不依赖中间人的推荐。[②] 像第 101 篇传记的主人公——妓
女李苹香，就是汤宝荣和沈敬学介绍给他的（图 3 – 5）。[③] 李
苹香后来也成为与詹垲关系最亲密的妓女之一（详见后文）。[④]
不过，即便是巅峰时期，詹垲认识的这些妓女在地理位置上都
与其相距不远。大多数传记描写了人物相貌，可知他清楚对方
的长相或至少是见过照片。

这些交际花销甚大。詹垲说，要不是穷，他在上海会逗留

---

① 詹垲：《花史》，第 83 页。
② 詹垲：《柔乡韵史》中册，第 41 页。
③ Yeh, *Shanghai Love.* 关于李苹香的更多信息，见前揭书第 211 页。
④ 詹垲：《柔乡韵史》下册，第 39 页。

图 3 - 5　《柔乡韵史》中李苹香的照片（1907 年版）

资料来源：浙江省图书馆惠允复制。

更久。① 即使钱快要花光，他仍留在上海的原因之一是，有很多人以他的建议为向导体验沪上风月。詹垲在上海无依无靠，

---

① 《柔乡韵史》称詹垲初至上海时住在学生公寓。亦见詹垲《花史》，第58页。

他甚至还在旅店住过一段时间。① 然而，随波逐流的状态只能让他在创作狭邪笔记时暴露自我，描写妻儿或呈现家庭生活也不适用于这类作品。

这类自我流露可视为詹垲可靠的生平资料抑或自我形象塑造的方式，通过它我们能看到一群人物，也能探索上海城市生活的文化面向。詹垲凭借其敏锐的洞察力、丰富的经历及流畅的写作建构了一个宏大的、比实际所见更广的时空全景。从写作对象的籍贯来看，上海吸引了来自全国大部分地区的移民，不同阶层的人都生活在这里。正如我们从詹垲作品中看到的那样，上海是一个瞬息万变的名利场，每天都有人兴致而来，亦有人悻悻退场。

从时间上看，詹垲借鉴了传统的文学形式，余怀的《板桥杂记》是他主要借鉴的作品，但是戏剧、小说、笔记以及史书也是他借鉴的对象。最常被提到的两个人是李渔和袁枚，某种程度上是因为二人都曾在文字中表露过对女性才华的欣赏。不过，詹垲创造的这一全景也展示了新生事物，如天足会、照相技术、铁路等。

4. 文体特征

《柔乡韵史》多变的行文方式强化了上海给人不断变化的印象，除了合传传主的对比，在行文结构和修辞上也有许多新尝试。以开头为例，有的精心设计了开场故事，有的直入主题；还有一篇开篇先介绍与传主产生关系的男性，再引出中心人物；或者以另一个妓女开篇，再慢慢转向主要人物。有的传记直接以自传口吻写成，正是如此，《柔乡韵史》中记录了詹

---

① 地方志记载詹垲在上海一间旅店去世，享年49岁。

垲的很多关键信息。一件有趣的偶然事件、一个暗示、一项妓院规则、描述自然或城市的一段话都能构成一则传记的开篇。

无须赘言，《柔乡韵史》还有许多其他行文方式。作品的写作对象、读者、消费者、记录的男女关系五花八门，甚至叙述方式也有多种变化，如诗歌、对话等。很难概括詹垲处理文本的原则，除非说"每篇传记都采取了不同的行文方式，相邻的传记之间尽量以对照的形式排列"。这一系列灵活生动的行文和安排使詹垲的文章看上去既不乏味又充满惊喜，内容和行文节奏又增强了全书的可读性。也有一些特点始终没变，如时不时出现的"幸楼主人曰"，紧接着的便是詹垲本人的评语，这种写法借鉴了他钦佩的司马迁的《史记》。

第一阶段演变：从《柔乡韵史》到《花史》

1. 创作缘由和目标读者

与《柔乡韵史》为男性品鉴家读者服务的基调不同，詹垲在《花史》序中流露出振奋人心的意图。詹垲在文中称，希望这些妓女的经历能促使闺秀理解度日之艰辛，完善自我。现在的读者可能会问，这种期待是发自内心的吗，还仅是夸张之辞？闺秀是否会读《花史》我们都还抱有疑问，更别说让她们产生任何读者效应了。不过，虽然这篇序没有署本名，但詹垲也提出了这些疑虑。反而是在与一位叫章荷亭的人的公开对话中，他明确提出了这些问题。章荷亭的经历与詹垲很像，据称与詹垲在 1906～1907 年的经历一样，他与家族失联；见证了甲午战败，后来到上海。甲午战争的惨败让他非常沮丧，近十年都沉沦于花天酒地，这也是两人的另一个相似之处。

《花史》自序称，章荷亭原本计划为全世界的成功人士作传，但没有成功。1903 年，詹垲与人合编的《全球进化史列传》（仅收录外国人）出版，了却了这一遗憾。自序最后提到章荷亭在詹垲家找到了一本破损的《柔乡韵史》，章本想编校后重新出版这本书，以启蒙闺秀。只有一处与詹垲实际生活不符：他并没有在幼年失去双亲。不能轻易忽略这点差异，但是仅凭这点就否认"詹垲和章荷亭是同一人"也是不够的，后文会提到相关依据。这篇自序也提到章荷亭及其父都是丧偶之人。

根据书中插图的说明文字可进一步推断，詹垲与章荷亭是同一人。[①]《花史》中的五张图，有四张都提到章荷亭：一次"荷亭"，三次"荷公"，后者更是在《花史续编》的插图中都有出现。[②] 无论詹垲与章荷亭是不是同一人，最重要的一点在于出版《花史》的创作缘由，詹垲自序是这样说的：闺秀在衣着首饰上都追随妓女的风格，显然这些闺秀对她们十分上心。鉴于此，加上女学运动的兴起，《花史》意在激励闺秀为新的世界启迪自我。妓女谢文漪就被作者当作正面例子。"谢文漪"是李苹香的众多别名之一（她在序言中被称作"谢文漪"，但在正文中是"李苹香"，"李金莲"是她的另一个名字）。谢文漪曾尝试为妓女创办学校，但是因缺乏资源没能办成。虽然谢文漪没能达成目标，但她被当作激励闺秀为有意义的事业而努力的代表。

---

① 这些说明文字都是手写或用粗体字印在图片上。

② 《柔乡韵史》里没有任何相关记录，因为 1898 年版没有插图，1907 年版中的图片都署有时间和拍摄者姓名，但没有说明文字。詹垲另一本有插图的书是他的第三部小说《碧海珠》，本书第四章将讨论它。《碧海珠》中就有一幅妓女金小宝的插图，思绮斋有题词。

　　不管这创作缘由是真诚的、嘲讽的还是充满警惕的，它提供了一个不同寻常的创作缘由——为妓女作传。这也是从《柔乡韵史》到《花史》最主要的变化。不再是以男性作为主要受众，德行取代了愉悦感，成为刻画妓女生活的创作缘由。詹垲在《柔乡韵史》自序中称上海是沦丧之地，在那里很难有人会意识到提升自我的迫切，《花史》的大转变与其有一定关系。这样一来，《花史》新序的矛盾之处比先前的自序要少，因为它对妓女生活的刻画不是像先前那样突出娱乐感官，妓女也不再被视作中国社会的祸患。凭借新的创作缘由，作者可以妓女为参照激发她们改变困境的奋斗精神，进而增进国家的整体实力。妓女改造自我的行为也会成为无所事事的闺秀学习的对象，尤其一些闺秀会受此鼓舞，希望为国家大业做出贡献。

　　接下来，这篇自序转到了章荷亭的问题上：他如此投入于与妓女的交往，是否浪费了他的天才潜质？答案是只要他的行为是以德行为导向，其创作就是有意义的。这篇自序的目的之一就是指出章荷亭做法的意义，《花史》将妓女小传分类重排，并将"品"设为首要标准，正是因为该书是以德行为创作导向的。

　　《花史》的编者，前文提到的"瀣隐"，[①] 显然进一步推动了这一转向。《花史》序言中并没有提到他，他是在第一页的编者名单中出现的，一起列入名单的还有作者"幸楼"——可以理解为就是詹垲本人。第一页的推荐者名单中也有"瀣隐"，据称是他将书中记录的第一个妓女（薛飞云）介绍给詹

---

① 关于"瀣隐"，详见本书第四章讨论小说的部分。

垲/章荷亭的。此外，没有提到章荷亭的那幅插图中出现了
"薶隐"，那是一幅关于詹垲朋友李莘香的插图。

与"章荷亭"一样，"薶隐"很有可能也是詹垲的笔名，
也有可能是他的某个亲友的名字。后文将提到更多关于章荷亭
和薶隐的生平信息，所以我暂时先不继续讨论这个问题。我现
在要谈的是，薶隐对行文的重整是与詹垲赋予章荷亭的说教口
吻一致的。而且据称是薶隐介绍给詹垲的妓女薛飞云是全书
第一部分第一个记录的妓女，因为她举止端庄，也可以说有通
常在妓女身上看不到的闺秀气质（图 3 - 6）。与其他妓女相
比，薛飞云爱读女德类书籍，比如《女论语》《女孝经》。将
薛飞云安排在全书开篇应也有说教这层用意。

总而言之，《花史》是对中国传统女德的改造与展望，它
完成了从一本男性指南到一系列对照教学的转向，它的创作目
的之一就是启发闺秀。闺秀能从中获益匪浅，并不是因为她们
遇到了这群妓女，而是因为她们通过阅读了解了妓女的遭遇。
虽然这些闺秀可能一开始愚昧无知，但詹垲想到这些无所事事
的闺秀读者打开这本书能学到诸多时下的知识，会受推荐人及
闺秀气质的妓女启发而做一些有意义的事情。尽管《花史》
有超过一半的内容来自《柔乡韵史》，但《柔乡韵史》没有这
样的行文逻辑。

2. 妓女的形象

毋庸置疑，虽然内容变化不大，但《花史》的正文、序
言都显示出态度上的变化。作者努力将核心人物妓女刻画成典
型，在增加的新文章和修订的旧文中都能看出这一点。就旧文
来说，读者可能不会立即意识到这是之前已写过的主题，因为
同一个妓女第二次出现时可能用的是完全不同的名字（前文

图 3 - 6　薛飞云像

资料来源：1906 年版《花史》，1987 年复制本，现藏于美国国会图书馆。

提过，李苹香就有三个名字）。《花史》中李苹香的传记内容与《柔乡韵史》完全一样，但是附录写到她往往通过写诗记录自己与男性之间令人担忧的情感关系，"诗妓李苹香"便逐渐为人所知。同样，还有名妓赛金花，她在《柔乡韵史》中的名字是"傅钰莲"，在《花史》中则是"赛金花"，大部分时候詹垲仍然称她"傅钰莲"。《花史》中的赛金花传记的内容被修改了一部分，传末增加了大量注释。新增的内容中最重要的信息就是李鸿章指使赛金花向八国联军统帅瓦德西求情。[①] 难怪夏衍 1936 年创作《赛金花》时，灵感来自《花史》中的赛金花传记，而非《柔乡韵史》中的那篇，[②] 因为修订版赋予了赛金花更多的英雄色彩。

在新增的 20 多篇传记中，相当一部分同样把传主视为典范，李咏（彩图 5）即是一例。李咏的传记强调她为妓女开办学校所做的不懈努力，正如该书收录的其他传记一样，李咏传延续了开篇点题的惯例。在这种情况下，鉴于我们对詹垲兄长詹熙的了解，这段开篇文字也显得更为有趣。

> 曩年浙西某郡拟办一学堂，郡绅某君谓学堂为康梁之余毒，阻之。其后郡人又拟令某某数学生留学东瀛，郡守某公谓留学者革命之造端，复阻之。吾不解此邦之官绅，抑何顽固乃尔也。[③]

---

① 正如今日众所周知的一样，赛金花与瓦德西有一段风流韵事，瓦德西是义和团运动时进入北京的八国联军统帅，赛金花说服其没有对北京市民采取过激措施。更多信息见 Hershatter, *Dangerous Pleasures*, pp. 461 – 462.

② 会林等编《夏衍研究资料》，中国戏剧出版社，1983，第 131 页。

③ 詹垲：《花史》，第 123 页。

　　不清楚詹垲在写下这些话时有没有想到衢州，但是对那些读过詹熙《衢州奇祸记》的人（包括仍记得詹垲在1890年夺得一座寺庙用来建学校的人）来说，詹垲这段话就是在说衢州。以上文开篇，传记继续写到为了创办学校李咏所面对的艰辛，文末詹垲称在兴教育方面，相较上海妓女的作为，他和浙西官员都自叹不如。

　　不论是根据《柔乡韵史》修订后的传记还是新增的传记，上面提到的三个例子可以印证詹垲在自序中提到的出版目的——激励闺秀。带着这样目的写成的传记篇幅更长，故事性更强，但是新增的几篇传记并不是全都具备这些特点。

　　通过《花史》关于"女才"的叙述也能使我们了解这部作品的转向。虽然《柔乡韵史》中很多女性很有才华，但记录的文字并没有看出她们参与了詹垲的创作或对其有所回应。在《柔乡韵史》中，以李苹香为例，她写的诗歌有些被记录下来，但是很少是明确写给詹垲的。在这方面《花史》便展示了这些女性的才华以及她们对自己传记的回应。像李咏的传记后就有几页记录了她对这篇传记的想法，包括她为了创办学校付出的努力，还有她为管理学校拟定的细则。李咏的话透露了两件事：不仅一些妓女比以往更值得称赞，而且在詹垲的作品中，她们不只是被动的写作对象，而是更积极的参与者。李咏等名妓提到的一点是，学校会帮助妓女逃离悲惨的命运。学校传授知识，让年轻女性能够找到有尊严的美满婚姻，不再走上老路。

　　这些变化表明，晚清女性在读书人眼中的地位逐渐上升。一方面，尽管妓女地位"肮脏"，[①] 但可将其重塑为闺秀读者

---

　　① 詹垲：《花史》，自序，第2页。

的榜样。她们的传统美德（如果她们也有传统美德的话）令人称颂，并具有新的公民责任感（当她们有类似感受时）和爱国精神。另一方面，詹垲笔下的妓女并不仅仅是被动的写作对象，有时她们自己就是作者。

3. 包括作者在内的人物形象

詹垲在写作《花史》时采用了很多《柔乡韵史》里的材料，可能是由于他不像以前那样熟悉上海的社会状况。正如他在序言里的两段话中所写的那样，1903 年当他离开上海前往北京《商务报》工作后，与大部分老朋友失去了联系。用詹垲本人的话说："癸卯十月，余就商报馆之聘于都门，饥来驱我，无可如何。海上朋侪从兹契阔，花丛知己，更无论已。"① 可见詹垲离开上海时有多么孤独无依，但这也说明他新写的文章无法像过去那样直接反映现实，而自己过去在上海创作的文章也不再是时新的材料。这些变化说明《花史》作为指南所具备的即时性和关联性已经被大大削弱了，比如很少提到新的花榜。

由于不像过去那般了解上海的情况，詹垲接触写作对象的方式也产生了变化。创作《柔乡韵史》时，他与妓女有私交，朋友也会介绍合适的人选给他。仅偶有几位缺乏一手资料的女性，他对此也抱有歉意。《花史》就完全不是这种情况，改变了《柔乡韵史》的整体观感。《花史》更加重视典型人物，淡化上海的都市感，弱化男女情感，也不再突出感性的一面。

在《花史》自序中，詹垲承诺将在每年秋天和春天出版

① 詹垲：《花史》，第 66 页。

类似的传记集，为早日完成这一系列，他以刊登广告的方式搜集材料，其中一则就刊登于《花史》书末。推荐人（或当事者本人）需提供相应的信息，包括地址、年龄（无论长幼）、声誉（好或坏）、才华及容貌（申请者需提供一张照片）、艺术特长（唱歌、女红、写作皆可）和个人经历。其中特别有趣的一点是要求告知是不是天足，詹垲借此来支持改良（在《花史》和詹垲其他作品中都能发现与詹熙改良思想的相似之处）。显然，利用广告来搜集材料正说明詹垲与妓女、上海之间的直接接触变少。

4. 文体特征

《柔乡韵史》生动丰富的写作风格在《花史》上也发生了变化。这说明当《花史》将所有德行兼备的妓女罗列在一起时，它原本多样的风格已经被同质化。当"四大金刚"紧随"四小金刚"出现时，又呈现出了一种新特点。在《柔乡韵史》中，这两部分是分开的；《花史》则倾向于把最出色的女性放在每一部分的开篇，以弱化《柔乡韵史》的即兴感和行文结构。不过，《花史》这种处理方式有个很大的优点，它突出了真正优秀的妓女，并因此强化了激励闺秀的新论点。除了薛飞云、李苹香和李咏，还有两位出色的妓女——以美貌著称的李金凤和歌技一流的洪漱芳。赛金花在她所处的那章并没有被放在首位，而被列在李咏之后，放在"杂"部，赛金花的传记侧重她对国家的牺牲奉献。① 这表明趋于同质化的风格并没有局限，甚至鼓励并突出典型性，上文提到的说教模式也可适用。

---

① Hershatter, *Dangerous Pleasures*, pp. 461 – 462.

第二阶段演变：从《花史》到《花史续编》

1. 创作缘由和目标读者

《花史续编》有三篇短序，分别出自不同的作者，他们的身份已不可考，[①] 三篇序言后有一首作者不可考的题诗。第一篇序提到了《花史》的创作缘由，有的内容直接引自《花史》序；也提到大众女性会参考狭邪笔记中妓女的梳妆打扮，一旦她们开始接触这些信息就会变得足智多谋，富有公德心和爱国精神。

这是由《花史》《花史续编》的属性决定的，也有章荷亭的功劳。在《花史续编》中，章荷亭因为自己无法立足于新的社会而挫败感十足，故将妓女视为努力在困境之下敢为人先的榜样。他以多位在不同方面都很勇敢的妓女为例，比如找到自己的父母并赡养他们的张宝宝；免除客人所欠巨额债务的朱珊珊。有趣的是，他描述这些女性"不贞到贞"的转变过程，灵感源自詹熙擅长的西学："君诚得西国化学家之化无用为有用之妙用哉。"[②]

《花史续编》的第二篇序和第三篇序更关注章荷亭和蒲隐的身份。第二篇序更是直称章荷亭为《花史》作者。

> 吾友章君荷亭，怀才抑郁，无处发舒。顾不自怜其遇之穷，而于风尘中撷拾花间之可歌可泣可悯可风者。[③]

[①] 第一篇序称作"许序"，作者自称"慕韩氏"；第二篇序称作"陈序"，作者署名"多愁多病人"；第三篇序称作"陶序"，作者署名"江南旧游客"。

[②] 思绮斋：《花史续编》，"序"，第1页。

[③] 思绮斋：《花史续编》，"序"，第2页。

该序紧接着称，书中这些人的做法弥补了时代之缺陷。第一篇序和第二篇序的内容几乎让人确信，詹垲与章荷亭就是同一人。

这种可能性也让人觉得，章荷亭——无论他是不是詹垲，他都是确确实实存在的一个人。汤宝荣作于 1908 年小除日的一首诗也提到了章荷亭的儿子。[①] 最起码，这首诗证实了詹垲与章荷亭的朋友（汤宝荣）认识，同时证明章荷亭的真名是"章蕖"（和"子渠"略有不同）。我们还有更多的证据可以证明詹垲与章荷亭是同一人。诗中描绘的两代人（章蕖儿子与汤宝荣）对照也十分有趣。如果章荷亭与詹垲真的是同一人，如果汤宝荣确实是章荷亭儿子的长辈，那么詹垲/章荷亭、汤宝荣在当时（1908）应该年届半百，以下一代的标准来看确实是老人了。

第三篇序的情况类似，不过这篇谈的是蒲隐而非章荷亭。作者称蒲隐送了这本好书给他，尽管他怀疑像蒲隐这样的年轻人是否能完全理解自己的情绪。如果真的像汤宝荣诗中所称的那样，汤宝荣（和章荷亭）都意识到自己的年长，如果"章荷亭"确实是詹垲的笔名，蒲隐可能就是他们认识的某个后辈。至少我们可以说，这三篇序都没有完全排除"詹垲就是章荷亭"的可能，三篇序都视蒲隐为后辈，这完全可以说明，蒲隐和詹垲/章荷亭并不是同一人。

---

① 该诗诗题为"小除日借章荷亭（蕖）子游愚园看雪"，所署时间为 1908 年。《颐琐室诗》第 3 卷，第 11a 页。该诗内容如下："天意教人试岁寒，岁华初霁雪初干。披寻冷淡心偏热，装点盲聋境已残。元会喜随春律转，百年忙作电车看。后生到眼真堪畏，露顶冲风未着冠。"前两联的诗注称愚园里的匾额都是聋公高邕的手笔；愚园也是艺人林步青唱滩簧的地方。

此外，我们不知道詹垲为何要掩盖自己的作者身份到这种程度。可能是他想与家人保持距离，也可能是源于他对妓女的强烈认同——妓女经常改换名字。"章荷亭"或许是他消闲时才用的名字，创作严肃文学作品时并不会用这个名字。[①] 正如"幸楼主人"常用在较为严肃的作品，如社论、诗歌甚至狭邪笔记——这些作品如今看上去不那么严肃但是在当时是属于传统文学的。

《花史续编》的三篇序后有一首诗，作者看起来是一位朝鲜人士，署名不可考。[②] 诗称赞了《花史续编》作者的文才，认为该书（及其记录的女性）会流传后世。

2. 妓女的形象

如《花史》那样，《花史续编》以这些女性的照片为特色（图3-7、图3-8）。当时这类作品的数量远低于早前，但是很多优秀女性的形象是在这段时期出现的。首先是张宝宝，因以"蓝桥别墅"为名捐款而为人所知的张宝宝的传记异乎寻常的完整连贯，因为张宝宝的爱国精神赢得了詹垲的青睐，她呼吁其他妓女认购中国铁路的股份以防其落入外国人之手便是一例。

当时的社会背景是，外国人要接管一条途经苏州和安徽的

---

① 从上文可知，詹垲曾给邹弢等友人的诗作注。由他作注的邹弢文集据说出版于1911年，但是我们不知道詹垲何时为其作注。柯愈春：《清人诗文集总目提要》，第1827页。邹弢称詹垲本名，这说明若章荷亭与詹垲是同一人。詹垲在与邹弢交往时还是用真名，甚至在他开始用化名"章藁"后，他和朋友仍是用真名往来，若确实是这样的话，可能他后来就不把"章藁"仅当作笔名了。

② 作者署名为"韩国荷潭氏"，此名为通用名，不是具体的人名。不过对朝鲜的关注是有趣之处，狭邪笔记的评语中有时也会出现朝鲜人。具体例子见思绮斋《花史续编》，第66页。

图 3-7 《花史续编》中的乐妓照片（1907 年版）

资料来源：浙江省图书馆惠允复制。

图 3-8 《花史续编》中一名西式打扮的妓女 (1907 年版)

资料来源：浙江省图书馆惠允复制。

铁路线，上海女学界对此很关注。她们决定发起募款，张宝宝
参与了这次募款活动，她自己捐了十元，还联合其他妓女一起
募集款项。在募款活动中，一名学生发表了一篇贬低妓女的演
讲，张宝宝对此强烈抗议，并召集了一群名妓发起活动，募集
了更多钱。这一举动让其势力大涨，甚至获得了来自其他群体
（包括名流）的关注。名流人士中，有书法家、秋瑾密友吴芝
英，她写了一副对联感谢张宝宝。[①]《花史续编》书末称：

> 目下妓界中。能牺牲个人利益，以谋社会之幸福者，
> 当以宝宝为首屈一指。孰谓此中人物，无国民思，而慈善
> 事业，必读西人以独步哉。[②]

这段话与张宝宝传记的文字相合，都是关于19世纪以来
西方女性如何通过红十字会等组织树立了社会服务和慈善的
理念。

《花史续编》并不仅仅是一部传记集，詹垲详细地记录
了张宝宝从一个身价优渥的妓女到一位具有强烈公德心的女
性的转变。他直言张宝宝的转变来得太晚（作为一名妓女，
27岁已经不算年轻），张宝宝一直在帮父母摆脱贫困，詹垲
认为转变的时机与此相关。张宝宝的传记位列全书首篇，詹
垲称正是张宝宝的领袖才干和激励他人捐款的行为使其赢得
了这个位置。

与修订版《柔乡韵史》（1907）收录的张宝宝传记相比，

---

① 思绮斋：《花史续编》第1册，第4页。我不能完全确定这层联系的真
　实性。
② 思绮斋：《花史续编》第1册，第6页。

《花史续编》所收的张宝宝传很有意思。前文我曾说不会讨论这个版本，我要说的是修订版中的张宝宝传是后来新增的，1898 年版中并没有。① 修订版新增的这篇传记内容不及《花史续编》的充实详尽，它呈现的是张宝宝的不同面向。

《花史》中李苹香和赛金花的内容都是直接逐字逐句引用《柔乡韵史》的相关内容，再在文末加上日期；而《花史续编》中的张宝宝传相对于《柔乡韵史》中的内容来说完全是一篇新作，甚至连张宝宝的一些信息都有改动。《柔乡韵史》修订版称其为家道中落、出身士绅之家的小姐，《花史续编》则说她是渔夫的女儿。张宝宝打动《柔乡韵史》作者的不是她的公德心，而是直率个性。张宝宝喜欢女扮男装在摄影棚里变换形象，她的照片里有很多奇妙的造型，比如《柔乡韵史》中的星月形象。② 她也自信、爽快地谈过此事。1907 年的修订版《柔乡韵史》里是这样描述她的。

> 则其性情亦极豪迈。有时长作男子装，箭袖蛮靴，发辫垂作地。日与二三姊妹，同相拍照，以怡然自乐。俨然有燕赵诸烈士慷慨悲歌之气，不复有嗫嚅呫哝之状，殆巾帼中一须眉之豪杰者也。而沪上之年少者流，往往以修容自饰，发若乌云，衣裳楚楚，自号为大小之丰姿，殆亦须眉中之巾帼者也。③

---

① 新增的另外三人是李金桂、梅嫣春和祝文玉。

② 《柔乡韵史》各版插图不同，上海图书馆藏 1914 年修订版的插图数量是 1917 年版的两倍。各版本的同一位置都有张宝宝造型各异的九张照片。1914 年版还有她的其他照片。

③ 詹垲：《柔乡韵史》上册，第 2~3 页，引自 Hu Ying, *Tales of Translation*, p. 141.

从这段摘录文字我们可以看出,《柔乡韵史》里的张宝宝传哪怕没有像《花史续编》里那般重要,也是一篇引人注目的作品。

我们无法得知为何詹垲要在《柔乡韵史》修订版里新增这篇传记(以及三篇写其他妓女的短文)。可能是因为他越来越信任这些妓女(以及作为记录者的自己?),也不再觉得这是尴尬的事。他将张宝宝作为第一位写作对象,意在为全书奠定振奋人心的基调。无论真实情况如何,后来的《花史续编》基调更为振奋人心,因为它更加突出慈善和爱国的主题。

《花史续编》中另一位特别有趣的人物是李采。李采的不同在于她是主动提供写作材料给詹垲的人。她的经历也与其他妓女不同。她来自华北,去上海前在天津做了多年妓女。她本身不会讲吴语,自己从头学起,因此当她到上海的时候,已经很适应当地语言。

像其他极富才华的妓女一样,至少从这方面的普遍看法而言,李采出身良好,但命途多舛,不得不流落烟花巷。正是在这样的背景下,她很难认同一些妓女抛头露面的作风,也很难与她们融洽相处。她的行为让人想到道姑。在《花史》《花史续编》中,李采是具有闺秀气质的妓女之一。《柔乡韵史》中也有这样的女性,但《花史》和《花史续编》记录了更多这个类型的人物。詹垲越来越关注这样的闺秀气质人物,这也是他希望通过妓女的事迹激励目标读者——闺秀的表现。①

李采的经历不像张宝宝那样充满戏剧性,但她也是一个有

---

① 如果只是翻翻这些狭邪笔记和小说的纸质版,很难看出差别。有趣的是,后期的狭邪笔记在文风上已经很接近小说,纸质版也更像小说。

公德心的人，据说她闲暇时会读新学课本。与李咏、李苹香一样，她也曾想开一所妓女学校。一封官员的信和几篇报刊文章（如《中外日报》《南方报》）提供了这方面的相关信息，故詹垲为她所写的传记相当长，篇幅有好几页。

延续《花史》的风格，《花史续编》增加了几篇早期的传记，其中有一些的焦点略有不同。如名妓林黛玉的传记，林黛玉盛名在外，但在《柔乡韵史》和《花史》中居然很难找到她的身影。《柔乡韵史》写得十分简洁，林黛玉身居"四大金刚"之列；《花史》中只是作为一个名人的名字顺带出现了一下。① 在《花史续编》中，她不再是公德心的标杆，而是有复杂身世、足智多谋的人物。她永不言败的精神赢得了詹垲的推崇。② 还有名妓朱珊珊，她值得注意的行为是，拒绝在书里刊登自己的照片。她的创作缘由很简单：只要没有照片，怎样写都没关系，一旦有照片，父母便会蒙羞。③ 只有在"朱珊珊"非真名的情况下，这个创作缘由才说得通。

3. 包括作者在内的人物形象

詹垲的自述说明他距离《花史》中描绘的城市生活已经相当遥远。这个变化可能与另外一种变化有关。詹垲不再用第一人称叙述，而是借"他者之口"。这些当事人的评述多来自报纸，李采传就是这种情况，但"他者"是否包括妓女的爱慕者仍有待商榷。张宝宝传引用的惜秋生的一组诗便可以算是"他者的声音"，惜秋生在《花史续编》里出现过多次。他的身份可考，就是欧阳淦，又名欧阳钜源，是李伯元的一个很有前途的

---

① 具体例子见詹垲《花史》，第 28 页。
② 具体例子见思绮斋《花史续编》，第 23~24 页。
③ 思绮斋：《花史续编》，第 15~17 页。

下属，英年死于花柳病。① 在另一篇夸奖妓女张四宝的文章中，詹垲借欧阳之口深化了文章内容。张四宝的故事有两个版本，第一版是以詹垲的口吻叙述；第二版就是在修订版中以欧阳口吻叙述的精简版，后者最早发表在《世界繁华报》。② 有人猜测欧阳是否就是潽隐，因为两人的名字读音有点像，而且潽隐与欧阳一样，是詹垲的后辈。③

因为这些人几乎都以笔名示人，我们不能确定究竟哪几个笔名是詹垲。"幸垒"这个名字引起人们的猜测，因为它与"幸楼"相似。不过，在大部分情况下，至少一些明显是男性的人——比如"惜秋生"可以确定不是詹垲。④ 詹垲对上海稍微过时的认知与借"他人之口"介绍或议论妓女的方式相结合，使一系列人们已经逐渐淡忘的印象再次清晰起来。尽管《花史》序曾说该书会每半年更新一次，但是一卷本的容量很显然说明，詹垲已经说完了他想说的话。而且《花史续编》将《花史》视作前书，给人一种两本书是按照"前后编"的方式来构思的。一开始绝对不是这样的构思，《花史续编》之后显然詹垲没有再继续的打算。

4. 文体特征

与《柔乡韵史》《花史》相比，《花史续编》是一部更加

---

① 欧阳淦曾帮李伯元编《绣像小说》等报纸。他还曾为李伯元的《官场现形记》（1903～1904）、吴趼人的《糊涂世界》及李伯元编著的吴语小说《海天鸿雪记》（1899～1910）作序。欧阳还创作过几部戏剧作品，另有一部未完成的谴责小说《负曝闲谈》。齐森华等主编《中国曲学大辞典》，浙江教育出版社，1997，第191页；梁淑安主编《中国文学家大辞典（近代卷）》，中华书局，1997，第280～281页。

② 《世界繁华报》中欧阳淦以"惜秋生"示人，未用真名。

③ 第三条线索是欧阳淦帮他人编集子的经历。

④ 其中有一人为"癖花禅"，后文将会讨论。

兼收并蓄的作品。这种"兼收并蓄"来自各类"他者的声音",更反映在回应传记的诗中。此外,《花史续编》所收文章长短不一,像张宝宝、李采、李咏、张四宝的传记内容充实,篇幅有好几页,但是也有相当一部分文章仅有十几行。一些短文不仅篇幅很小,传主所处时代、居住地信息也相当简略,因此这些短文在上海人物、地方和事件方面的指南意义不大,并且迥异于《柔乡韵史》中的大部分文章,后者紧扣"指南书"要旨。甚至稍微长一些的文章都洋溢着振奋人心的语气,很少涉及流言蜚语和对妓女体形的描述,尤其没有"指南"的功能。《花史续编》中长文的创作动机是启发闺秀读者。

《花史续编》在最后几页收录了四位诗妓的作品,这也体现了作品"兼收并蓄"的特点。四位诗妓中,李咏和李采在前文已有介绍。另外两位中的彭鹤俦在前文也提过,不过本书第四章我们讨论詹垲第三部小说《碧海珠》时会更全面地讨论她;最后一位是周爱卿,《柔乡韵史》中也有她的传记。① 她从父教,据说才识得学者肯定时年纪已不小。周爱卿去世后,有人出版了她的诗集。詹垲曾想拜访她但未能如愿,所以仅能靠其在外的名声了解她。② 他始终没有接触过周爱卿,这或许就是周爱卿传的内容以诗歌为主、夹杂几行叙述的原因吧。

---

① 詹垲:《柔乡韵史》上册,第 24 页。另一篇周爱卿传记,见詹垲《花史》,第 104 页。

② 虽然胡文楷编著的《历代妇女著作考》中列出了另外三位中两位的诗集,但很难有机会一睹诗集内容。胡文楷所记录的彭鹤俦诗集,见第 628 页,李咏的诗集见第 338 页。胡文楷没有收录李采的诗集,李苹香相关的名目有两条(因为她用过多个名字),见第 345、666 页。李苹香的诗,见詹垲《柔乡韵史》下册,第 37 ~ 39 页;詹垲《花史》,第 19 ~ 21 页。《花史续编》没有收录其诗。

《花史续编》的最后一篇文章是张宝宝写给妓女的倡议书。文中提倡中国人自筹经费建设铁路，写作时间为光绪三十三年（1907）十月。倡议内容后面是原刊于 10 月 2 日《世界繁华报》上的妓女捐款名目和数额，[1] 这进一步说明《花史》记录的妓女对国家贡献很大，她们可以激励更多精英女性投身国家建设，因而《花史续编》是以张宝宝始，也是以张宝宝终。这次，妓女的诗歌和倡议都没有起到给男性游客"指南"的作用。《花史续编》文末也没有竹枝词。

虽然《花史续编》在行文上有如此多的变化，但它仍然与《柔乡韵史》《花史》存在连续性。《花史续编》沿用了多样的开篇手法，也引用了前两书中人物的一些生平材料。詹垲逐渐进入主题的手法也延续了下来，例如，有篇文章推测了妓女使用叠名的做法，之后才说比如张宝宝。[2] 另一篇引言则采用了剪发出国求学的新风尚。詹垲称以往很少有女性——从未有妓女剪发、留学，他在自己的第三部小说《碧海珠》中讨论得更充分。[3] 这种延续性也反映在议论形式上，詹垲在新文本里再没有用"幸楼主人曰"这样的话，而是改为"花史氏曰"——基本上是一样的意思。

五　詹垲狭邪笔记中文风的演变

我在前文从四个方面讨论了詹垲狭邪笔记作品的演变，最

---

① 用报纸内容来推进叙事是一种惯用手法，小说《中国新女豪》也用到了这个方法，详见本书第四章。

② 思绮斋：《花史续编》，第 15 页。

③ 思绮斋：《花史续编》，第 74 页。《花史续编》提到的几个人在《碧海珠》中也有露面，详见本书第四章。

大的变化应该是创作缘由和目标读者。《柔乡韵史》完全遵循"指南书"的传统，为来到上海的文人和男性游客服务，也许正是因为这一导向，《柔乡韵史》成为詹垲最受欢迎的作品。而《花史》系列两部则面向出身士绅之家的闺秀，作者基于真实的内容刻意改变了行文方式。随着时间的推移，这些传记也越来越具有示范性。三部作品之间有延续性，但只有在关键内容重复出现时，这种延续性才会展露。虽然重复的内容很多，但也有全新的人物出现。新人物比《柔乡韵史》中的女性更具有公德心，也就是说，她创办学校、为救灾募款；她也更爱国，抗议外国人接管铁路；她也比之前所写的妓女更有才识，有时她还会阅读、评论自己的传记；她甚至还向作者自荐、投稿。这些变化使妓女摆脱了花瓶的面貌显得更加"闺秀化"，更符合詹垲期待的、有公德心的闺秀。不过我们无法断定是否有闺秀读过《花史》系列作品，倒是很多妓女读过这些文章。

另一种演变体现在包括作者在内的人物形象上。在《柔乡韵史》中，他们都在品鉴女性，以朋友或情人的感性体验主导叙述。部分原因是他们沉迷于洋场，而这些是上海城市魅力的一部分。而在《花史》《花史续编》中，品鉴与感性体验不再是主要内容，我猜想原因在于詹垲与上海的联系与日俱减，也与书中出现的新女性、詹垲自身创作诉求的变化有关。即使身为妓女，一个以才华、办教育、做慈善而闻名的女性不太可能全身心地投入感情生活。在这之前，情感则是《柔乡韵史》的主要创作诉求之一。

此外，文本形态也越来越不统一。到了《花史续编》时，詹垲也不是唯一的作者了，各篇长短不一，还有不止一种

"他者的声音"穿插其中，这些来自报纸评论和诗歌的"声音"代替了詹垲亲友的评论。[1] 因此，《花史续编》的结构显得有点杂乱，但它并不是没有魅力的作品。

我们可以合理推测这些变化与詹垲个人及事业的发展有关。《柔乡韵史》初版的自序使我们有理由认为，他最初在写上海妓女的问题上态度是游移不定的，或许是因为他觉得同胞们（和他自己？）应该更关注救亡图存。当他开始将妓女视为典范，将妓女塑造成闺秀学习的对象时，他最初的那些不安不满可能已经得到缓解。不然詹垲在其他职业上的素养可能会让他更难认识新的人选，更不可能详尽记录下这些女性。

这些演变也与当时的时局有关。如果没有完整审视 1898 ~ 1907 年末这段历史，我可能仅会关注 1906 年 4 月（《花史》出版时间）到 1907 年 10 月（《花史续编》出版时间）这段时间。妓女办学很显然是这个时期内发生的事。[2] 她们可能没能成功，但她们以倡导办学的形式推动了一场更广泛的运动，比如创办普通女性也可以接受的职业教育。[3] 她们的行动——《花史续编》最后一篇文章记录的妓女发起的认购中国铁路股份运动，[4] 也推动了保路运动。提倡办学和认购铁路股份两件

---

① 我们排除了妓女的可能。

② Hershatter, *Dangerous Pleasures*, pp. 171–174.

③ 詹熙和詹麟来可能都参与了认购中国铁路股份运动。不清楚他们创办的职业学校是否招收女学生。可以肯定的是，妇女运动领袖张竹君赞成办学改良妓女，因而她也投身办学。李又宁：《序》，《重刊〈中国新女界〉杂志》，幼狮文化事业公司，1977，第 41 ~ 42 页；李又宁、张玉法编《近代中国女权运动史料》，传记文学社，1975，第 1289、1291 页。

④ 这篇文章原载于《世界繁华报》，附录列出了文章发表当天（1907 年 10 月 2 日）妓女的认购数额。史景迁分析了这场运动发生的社会背景，Spence, *The Search for Modern China*, pp. 252–253.

事说明妓女是有公德心的群体，她们确实是富有公德心和爱国精神的群体，不只停留于文学作品中所写的那样，在当时她们是身体力行在做事。

1907 年 7 月 15 日，秋瑾牺牲，这也是我们关注的最后一个问题。秋瑾牺牲后不久，1907 年 10 月《花史续编》出版，收录了一首李采悼念秋瑾的诗。[1] 结合书中关于吴芝英与张宝宝的往来（不管记载是否准确），可以看到当时闺秀与名妓之间越发相互理解尊重。这也可以用"趋同性"来解释。张宝宝与秋瑾显然是完全不同的女性，但是秋瑾呈现的一些特征和1907 年版《柔乡韵史》中詹垲所写的张宝宝颇为相似。两人都女扮男装、有巧妙的照相姿势、言辞直率、极富爱国情怀。同样，像秋瑾这样的女教育家一直在努力争取更广泛的女性群体，这让人想到了尝试为底层妓女办学的李咏、李采和李苹香。不知她们有没有受到秋瑾的影响，还是说秋瑾受到她们影响，或彼此没有任何关系。但我们也不能断定这类"趋同性"是大趋势的表现。[2]

詹垲宣称，他希望闺秀能重视妓女，将妓女看作具备以上真实或假想特点的范本。秋瑾是否在效仿张宝宝，还是说张宝宝效仿秋瑾？难道当时的摄影师都试图使女性有相似的姿势形貌？保守一点地讲，我们认为，詹垲原本想通过记录妓女错综复杂的爱恨日常来服务男性读者的想法因为改良女性的使命感而消逝。出于这些原因——当然还有其他原因，《花史续编》（1907 年末问世）代表《花史》系列的新阶段，就像尽管

---

① 《读秋女士传有感》。这组诗中的其他几首也与"秋"有关，但只是谈论了秋天。

② 一些有趣的对比详见 Hu Ying, *Tales of Translation*, pp. 106 – 152.

《花史》（1906 年春问世）延续了《柔乡韵史》（1898 年）中的大部分内容，但前者改变了后者的文风。

詹垲的世界名人传记

詹垲还有一类作品采用了纪传体，但由于是与他人合著，我不会花太多篇幅讨论。这本书是丛书之一，所属丛书旨在向中国读者介绍他国知名人物。这类书在近代中国相当常见。[1]

这套丛书中有两本由詹垲编著——《全球进化史列传》《全球近一世进化史》。《全球进化史列传》是纪传体，也是整套书仅存的一本（图 3-9）。

1904 年，《全球进化史列传》出版，由詹垲和四川的李明智（石君）合著。李明智在江苏等地任小官，但他是有名的画家。[2] 他很可能就是《柔乡韵史》中提到的"四川李孝廉"。[3] 提到他的那篇传记记录了一位美丽的妓女，多亏了李明智的赞助，她从默默无闻到一跃成名。《柔乡韵史》更指出李明智的笔名是"癖花禅"，当时"癖花禅"仅是一位投稿给《柔乡韵史》的四川人。这些线索说明詹垲与李明智不仅合写了《全球进化史列传》，甚至在写作狭邪笔记时，二人也曾合作。《全球进化史列传》的序作于 1904 年十月，作者为詹垲。他称李明智是主要作者，自己只是最后润色了一下。我们无法断定其说法的真实性，也不清楚这本书中哪些是原创的内容，哪些是从中国或日本的其他文本引用而来。

---

[1] 熊月之主编《晚清新学书目提要》，第 352~376 页。

[2] 陈玉堂编著《中国近现代人物名号大辞典》全编增订本，第 428 页。亦见俞剑华编《中国美术家人名词典》，第 366 页。

[3] 詹垲：《柔乡韵史》上册，第 3 页。

图 3-9 《全球进化史列传》版权页

资料来源：首都图书馆惠允复制。

《全球进化史列传》收录了世界史上 242 位重要人物的传记，少数几篇是合传。传主多是国家元首，如华盛顿、林肯，也有著名思想家、作家和宗教领袖。大部分为男性，女性只占一小部分，包括伊丽莎白一世、叶卡捷琳娜大帝、圣女贞德、罗兰夫人、斯托夫人等。《全球进化史列传》详细介绍了欧美国家以外的国家，如波兰王国、埃及、奥斯曼帝国、日本、菲律宾共和国、奥匈帝国等的元首。犹太民族在书中被视为一个由耶稣带领的民族国家。

《全球进化史列传》没有收录中国领袖。据说中国领袖被收录在另一册，原本计划收录更多当时的国家元首，就我们所知，这些计划都没有实现。颇具讽刺意味的是，中国海关总税务司赫德（Robert Hart）被当作中国官员代表，他的传记是全书最后一篇。该书有两章的篇幅使我们更多地了解了詹垲对 1911 年辛亥革命前清政府中外国人官员的怨恨，但关于赫德这篇相当短的传记并没有流露明显的讽刺口吻。

尽管全书没有收录中国籍人物，但詹垲在自序中称二人因受到司马迁《史记》中曲笔的影响，故用文言文写作。因此该书从继承司马迁曲笔、使用文言文方面来看，在创作思路上更接近狭邪笔记，而不是詹垲的其他作品。《全球进化史列传》与狭邪笔记的区别在于，前者聚焦的是中国以外的世界，是中国渴望融入的国际社会。尽管都继承了司马迁的曲笔传统，但两者的反差之大令人震惊。另一个不同点在于，《全球进化史列传》没有提供任何作者的信息。

现在我们分析下两位作者的另一部同类作品——《全球近一世进化史》。我们仅能对它的序和凡例（《全球进化史列传》的附录）略知一二。序的作者是 1871 年的进士，湖南人瞿鸿禨。《全球近一世进化史》不同于《全球进化史列传》的地方是，它聚焦过去 30 年发生的事情，明显超越了后者纪传体的模式。除了传记，还以表格等辅助形式建构了一套以中国封建王朝更迭为参照的时间线和模式，以帮助读者了解世界史。[①] 不知道《全球近一世进化史》是否出版过，但瞿鸿禨应该有一份初稿，他称赞詹垲和李明智通过中国历史来呈现世界史的创意。

詹垲可能只是参与了《全球近一世进化史》的一些编辑工作，而且书中的很多资料可能是引自他人，而非原创，但是从詹垲的小说中可以看出，他对世界其他地区充满好奇，也很想了解，下一章我们将讨论这点。詹垲的小说不仅很多情节发生在海外，甚至《中国新女豪》中有很多引文直接译自外国报纸，并且数次谈到波斯历史。波斯被认为是一个经历了漫长独裁统治后成功迈进宪制的国家。波斯转变政体后得到了全世界的广泛认同。《中国新女豪》以未来 40 年为背景，不过它流露出中国若实行宪制也会得到其他国家认可的意思。这种爱国情绪与《全球进化史列传》是一致的。正如瞿鸿禨在序中所言，中国人越了解世界，中国的国际地位才会越高。

进一步说，我们会发现詹垲的第三类作品——社论，同样紧跟世界史进程，致力于让中国变得更强大。

---

① 《全球进化史列传》也有通过中国历史了解世界历史的创作意图，比如书中讲到耶稣降生时，就称中国当时正值汉平帝统治时期。李明智、詹垲：《全球进化史列传》第 1 册，启明书局，1904，第 99 页。

第四章　詹垲的小说作品

詹垲一生创作的三部小说都出版于 1907 年。《中国新女豪》没有太多特别之处，完全是詹垲（或其编辑）的风格；《女子权》是一部国民小说；《碧海珠》则是一部艳情小说（图 4 – 1、4 – 2、4 – 3）。[①] 我认为前两者应算改良小说，前文已经提到，第三部小说《碧海珠》的风格完全不同，因为它绝不是改良小说，但仍被称作"小说"。

我会先对比这两部改良小说，再将这两部作品与其他三部中国小说、一部日本小说进行比较。

一　改良小说

《中国新女豪》与《女子权》的异同

1. 相同

首先，我把这两部小说当作一部作品来看，以此说明这两部作品重合的故事线，之后再对比分析两部作品。

---

① 《中国新女豪》没有明确的分类，但我们认为它应与《女子权》属于同一类小说。

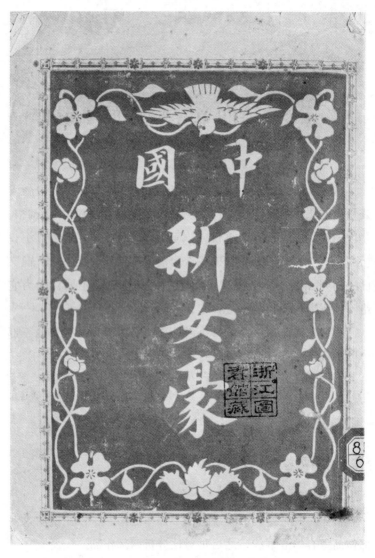

图 4-1　《中国新女豪》封面（1907 年版）

资料来源：浙江省图书馆惠允复制。

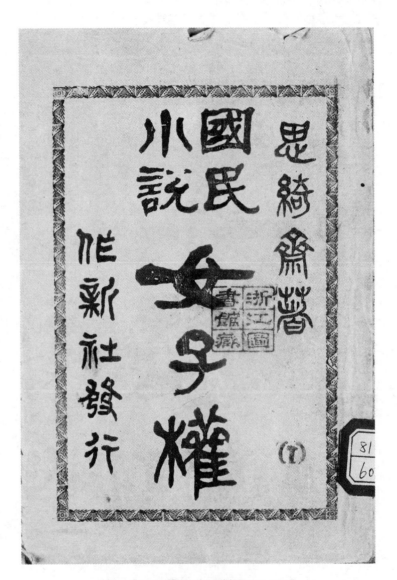

图 4 – 2　《女子权》封面（1907 年版）

资料来源：浙江省图书馆惠允复制。

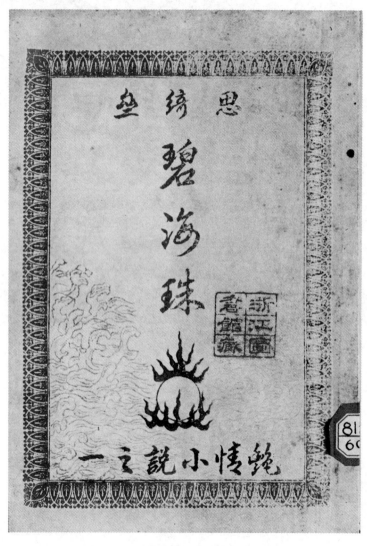

图 4 – 3 《碧海珠》封面（1907 年版）

资料来源：浙江省图书馆惠允复制。

　　蒨隐／思绮斋为《中国新女豪》所作的"弁言"以传教士林乐知的话开篇,[1] 接着指出东亚国家轻贱女性的现象，这意味着一半的国民对国家没有贡献。现实不可能一夜之间改变。弁言继续讲道，这部小说的特别之处在于它将"女权"作为主体，表达了一种期待："望诸立宪后之有志振兴女权者"。弁言之后是一份宣言，它用一回的篇幅更详细地阐述了这些问题。《女子权》没有序，但有一篇类似的宣言，本书第三章我们曾讨论过，思绮斋和蒨隐很可能并非同一人，但是除了《中国新女豪》的弁言，两部小说都是由思绮斋独力完成。

　　两部小说的正文都紧随宣言展开，故事时间都设定在 50 年后，女主人公出身乡绅家庭的年轻小姐。在运动会上与一位年轻男子一见钟情，没过多久就出洋留学，很快便因其关于男女平等、婚姻自由的言论（如男女都有不受家庭干扰、自主选择婚姻的权利）出名，受到全中国的关注。虽然她身在国外，年轻的男主人公也通过读报、写信甚至传话的方式时刻关注着她的动向。

　　当时进步女性中出现了分裂，一些人认为女性不应接受男性的帮助，应完全独立自主；另一些人则希望与男性合作。除此之外，她们还要选择采取更强硬还是更和平的方式展开行动。男主人公得知女友主张采用较为保守、和平的方式，为此十分欣慰，也完全支持女友的行为。最终，强硬派的行为越发过激，引起反扑，和平派赢得了当权者的支持。

　　作为和平派领袖的女主人公受邀出洋考察，了解各国女权

---

① "西儒林乐知有言，亚东各国莫不贵男贱女，其待妇女也，豕交而兽畜之，不以人类视之也。"思绮斋：《中国新女豪》，"弁言"，第 1 页。

运动进程。她收集了包括选举权、担任官方职务的资格、职业教育、女工技能等方面信息，沿途见到的海外华人也让她获益良多。

女主人公如此竭力推进女权运动，让男主人公无比自豪。女主人公回国时，中国刚通过了允许自由结婚的法律，与男友成婚可谓恰逢其时。这时她也得到了皇后的支持，皇后劝说抱有些许抵触心理的皇上推动相关改革。皇后与外国女性（有些是女外交官）的交流使其受到了一定程度的启蒙，她了解到，世界上一些地区在工作权和选举权方面要比中国进步得多，至少当时中国才刚开始创办妇女讲习所。尽管当时希望她另有所嫁的人稍有反对，但在皇后的支持下，女主人公还是如愿嫁给了自己的未婚夫。小说最后，汉口树立起一座塑像，用以表彰这些女性做出的贡献。

2. 不同

当我们发现这两部小说重合的故事线时，不禁感到疑惑：詹垲为什么还要大费周章创作第二部小说《女子权》呢？我无法给出确切的答案，但是我要先指出两部小说的不同之处。

不幸的是，这两部作品中情节更扣人心弦的《中国新女豪》今天几乎找不到了，这一情况并不常见。在这两部作品中，《中国新女豪》再版次数更多：詹垲生前，这部作品发表于成都的进步刊物《广益丛报》，① 20 世纪后却很难找到。评论家阿英就批评过《女子权》，但他没读过《中国新女豪》。② 如今《女子权》有当代的版本，很容易读到，但是《中国新

---

① 发表于《广益丛报》的小说还有梁启超的《新中国未来记》，见樽本照雄编《新编增补清末民初小说目录》，第 813 页。

② 阿英：《晚清小说史》，第 127～129 页。

女豪》不易获得。①

《中国新女豪》情节更引人入胜的原因可能在于它是作者的第一部小说，对作者来说有一定的新鲜感，不过也有另一种说法：因为《女子权》中没有暗杀的情节。虽然暗杀情节太复杂，很难完整铺陈开来，但是是有趣的。《中国新女豪》中暗杀事件发生时，女主人公黄英娘在日留学，她的演说使其收获了一众支持者，不过不久后两位更激进的学生开始领导留学生"恢复女权会"，在日开展女权运动，英娘一度被她们排除在外。其中一位领导者华其兴被捕前被勒令回国；另一位领导者辛纪元被捕后被遣返回国，途中不堪解差凌辱，跳海自尽。② 在学生看来，驻日公使应为辛纪元的死负责。

辛纪元的死讯传到中国后，人在国内的华其兴得知这一消息立刻与汉口的亲俄地下组织"爱国会"成员碰面。③ 爱国会给华其兴提供了毒药等工具，以支持她潜回东京刺杀驻日公使的计划。华其兴也在暗杀行动中身亡。她的悲剧令人警醒，大挫强硬派的锐气。英娘接管和平派，在她的领导下，女权运动组织"恢复女权会"④ 改为"妇女自治会"，后者显得不那么

---

① 《中国新女豪》上海图书馆、浙江省图书馆和四川省图书馆有藏。

② 小说中的很多人名是有寓意的，比如"华其兴"意指"中华复兴"，"辛纪元"意指"新纪元"。

③ "爱国会"可能是受蔡元培所创上海爱国女学校的启发而来，见蔡元培《在爱国女学校之演说》，高平叔编《蔡元培教育论著选》，人民教育出版社，1991。

④ "恢复女权会"之名与激进女权运动领袖何震所创的组织"女子复权会"极其相似，关于何震，见 Xia Xiaohong, "Tianyi bao and He Zhen's views on 'Women's Revolution'," in Nanxiu Qian, Grace S. Fong, and Richard J. Smith, eds., *Different Worlds of Discourse: Transformation of Gender and Genre in Late Qing and Early Republican China*. Leiden: Brill, 2008, pp. 293 – 314.

激进，而且妇女自治会的章程也更符合传统美德。①

在中国，还有一位参与华其兴组织的运动的人，她是汉口爱国女学校教习林大节。林大节的人生楷模是罗兰夫人，据说是这份信念让她极其勇敢。早年在日留学时，林大节就已经结识华其兴，在英娘的支持以及其他留学生如盖群英的建议下，林大节被委派去实施新计划，建立一个由女性自主经营的实验工厂。汉口因为其便利的铁路交通被定为厂址所在地。英娘她们认为，除非能够让人看到工厂的生产效率，否则由女性自主经营的工厂在筹资上会很困难，因此她们自筹了一笔钱给林大节。《中国新女豪》十分详细地说明了工厂的筹资状况，如效仿"西人无限公司"的方式，由在日募集的经费用来买学校的股份，每十元一股："无论男女，只要是中国人，都许他买。"②

由于林大节是介绍华其兴结识爱国会人士的人，在驻日大使被杀后，她也受到牵连被捕。由暗杀引发的后续情节都发生在汉口，一对无礼父子纠缠一位才貌超群的女学生，想强娶女学生，女学生借机逃跑，不过没过多久父子俩就遭人暗杀——可能是女凶手所为，但杀手的身份一直没有确认。

此时英娘正出洋考察，沿途得到海外华人群体的接待。当她结束考察抵达中国时，立即被押解至汉口。英娘对后来发生的暗杀一无所知，但这起事件令官方十分惊慌，她最终被收监。警察怀疑林大节是案件从犯——搜查林大节住处时，他们搜出了华其兴的照片和两人往来信件，正是因为与杀手华其兴的交情以及筹办实验工厂、女学校时与林大节的联系，英娘受

---

① 例如条例之一即号召女性守贞，使其在道德上免受责难；还希望女性在丈夫有外遇时能克制自己的妒意。思绮斋：《中国新女豪》，第87~90页。

② 思绮斋：《中国新女豪》，第96页。

到牵连。英娘被捕，国内外为之哗然，各方信件、电报、新闻报道议论纷纷。最终，英娘和林大节被释放。

英娘一直在收集各国有关选举权和工作权的资料，涵盖范围远超她亲自考察过的那些国家，不仅因为她爱读各国报纸（新学课本所提倡的做法），[1] 在一定程度上也因为她得到了海外华人的热忱帮助。女性选举权是英娘很关注的问题，她十分关注相关领域领先的澳大利亚和新西兰的发展。当时，包括澳大利亚、新西兰在内的很多国家正在兴起女性争取选举权的运动。[2]

工作权的问题有两层含义。一层含义是社会上层女性从政（如担任驻外大使）的问题。《中国新女豪》支持女性从政。另一层含义是职业教育，英娘本人和她居德的男性朋友任自立调研了欧洲各国底层女性能够学以致用的各项技能、适合女性学习的授业方式，比如电器制造、制鞋、摄影和绘制各类报纸插图、纺织业等。为了更深入地了解这些情况，英娘和新朋友一起去了利物浦、里昂。实际上英娘去过里昂两次，考察当地的纺织业，忽然接到任自立来信，英娘匆匆赶回德国。

《中国新女豪》对在公众面前态度激进的女性十分包容，这也是这部小说最突出的特点。尽管英娘本人并不想成为那样激进的人，但她理解她们。在误判收监导致的危机前，她的包容和烦恼变得无足轻重。英娘被捕引发国际上强烈抗议，甚至威胁到国家的稳定。

与之相反，《女子权》表现的是女性激进主义，但是总的来

---

[1] 季家珍认为，新学课本促使女性读报了解时事，见 *The Precious Raft of History*, p. 23.

[2] 关于中国女性争取选举权的历史，见 Edwards, *Gender*, *Politics*, *and Democracy*.

说，这种激进是毫无特点的，《女子权》正是批评这种脸谱化。
这个书名与书中女主人公袁贞娘（对应《中国新女豪》中的黄英娘）创办的《国民报》有关。湖南有一群女性因为阅读该报变得极其激进，但是我们无法了解每位当事人的想法，而且她们之后都否认了自己的激进行为。不久后，这部小说无意中使另一群人陷入暴乱，一位《国民报》的编辑在新疆被捕后死于监狱。贞娘虽然也是《国民报》编辑，但因为父亲身居高位而幸免于难。而贞娘的爱人邓述禹误以为贞娘已死，包括邓述禹在内的人都对这一悲剧感到难过，当他得知贞娘仍然活着时，还是大大松了口气。通过这一系列叙事的安排，可以看出小说的主题并不意在表达女性激进主义以及对激进领袖报以同情。

《中国新女豪》的暗杀情节是《女子权》无法超越的，《女子权》更关注职业教育。与英娘一样，贞娘也游历各国。在《女子权》中，贞娘正是靠着自身的外语能力得到了一份工作，与她共事的是受邀前往俄国就职业教育问题演说的林教习。后来她们一起前往美国，贞娘在那里还遇到了家财万贯的林寡妇，林寡妇有志于在中国为中国妇女创办讲习所，这引起了贞娘的关注。她认为林寡妇这项计划的重要性堪比斯托夫人《黑奴吁天录》之于废除奴隶制的意义。[1] 贞娘和林寡妇一起

---

① 贞娘称《黑奴吁天录》为"《五月花》"（May-flower），见思绮斋《女子权》，铸新社，1907，第90页。《五月花》（May-flower）是斯托夫人的另一本书［该书全名为《五月花：1834年清教徒后裔及其生活》（The May-flower: Sketches of Scenes and Characters among the Descendants of the Pilgrims of 1834）］，夏晓虹认为，"'五月花'不仅事涉放奴，而且典出批茶"（"批茶"是斯托夫人父姓Beecher的音译。——译者注）。夏晓虹：《晚清女性与近代中国》，北京大学出版社，2004，第173～176页。有趣的是，詹垲在小说中用"五月花"来代指斯托夫人，而在其与李明智合著的《全球进化史列传》中，"五月花"指《黑奴吁天录》。

回国，并将林寡妇介绍给一些重要人士。林寡妇最终出资并打算帮忙主导一项合作，以推进中国妇女讲习所的建设。这段情节虽不及暗杀情节精彩，但也并非枯燥乏味，它同样有力地证明了女性也可以在重要方面影响中国的未来。正如我们所看到的，《中国新女豪》也关注女性职业教育，但是远不及《女子权》。

另一点不同是，《女子权》更关注新闻媒介。女主人公袁贞娘就是以办报闻名，并非只有演说才能让人有所耳闻，这部小说的惊奇、有趣之处都围绕报纸展开。[①] 但《中国新女豪》常运用大量的信件、电报来表现人物的想法，并没有涉及报纸。自主婚姻也是两部小说都讨论的议题之一，贞娘与英娘一样，也努力逃离包办婚姻，但贞娘排斥包办婚姻有更激烈的因素：和英娘不同，贞娘双亲的关系并不融洽。这一细节也是仅有的痕迹可能是詹垲在影射其父母关系不睦。还有一个有趣之处是，《女子权》有一个前人从未涉及的主题，即选择伴侣的主动权在男性而非女性。最后，立法决议批准自由结婚，《女子权》中没有直接叙述这一过程，但《中国新女豪》的相关情节则十分生动详细，否则两本书的这部分内容就几乎一模一样了。

除了以上相对重要的不同，还有几处细微的差别：英娘游历东半球，而贞娘游历西半球；[②]《中国新女豪》描写的是在

---

① 见拙文"Gentility in Transition."
② 《中国新女豪》在提到英娘游历美国西海岸时犯了一个地理错误。当她在华盛顿（Washington）时，似乎是在美国首都，但她去往纽约途中途径了蒙大拿州（Montana）、北达科他州（North Dakota）、威斯康星州（Wisconsin）等地。思绮斋：《中国新女豪》，第110页。可能詹垲以为华盛顿州就是美国首都，《女子权》纠正了这一错误。

日留学生的群像，而《女子权》关注的是由于政局不稳英娘始终没有踏足的俄国；英娘有丫鬟随侍，贞娘出洋很可能身边没有丫鬟；《中国新女豪》行文接近中国古典小说模式，《女子权》则意在摒弃这些陈规。两部小说整体上极其相似，但这些细微的差别增添了作品的多样性。

了解了这两部小说的差异，我们就能更明确地认识詹垲在完成《中国新女豪》后继续创作《女子权》的原因。从各方面来看，《女子权》是更改良主义的作品，它不认可革命者，鼓励和平的女性集会，更多展现了闺秀（特别是年轻女性）是如何投身职业教育的。[①] 另一个显著的不同之处是，英娘主动追求未婚夫任自立，而贞娘则是被邓述禹追求；贞娘也没有英娘出洋留学的经历，她在北京一所学校学成后才赴海外游历。难道是詹垲自认为《中国新女豪》太过激进，才要再写一部更宜传统闺秀阅读的小说吗？

对于这一点，我们仅能推测。不过他可能是担心《中国新女豪》中的暗杀情节引发争议，想在第二次时低调处理。尽管作品问世的准确时间无法确定，但从《中国新女豪》和《女子权》分别作于秋瑾被逮牺牲前后的背景来看，这种猜测是合理的。[②] 如果事实正如猜测的那样，或许是担心对时局敏

[①] 由于《女子权》完全关注女性，一些批评家以为作者是一名女性。吕美颐、郑永福：《中国妇女运动（1840～1921）》，河南人民出版社，1990；*Zimmer, Der chinesische Roman der ausgehenden Kaiserzeit.*

[②] 秋瑾牺牲的时间是阳历 1907 年 7 月 15 日，阴历六月六日。詹垲的小说是阴历 1907 年 6 月出版的，阴历六月对应阳历的 7 月 10 日到 8 月 8 日。《中国新女豪》是阴历六月初出版，《女子权》也是阴历六月出版，可能不在月初。结合这些时间点来看，《中国新女豪》很可能是在秋瑾牺牲前，《女子权》在其后问世。若事实如此，秋瑾牺牲对《女子权》有一定影响。

感的读者不接受这部作品，《女子权》中暴力情节被大大削弱，也回避了《中国新女豪》对激进女性的默认态度。[1] 从1907年开始，女性暗杀题材的小说要接受审查。[2] 这也使得詹垲要对第一部作品进行删改。这两部小说的其他变化，比如在《女子权》中男性追求女性的情节可以看作一种改造处理。另外，詹垲在《女子权》中仅强调具体事实（如报纸或职业教育在改良上的作用）。毫无疑问，詹垲创作第二部小说时借鉴了《中国新女豪》的很多内容，这一奇怪的操作背后一定有很多原因，很可能是一些事情让他意识到《中国新女豪》太激进。

两部小说的相似之处并不只是在詹垲作品中发现的那些借鉴的内容。1907年版《柔乡韵史》和《花史续编》同时收录的张宝宝传记已经让我们认识到，显然詹垲并不介意新作品中出现已发表过的内容。

通过狭邪笔记看詹垲的改良小说

詹垲的这三部小说都是在《花史》付梓后、《花史续编》问世前出版的。我们无法证明这三部小说是依次先后出版的，但是也没有证据表示这三部小说的出版时间杂乱不一，因此假设三部小说依次先后出版应是一个较稳妥的观点，足以使我们解读狭邪笔记和小说两种文类的互相演进。

---

① 陈平原在一篇文章中提出了对时局敏锐的读者问题，他认为"主人公（贞娘、黄英娘）……大获成功并奉旨成婚，这样的生活轨迹，接近当时京城女学生的梦想"，他也指出当时北京女性较上海女性"相对温和些"。陈平原等：《教育：知识生产与文学传播》，安徽教育出版社，2007，第2页。陈平原没有讨论詹垲两部小说的差别。

② Judge, *The Precious Raft of History*, p. 26.

　　由具有爱国精神和改良思想的妓女张宝宝、李采、李咏、李苹香等人转变到詹垲小说中出身书香世家的女主角似乎相当简单。无论这种转变是真实的还是虚构的，每一位妓女或闺秀都主导着故事的走向。英娘和贞娘都被精心塑造成与夫君在婚前认识并且有丫鬟（不同程度的）服侍的上层社会女性，小说也带有一些"才子佳人小说"①的影子，不过两位女主人公始终是独立的个体。在这一点上，她们与那些更具有英雄气概和公德心的妓女惊人地相似。出色的文笔是这两类女性的另一共同点，如赛金花、张宝宝和英娘/贞娘。②

　　除了这些普遍的相同点外，我们还发现了更具体的相似之处。第一点，也是最重要的一点是"重塑自我"，正如《中国新女豪》所说：

　　　　只要有一两个女豪杰，拼着下了九死一生的工夫，立了百折不回的志向，先开通了全国女人的知识，然后议复女权，那就易于反掌。看官若不相信，待编小说的慢慢道来。③

　　同样，狭邪笔记向我们展示了妓女是如何努力实践而又遭遇失败的：她们只能重整旗鼓，掸去身上的灰尘，再出发。再次以张宝宝为例，她曾有两次遇到了可能的人生伴侣，但希望

---

① "才子佳人小说"的主要特点见 McMahon, *Misers, Shrews, and Polygamists*, pp. 99 – 149. 当然我所指的是此类型不含有色情和性意味的作品。

② 张婉婉也是一位文笔出色的妓女。思绮斋：《花史续编》，第52~54页。

③ 思绮斋：《中国新女豪》，第4页。

还是破灭了，计划也随之泡汤。经历这些失意后，她改了名，继续生活。第二次惨痛的经历让她重新看待在常熟的家人，她希望能在经济上帮助他们，但她未能找到家人，这也让她悲痛欲绝。受此触动，张宝宝决定倾其全力投入爱国运动和慈善事业。其他妓女也都有类似的人生起伏，其中就包括下文我们将要讨论到的《碧海珠》中提及的一位。

改良小说中的女主人公都经历过多次危机，但最终都成功克服了困境。因此，虽然英娘在东京恢复女权会担当要职时遭遇非议而病倒，但在妇女运动逐渐走向和平方式后，她又重新上任，之后又受牵连一度被押解入狱，引发海内外人士的声援后得以获释。贞娘则更胜一筹，当父母拒绝送其赴京读书后，她投江自杀，被海军水兵、后来成为她丈夫的邓述禹撞见救起；[1]《国民报》不慎激起湖南、新疆的女性暴乱，造成数人死亡，贞娘伤心病倒，但在听闻自己创办的女子传习所日益受到关注后又振作起来。第三次危机出现在林教习为她安排婚事之时，此时贞娘已心属邓述禹，不愿接受。她再次病倒了，直到母亲告诉她，议会已经通过允许自由结婚的法律，她才病愈康复。阿英认为贞娘的性格塑造得很失败，既懦弱又与事理不合，[2] 但是对詹垲来说，要想给闺秀读者传授经验，跌宕起伏的叙事节奏是十分重要的。[3] 与狭邪笔记类似，小说也是在詹垲预设了阅读与通过改良作品启发读者的背景下创作的。

---

[1] 贞娘为巡洋舰统带黄之强所救，邓述禹恰在舰上实习，两人得以相识。——译者注

[2] 阿英：《晚清小说史》，第 127 ~ 129 页。

[3] 叶凯蒂有类似的结论，她认为闺秀可能会模仿妓女的行为。*Shanghai Love*, pp. 341–347.

《女子权》中的林寡妇也反映了两部小说的相似之处。林寡妇这一人物能让人想到詹垲欣赏的那些颇有公德心的妓女。林寡妇并没有参与认购铁路股份，但是她在职业教育方面投入的心力也显示出她强烈的公民责任感。她的做法也呼应了《花史续编》中张宝宝传记文末的一段话。张宝宝谈到自己隐退后的生活时说：

> 于一二年内，倘未得如意郎君为白头侣，则决计归常熟。择林泉佳胜之所，小筑数椽，为终老计。设有余蓄，则用以赒孤恤寡，或创办女工艺学校，借以振兴内地实业。①

另一位很有公德心的妓女是李采。她的计划之一就是创办一所学校，帮助妓女等弱势女性接受实业培训。②

林寡妇没有考虑再嫁，也并不想遁世，不过她捐出身家支持女性职业教育的想法倒是与张宝宝极其相似，她投身帮助弱势女性的做法也很像李采。贞娘、英娘都不及林寡妇富有，也没有自办教育，但是她们对林寡妇办学的支持让人想到詹垲在狭邪笔记中推崇的公益精神。林寡妇的慈善行为、李采创办职业教育学校的想法和张宝宝对隐退后生活的展望相继在几个月内被陆续付梓，詹垲对这三人的称赞正是源于自身对相关问题的关注。

以上相似性让我们相信，詹垲的狭邪笔记和改良小说可能是相互呼应的作品，也就是说每一部狭邪笔记都对应相应的一部改良小说。然而，改良小说努力使读者相信它们绝不是色情

① 思绮斋：《花史续编》，第 5~6 页。
② 思绮斋：《花史续编》，第 28~30 页。

作品，狭邪笔记也强调书中所记录的都是"闺秀气质"的妓女，以让闺秀读者能够从容自在地阅读。詹垲的狭邪笔记和小说看上去完全不同，但是在某些特定情境下两者总能构成互文。这两类书的装帧也很相似。除了出版稍早的《柔乡韵史》，《花史》《花史续编》《中国新女豪》《女子权》全是同样的开本，看上去几乎一模一样（图 3 - 2、图 4 - 1、图 4 - 2）。① 换句话说，随着互文式推进，装帧也趋于一致。

在这种高度抽象化的层面，詹垲的狭邪笔记和小说就没有太大差别了。如果有人认同《花史》开篇相当暧昧的措辞，那作为目标读者的闺秀也应有类似的感受。但是一旦有一方的抽象化水平不那么高时，差异就会显现出来。以最典型的小说为例，《中国新女豪》《女子权》分别有 16 回和 12 回，远远长过任意一篇笔记。而且小说的语言更加白话而非古典风格，② 詹垲将白话小说的语言风格用在了两部小说的创作中，并没有用白话来写狭邪笔记，小说的情节也设置在几十年后——届时晚清中国的内忧外患已全都消失。小说中乌托邦、未来主义的基调，与在花史系列中充斥着的不幸的日常生活、渺小的成就感形成了鲜明对比。

称赞的对象也是两类作品的差别之一。小说对引领世界改革的人（如福泽谕吉和林乐知）和社会发展（如妇女选举权）啧啧称赞，但在狭邪笔记中赞颂的对象多是过世已久的作者，如李渔和袁枚，政治倡议也极少。③ 类似的情况，还有斯托夫人和罗兰夫人这样的西方女性先驱只出现在改良小说中，即便

---

① 本书收录了一张《碧海珠》的封面图，与这几本书的封面很像（图 4 - 3）。

② 两部小说里几乎没有典故和成语。

③ 拙文 "Inflecting Gender" 对此已有过探讨。

狭邪笔记中提及西方社会"公民义务"的概念，也完全没有提到以上两人。① 还有一点差异是，狭邪笔记只投给八卦小报，而改良小说也仅投给正规报纸。

也许，最大的不同其实是两类文本与目标读者即闺秀之间的关系。尽管詹垲期望借由狭邪笔记使闺秀懂得刚毅、智慧的品质从而抛弃习以为常的任性，但在这两部改良小说中，则是闺秀女主人公想要帮助在男性霸权下权利长期得不到保障的女性群体。詹垲在创作小说时可能并没有直接提出这一点，但是他至少暂时放下了一种成见，即认为闺秀应受到谴责，小说的主要作用是使她们蒙羞进而不得不走上自我改良之路。因此詹垲用充满同情的笔触塑造了闺秀人物，詹垲笔下的闺秀使自己及其他女性摆脱了卑微、任人奴役的历史枷锁——女性本身并没有错。如今我们审视詹垲当时所处的文坛，可以想象，詹垲在这方面的观念不仅是传教士言论、他自身对社会的焦虑所致，也是受女性、改良题材写作热潮影响的结果，② 此前已有很多轰动一时的力作问世，包括很多女性杰作。③

更进一步说，我们所看到的一些口号和社会议题，有的从各个方面影响了闺秀和妓女，也有的对妓女收效甚微。当

---

① 就像前文提到的，在西方人看来，《花史续编》第 1 页中的张宝宝传记提到西方人很有公德心，但是它也坚称中国妓女同样有公德心。

② 例如梁启超为康爱德和罗兰夫人所写的传记，详见 Hu Ying, *Tales of Translation*, pp. 3, 172 – 187.

③ 王妙如的小说《女狱花》正是一例，在本章和结论我将讨论这部作品。詹垲显然也受到妇女杂志的影响，但是在本书中我并没有对此做太多讨论。《女学报》是我在本书中唯一明确提及的女性杂志，不过詹垲很可能也关注其他报刊，包括在日本出版的杂志。

詹垲的几部改良小说开始讨论诸如男女平等、自由婚姻甚至女性选举权和进入政府任职的议题时，已经全然进入了妓女无法涉足的领域。回头再看花史系列，无论它的叙述方式如何，出洋游学的愿景对妓女来说是根本不可能实现的。[①] 但是对这些需要或想要有尊严地养活自己的女性来说，仍有一线希望。（在詹垲看来，）这一线希望就是职业教育。也就是说，闺秀被视为职业教育的推动者，而妓女等群体是职业教育的受益者。[②] 的确是这样，直到有人想起那些有远见和资源的名妓为妓女创办职业教育学校。不过出人意料的是，小说没有提到这些名妓，狭邪笔记也没有涉及闺秀主导、资助办学的事情。出于同样的原因，那些在狭邪笔记中被讽为贪图享乐的闺秀，自然也不是与英娘、贞娘同类型的人物。从以上几个方面看来，这两类文本交错诠释了詹垲思想中的不同面向。

二　影响詹垲小说的前人作品

除了妓女和狭邪笔记，还有许多作品和人事影响了詹垲的小说创作。戊戌变法前后女性报刊的兴起，[③] 持续译介到中国的西方、日本小说和带有改良色彩的非虚构作品，如斯宾塞（Herbert Spencer）的《女权篇》（Women's Power），[④] 以及留

---

① 思绮斋：《花史续编》，第 74 页。
② 事例见思绮斋《中国新女豪》，第 103 页。
③ Nanxiu Qian, "The Mother Nü xuebao versus the Daughter Nü xuebao."
④ 关于斯宾塞《女权篇》的译介情况，见 Hu Ying, *Tales of Translation*, p. 190.《女权篇》就是斯宾塞《伦理学原理》中"妇女的权利"一章。

学、报刊、国民教育以及域外旅行所呈现的中国女性新面貌①——这些进程使詹垲的小说深深扎根于他所处的现实社会。我并不打算详细论述这些现实因素，仅就它们的影响和意义略表一二。至于文学方面直接的影响，20 世纪初几部以乌托邦为背景的中国政治题材小说常常被归为一类，比如梁启超作于1902 ~ 1903 年的《新中国未来记》、吴趼人作于 1905 年的《新石头记》。②并非所有受此类作品启发而创作的小说都是政治题材小说，但大多数都对未来的中国提出了各自的见解。

日本作家的影响

上文提到的中国作品都深受日本小说的影响。对我们来说，产生最直接影响的作品是末广铁肠作于 1886 年、1903 年被翻译为中文的《雪中梅》，③ 其续作《花间莺》应也是影响中国的作品之一。④ 虽然这两部作品开篇都冠以"才子佳人"的主题，但它们被归类为日本政治小说，而不是妇女问题小说。从《雪中梅》到《花间莺》，男女主人公经历了从未婚到已婚的转变，这样看来，《雪中梅》很符合"才子佳人"小说的特点。⑤

---

① 薛锦琴是较有名的留学生，她在美国完成了大学学业。在小说《黄绣球》的第三回，也曾明确提到她是留美学生，详见后文。另一位是环游世界的单士厘，她的日俄行纪《癸卯旅行记》作于 1903 年，1904 年出版。详见拙文 "Foreign Travel through a Woman's Eyes."

② David Der-wei Wang, *Fin-de-siècle Splendor*, pp. 23, 271 – 272.

③ 赵毅衡：《中国的外来小说》，《花城》第 1 期，花城出版社，2000。王德威讨论了梁启超、末广铁肠二人小说的联系，详见 David Der-wei Wang, *Fin-de-siècle Splendor*, pp. 302 – 306.

④ 《雪中梅》序言提到了这两部作品。

⑤ 陈力卫：《日本政治小说〈雪中梅〉的中文翻译与新词传播》，《东亚人文》第 1 期，三联书店，2008。陈力卫认为，这类描写未来的小说在日本存在多年，关于这一传统，详见本书第五章。

　　詹垲应该是直接受到了《雪中梅》的影响,[1] 而不仅是他读了梁启超和吴趼人的小说间接受其启发。《雪中梅》以未来作为构思的写法，这只是它与詹垲两部小说的众多相似点之一。对立宪的关注、"才子佳人"题材、富有寓意的主人公名、通俗易懂的语言都是两者的相似之处。末广铁肠笔下的女主人公也影响了詹垲的创作，末广小说的女主人公出身贵族并对最终所嫁之人忠诚，即使直到《雪中梅》结尾结婚前她都是单独行动。这位女主人公坚称一定要为女性提供稳定可靠的教育机会。末广的小说比詹垲的作品涉及更多女性教育的核心内容，主要包含中国古典文学和西方文学。不过，虽然有如此多的相似之处，但是末广和詹垲在情节设置上采取了完全不同的方式，我会在本章稍后继续讨论这个问题。本书第五章将涉及社论，从社论的角度，我们能够思考詹垲与末广铁肠在社论和小说创作上的相似之处。

　　梁启超很明显也受到了末广铁肠等明治时期日本小说家的影响。他在运用未来时间和立宪的问题上都表现出这种关联性，但是梁启超抛弃了末广所借鉴的"才子佳人"模式，《新中国未来记》（未完成）并没有以男女主人公相识相遇为主线。我始终认为，末广对詹垲产生的直接影响——这之间并没有梁启超的中介作用，是詹垲也借鉴了"才子佳人"模式。他不仅采用了梁启超抛弃的"才子佳人"叙事模式，而且比起《雪中梅》和《花间莺》，这一叙事模式在詹垲作品中发挥了更为关键的作用。

---

① 感谢叶凯蒂给我提供了一份《雪中梅》的影印件。

中国妇女问题小说

至此，我们要接着讨论中国作家的影响，特别是詹垲小说问世前中国妇女问题小说的创作热潮。这一热潮为詹垲的小说创作提供了另一种视角。在其动笔创作前，至少有六部妇女问题小说引起了詹垲的注意：王妙如《女狱花》（1904）、海天独啸子《女娲石》（1904）、岭南羽衣女士《东欧女豪杰》（1902～1906）、颐琐《黄绣球》（1905～1907）、程宗启《天足引》（1906～1907）、破佛《闺中剑》（1907）。①

为防止讨论偏题，我选取上述小说中的三部作为例子：②王妙如的《女狱花》问世于 1904 年初，同年再版；③ 海天独啸子的《女娲石》是分两次出版的小说，未完结；④ 颐琐（汤宝荣）的《黄绣球》从 1905 年开始连载，到 1907 年完结。⑤詹熙的《花柳深情传》也影响了詹垲，我会在结论部分谈及这一点。除《雪中梅》之外，本章谈到的上述三部小说有助

---

① 更完整的书目，见阿英《晚清小说史》，第 120～133 页。

② 本章概述的三部具有影响力的小说，特别是《女狱花》和《女娲石》，王德威在《被压抑的现代性》中对其也有讨论，我从中受益良多。我使用的小说版本是，王妙如：《女狱花》，《中国近代小说大系》第 64 辑，百花洲文艺出版社，1993，第 700～759 页；海天独啸子：《女娲石》，《中国近代小说大系》第 25 辑，第 440～535 页；颐琐（汤宝荣）：《黄绣球》，曹玉校点，中州古籍出版社，1987。

③ 樽本照雄编《新编增补清末民初小说目录》，第 523 页。第一版为自费印刷，应该是在杭州出版，再版则是由上海沈鹤记书局出版。

④ 由东亚编辑局出版，见樽本照雄编《新编增补清末民初小说目录》，第 520 页。

⑤ 前 26 回连载于 1905～1906 年的《新小说》；完整 30 回版本最早由上海新小说社于 1907 年出版。见樽本照雄编《新编增补清末民初小说目录》，第 294～295 页。

于我们理解詹垲创作的背景。

我并不认为詹垲通读过这些小说，《女狱花》与其作品最为相似，可能是因为它们最鲜明的相似之处在于都是游历域外的主题。前文已述，詹垲与《黄绣球》的作者汤宝荣相熟，因此詹垲很可能读过《黄绣球》，至少在他自己的作品问世前已经读过一部分。[①] 再者，男女平等的主题也是詹、汤两位作者重要的共同点。尽管詹垲的两部小说都宣扬男女平等，但詹垲的阐述方式并不像《女狱花》和《女娲石》。詹垲很可能都不知道《女娲石》这部小说，但当时一些小说中的刺客主题很可能对《中国新女豪》中的女刺客情结有所启发。此外，《女娲石》开篇即聚焦一位在报纸上撰文呼吁女性权益的女性，詹垲的小说（如《女子权》）同样关注报纸。

这三部小说的完整情节梗概可参见其他文献，[②] 因此我在这里仅略提及一部分内容。我最为感兴趣的是以下问题：激进女性与保守女性的关系；怎样使保守女性认识到影响女性的关键问题（婚姻自主权缺失，男女关系不平等，缠足，教育、工作权利不平，等等）；小说中激进女性的结局。鉴于这些关注点，我的论述必然会略过许多与其他主题相关的重要问题。

1. 《女狱花》

王妙如的《女狱花》是这三部小说中唯一由女性创作的作品（王妙如画像见彩插图 2）。其作品值得注意的是，由女性友人所作的两篇序和王妙如丈夫罗景任的批语。据说王妙如死于小说出版的前一年，可能是在其家乡杭州去世的。

---

① 　至少前 26 回在詹垲小说出版前已经问世，他可能也读过完整的手稿。

② 　江苏省社会科学院明清小说研究中心编《中国通俗小说总目提要》，中国文联出版公司，1990。

与《中国新女豪》和《女子权》一样,《女狱花》也是以妇女问题宣言开篇,这篇宣言比詹垲写得更为简略,主要内容是批评中国女性的低微地位。引人留意之处在于它似乎与早期的一篇宣言有直接关系,后者作于 1903 年,出自中国著名的男性女权运动家金天翮。这一关联似乎是以小说封面绘图的形式呈现,该图诠释了金天翮对中国妇女先锋的想象。① 在我看来,封面绘制的正是一位这样的女性(彩插图 2)。

作为对金天翮的回应,小说塑造了沙雪梅这一人物。② 沙雪梅无兄弟姊妹,来自一个亚洲大国(影射中国)东南的东部地区,从父习武,被许配给了一个非常歧视女性、控制欲极强的丈夫(他也执着于科举)。在接受了斯宾塞《女权篇》的学说后,她决意反抗压迫者——丈夫。在一次冲突中,她失手打死了丈夫,因此入狱,后凭借其武术功底成功越狱,四处漫游寻觅归处。

贴在旅店墙上的一首女性主义诗歌引起了沙雪梅的注意,诗的作者叫许平权。沙雪梅决心找到许平权,途中她多次遭遇险情,甚至遇到了老虎。有一次,她遇到一群颇有见地的女性在聚会,聚会的房间内挂着四位西方女性的画像,分别是罗兰夫人、斯塔尔夫人(Madame de Stael)、美利·莱恩(Mary Lyon)、多萝西·华兹华斯(Dorothy Wordsworth),③ 沙雪梅正

① "张女界之革命军,立于锦绣旗前,桃花马上,琅琅吐辞,以唤醒深闺之妖梦者,必此人也。"《女钟》,中华全国妇女联合会妇女运动历史研究室编《中国近代妇女运动历史资料》,中国妇女出版社,1981,第 157 页。亦见 Liu, Karl, and Ko, *The Birth of Chinese Feminism*, pp. 207 - 285.
② 不知"雪梅"一名与《雪中梅》是否有关联。
③ 夏晓虹确定了这些西方人的中文名。夏晓虹:《〈世界古今名妇鉴〉与晚清外国女杰传》,《北京大学学报(哲学社会科学版)》2009 年第 2 期。

是通过这群女性最终见到了许平权。

二人相见后，在恳谈中发现彼此的观念存在分歧。许平权不同于沙雪梅，她既不回避男性，也不主张暴力；她也认为和平路线比暴力革命更有助于推进妇女运动。二人也尊重彼此的立场。许平权的朋友一位是医生，一位是一份妇女杂志的编辑，还有一位创作小说，并为友人的报社兼职供稿。沙雪梅珍惜、珍视许平权的这群朋友，她后来也为该报社创作了一部小说——《仇书》。不久后，沙雪梅和一群支持激进的朋友（其中就有那位编辑朋友）离开了，之后小说的中心人物变成了许平权。罗景任的批语称小说的叙事方式受《水浒传》的影响。在《水浒传》中，故事由一个次要人物开始，引导读者进入主线故事，但这个次要人物并不是主角。沙雪梅离开后，许平权决定去日本的一所师范学校留学，便与那位医生朋友一同赴日，后来她们的一位朋友去世，两人决定周游世界，了解更多女性教育方面的情况。

在外游历期间，二人在报纸上看到国内起义失败、沙雪梅牺牲的噩耗，她们悲痛至极。不久之后，许平权和友人分开回到国内。她选择回国与沙雪梅之死有关，但人们低估了这两者之间的关联性。回国途中，许平权结识了一位理想的结婚对象，事实上这次会面是两人的重逢，早在许平权留日时男子就对她爱慕已久。不过两人决定在建立了一套中国女性教育系统后再正式确立关系。之后愿望达成，两人也终成眷属。许平权认为，自己的婚姻会让其他女性意识到她对男性没有丝毫成见。①

---

① 王妙如：《女狱花》，《中国近代小说大系》第 64 辑，第 758 页。这也是为了劝阻女孩子不要步沙雪梅的后尘。

《女狱花》展示了妇女运动中的暴力革命路线与和平路线之间的鲜明差别。文中对沙雪梅表示赞赏，因此小说关于"暴力革命太危险，且会使大多数视男性为盟友的女性渐行渐远"的表态是让人失望的。不过小说肯定这两种路线的良性互动，在一定程度上，两者都受到西方哲人的启发——沙雪梅受斯宾塞影响，许平权受四位西方女性的影响。像沙雪梅这样被丈夫虐待又没有法律可以反抗丈夫的女性，有助于人们就女性地位展开讨论，尽管许平权及其圈子的女性都不会选择沙雪梅那样的非法途径。但她们制定路线并不认为这是一场性别抗争，而是视其为一种手段，以夺回中国历史进程中女性被剥夺的基本人权（詹垲小说中多次重申的道理）。与沙雪梅形成对比的还有许平权及其圈子强调和平线，如通过女性经营的报纸、医院和学校来提高女性地位。

《女狱花》的后半部分是迄今为止与詹垲两部小说最为相似的部分。许平权首先留日、然后环球旅行的情节就是一个明显的相似之处。但是，这次旅行的情节在一回内就很快结束了。因为《女狱花》的大部分内容聚焦激进的女主人公沙雪梅，在这部仅有 12 回的小说里，作者花了 8 回的篇幅描写沙雪梅的艰辛历程。这些篇幅比例表明，比起许平权，作者更着重刻画沙雪梅，即便《女狱花》的结局告诉读者，沙雪梅这样的人在现代社会没有立足之地。想必王妙如正借此与塑造了激进妇女革命成功故事的《东欧女豪杰》（1902）展开对话。不管各方影响如何，《女狱花》"暴力—和平"双线叙事的方式也让我们想到詹垲。最后，许平权的故事讲述的是一位未婚的（虽然她已是待嫁身份）年轻女性，了解中国女性的诉求，走上先求学后办学道路的故事。①

《女狱花》与詹垲小说的另一个相似之处是其在报纸的高曝光率。与詹垲一样，王妙如吸取经验，知道进步女性有读报的习惯。我们已经看到，詹垲笔下的女主人公凭借自身的名望，使其朋友、追随者和未婚夫通过读报了解年轻女性的活动。同样，沙雪梅的名气使她和她的革命行动颇具报道价值，以至于她的死讯能够通过报纸传递给远在美国的许平权和旅伴那里。许平权的一位朋友也与贞娘一样办报，不过詹垲的小说比《女狱花》更关注报纸。

《女狱花》与詹垲的小说最大的不同可能在于叙述事件的细致程度。尤其在王妙如描写她的第二位女主人公（许平权）及其环球旅行时表现得尤为突出。许平权出游的理由让人相当摸不着头脑，她不得不面对女性友人的离世及其留下的办学计划，但是理由并不充分。理由似乎是，如果一位女性越了解世界，她就越能够很好地启蒙他人。另外，王妙如完全没有提到任何外国的内容，因此读者很难判断许平权在游历期间身处哪个国家。反而是詹垲详尽地写出了笔下主人公的游历路线、交通方式、拜访的城市和工厂，等等。还有一处关键的不同点是，主人公推行的教育类型，许平权致力于为女性提供基础教育，而英娘和贞娘更倾向于为劳动阶级提供职业教育。在她们的商议中，有人建议让受教育程度较低的学生使用简体

---

① 有人认为詹垲的两位女主人公都是类似许平权这样的人物，事实上贞娘是被作为"女斯宾塞"来塑造的，是像沙雪梅一般的女性。从这方面来看，贞娘更接近沙雪梅而不是许平权。尽管这有点让人费解，但确实两部小说都用了这种描述，这也是王妙如与詹垲小说的另一个共同点。

字——这个提议并不是许平权提出的。①

2.《女娲石》

《女娲石》的作者身份不明，很可能是男性，所用笔名是"海天独啸子"。评点者"卧虎浪士"同样身份不明，两人似乎都是留日学生。② 卧虎浪士的评语揭露了许多情节中隐含的深意。

《女娲石》由一回前言开篇，淑女钱挹芳读史而作诗文，并投稿至《女学报》。统治古埃及的克娄巴特拉女王的事迹让她深受触动。钱挹芳认为，中国从未有女性执政，中国当前的危机与男性掌权脱不开关系。在她看来，改良一事女性比男性表现得更为积极。

《女学报》是当时真实存在的女性刊物，但是钱挹芳投稿一事为杜撰。尽管如此，钱文的激进立场符合《女学报》文章的特点。③《女学报》敢于揭露女性在旧社会的弱势地位，并为促进男女平等建言。钱挹芳的文章收到热烈回应，慈禧对此采取默许态度。慈禧在醮坛祭天时，一块巨石从天而降，石上写有"女娲石"字样。卧虎浪士称此开篇是模仿《水浒传》和《红楼梦》。④

此后，叙事转向一群因女娲石天降而现身的女侠，随着叙事中心的变化，温和女性与革命女性之间的对比，远不及革命

---

① 王妙如：《女狱花》，《中国近代小说大系》第64辑，第94页。

② 见第16回的评语，这篇评语也是全书前半段唯一的评点文字。

③ Nanxiu Qian, "The Mother Nü xuebao versus the Daughter Nü xuebao." 亦见 Qian Nanxiu, "Revitalizing the Xianyuan (Worthy Ladies) Tradition." 我还要感谢钱教授在核查文献真实性方面提供的帮助。

④ 见第一回的评语，第451页。

女性内部各阶层的对比强烈。新主人公名叫金瑶瑟,① 出身书香世家,有留美经历。她是贯穿全书情节的核心人物,但是在很长一段时间内,她与自己的丫鬟凤葵(名字取自《水浒传》中的李逵和鲁智深)截然不同。正如这些任性的男人一样,凤葵遇到哪怕丝毫的歧视都会不自觉地爆发出来,而金瑶瑟则更为沉稳。陪伴金瑶瑟的途中,凤葵结识了一些革命团体,而她的暴脾气、暴饮暴食意味着她无法循规蹈矩地依从这些团体的章程。尽管金瑶瑟发动了两次刺杀慈禧的大胆行动,但均以失败告终;尽管她穿着另类、特立独行,但不管作为男性还是妓女,她仍然不及凤葵反叛。凤葵有时完全是一个喜剧角色,在后世的批评家眼中她具备一种罕见的幽默感。在卧虎浪士看来,凤葵的直率和冒失让她比教养甚佳的金瑶瑟更像一个优秀的革命先锋。金瑶瑟优越的出身使她依赖现实。

卧虎浪士的评语使人想到金圣叹对《水浒传》的评语,例如他贬低守法的宋江,称赞作风荒唐的鲁智深和李逵。卧虎浪士对小说中人物的评价也是按照金圣叹的标准,② 这也显示出欧虎浪士对清初的留恋。

小说最终放弃了塑造凤葵这一人物,将重点放在描绘金瑶瑟辗转中国各地结识女性革命组织的过程。凤葵的内容结束前后,引入了妓女元素。当金瑶瑟扮成妓女时,足以说明时代的堕落。在妓院,金瑶瑟和凤葵结识了一群明显是革命女性的人,此时妓女身份又成为一种掩护,她们生活在一个类似妓院

---

① 小说大部分人物的名字有双关含意。

② 王妙如:《女狱花》,《中国近代小说大系》第 64 辑,第 461 页。关于金圣叹,详见 Rolston, *How to Read The Chinese Novel*, pp. 124 – 145.

的地方，实际上它是一所女子学校。① 尽管有这样一层身份掩护，但金瑶瑟和凤葵显然都不是妓女。这群女性大多数独身，为了改善女性的生存状况在各地发起暗杀行动，呼吁废除缠足等有辱女性的行为。

关键情节之一出现在第六回，在那座妓院里，金瑶瑟遇到了花血党党魁秦爱侬，她阐明了一套新女性世界观，包括各项责任和禁令。独身是花血党党员必须具备的条件，那所妓院/女子学校是一个藏有许多发明的高科技基地，包括收音机以及作者虚构的发明，比如电马，它能使女性以人工授精方式受孕，她们反抗男性霸权的目标也借此与女性的生育意志相统一。金瑶瑟结识的另一位党魁用"洗脑机"帮助人们改掉劣习。金瑶瑟则将婚姻自由视为改革的核心。

结交这群人后，金瑶瑟继续云游各地。她最后遇到了一群女性，圣女贞德的故事让她深受触动。金瑶瑟想成为圣女贞德那样的领袖。卧虎浪士评论称，金瑶瑟论成就确实能与圣女贞德匹敌，但是因为这部作品未完结，我们不知道她是否成为领袖——更不用说成功了。无论是金瑶瑟的故事还是小说叙事都没有再提及钱挹芳。②

《女娲石》采用了与《女狱花》类似的手法来对比两种改革路线，并且最终舍弃其一。但是不同于沙雪梅和许平权的分道扬镳，钱挹芳和金瑶瑟身处不同的时空，也不可能就不同的革命形势有任何沟通，钱、金二人也不是像《女狱花》中的

---

① 该妓院实际上是一个女性政党党部，非学校。——译者注
② 马克梦关于《女娲石》的论述让我受益匪浅，见 McMahon, *Polygamy and Sublime Passion*, pp.137, 144. 石静远也让我很受启发，见 Jing Tsu, "Female Assassins."

许平权那般是令人尊敬的女主人公。仅在第一回写了钱挹芳阅读克娄巴特拉女王的事迹后向《女学报》投稿，关于一个出身良好的普通女性成长为抛弃传统生活方式的激进女性的历程，文中除此之外没有任何交代。女娲石出现后涌现的女性就已经是成熟的革命者了，因此她们对现实的反抗虽然常常令人愉快，甚至有时鼓舞人心，却是空想。对大多数读者来说，她们不太可能在现实中模仿书中这些女性的行为。小说中描写金瑶瑟的游历过程，塑造了一幅遍地都是革命女性的盛景，因而《女娲石》比《女狱花》营造的气氛更让人悲观。《女娲石》的寓意有些含混不清，部分是因为作者有时显得并不是那么看重自己的作品。[①] 他暗指中国女界已经出现对旧秩序的反抗力量，但不清楚男性对其可行性的态度是印象深刻、不安，还是感到好笑。

《女娲石》称故事发生在中国，但除此之外并没有说具体地点。有些地方提到真实地名，但大部分地点缺少标志性建筑，可能是因为这些地方都是农村。在这部小说中，山洞及水路的设计必然为故事打开了诸多可能——不管它是高科技的还是军事的，因此读者无法立足于现实世界的感受。

与《女狱花》相比，《女娲石》与詹垲的两部小说甚少相似之处。除了第一回提到新式的报纸，两者的差异远甚于相似。因此，像《女娲石》中从钱挹芳跳到一个更诡谲境界的情节，在詹垲的小说中是没有的。而且詹垲的小说从没有借鉴过《水浒传》——这也是不同点之一，因为詹垲采用的是完全不同的小说叙事模式，即前文提到的"才子佳人"模式。

---

① David Der-wei Wang, *Fin-de-siècle Splendor*, p. 286.

最后，《女娲石》中人们通过收音机而不是报纸了解千里之外的信息，而詹垲的小说中从未将收音机当作联络的工具。

詹垲的小说作品——更准确地说，《中国新女豪》最鲜明的例子要数它的暗杀主题。因此，当金瑶瑟筹备暗杀慈禧（未成功）时，她借鉴了俄国革命女性的经验，这可能也激发了华其兴刺杀公使的念头，不过这两者的相似度并没有大到足以肯定有这一层影响的程度。与之相关的是，《中国新女豪》中的革命元素远不及《女娲石》塑造得成熟。若有人仅凭表面来评价《女娲石》，忽视了其中暗藏的反讽，就可能难以感受文本中强烈的不满情绪，而这种不满情绪能够推翻既有的社会秩序。相反，詹垲的"才子佳人"模式蕴含了对现实造成威胁的所有可能因素。《中国新女豪》中最接近国家崩溃的情节是英娘被捕后招致全国的非议，不过因为英娘不久就被释放，这一危机并没有持续很久。

《女狱花》与詹垲作品的很多不同之处，同样表现在《女娲石》中。比如，《女娲石》甚至没有《女狱花》关心国际问题，更是完全没有詹垲对报纸、职业教育一致、持续的关注。可以说，《女娲石》是一部杂糅了《水浒传》和科幻小说元素、用来描写时局的作品。

3. 《黄绣球》

《黄绣球》的作者是詹垲的朋友汤宝荣。前文已述，其笔名为"颐琐"或"颐琐室主"。近年来，"汤宝荣与颐琐是否为同一人"的问题引发了学术界的讨论。① 《黄绣球》是一部

---

① 郭长海：《〈黄绣球〉的作者颐琐考》，《社会科学战线》1993 年第 4 期。还有一篇更详尽的同题文，见吴晓峰主编《中国近代文学史证：郭长海学术文集》，吉林人民出版社，2005。

内容丰富的小说，长达 30 回。12 回的《女狱花》和 16 回的《女娲石》在篇幅上都接近詹垲的两部小说（以及 15 回的《雪中梅》），《黄绣球》的篇幅比它们多一倍。这部小说在许多方面都是独一无二的。第一，以已婚女性作为女主人公，黄绣球不仅已婚而且有两个儿子。当她抛弃中国传统闺训转向启蒙时，其夫黄通理和儿子都十分支持。黄绣球所在的村庄，虚构的自由村明显比上海落后许多，环境相对封闭，几乎与外界隔绝，因此绝不是外界的刺激（例如上海女性杂志）促发了黄绣球的改变。

第二，黄绣球的转变是多方面的。虽然出身书香世家，但其经历十分艰辛，幼年父母双亡，性情恶劣的婶娘抚养她长大，把她当丫鬟使唤。不过后来黄绣球做了一个梦，梦中遇到了罗兰夫人，让她对中国女性的困境有了更深刻的理解，使她树立了要有所作为的志向。梦中罗兰夫人送给黄绣球的书也让她有所顿悟，其中一本就是记录了 25 位杰出人物事迹的《希腊罗马名人传》（Plutarch's Lives），这也是罗兰夫人喜爱的书。虽然黄绣球文化水平仅是勉强识字，但据说这本书对她帮助不少。罗兰夫人所送的书中还有她自己的回忆录和一本地理学的书，地理学被视为理解现代世界至关重要的学科。这场梦后，黄绣球与罗兰夫人多次相逢（在她的梦里），她被那些书鼓舞，不过这些都是稍纵即逝的瞬间，都比不上黄绣球丈夫一如既往的支持所带来的动力。与罗兰夫人一样，黄通理对中国女性的遭遇深表同情。

虽然《黄绣球》的地点和励志梦境都是虚构想象出来的，[①]

---

① 相关分析见 Hu Ying, *Tales of Translation*, pp. 153 – 196.

但是詹垲的两部小说比《黄绣球》更富空想性，因为黄绣球的实践大都遭到某种负面的压制。詹垲的小说也有改革行动遭到强烈反对的剧情，但这种情况并不常见，也不会持续影响故事的发展，并且詹垲的叙事口吻比《黄绣球》要积极乐观。自从黄绣球受罗兰夫人鼓舞决定放足后，她的苦难就开始了。村民毫不掩饰对她的怀疑和嘲笑，她一度被迫入狱。这些挫折使她意识到，如果要人们理解并接受这一系列行动，就必须更好地处理与外界的关系。与此产生鲜明对比的是，上海已经广泛接受天足，但是自由村仍落后于时代（在这方面，自由村与詹垲侄女詹雁来笔下的衢州颇为相似）。经过精心谋划，黄绣球感化了一些村民，这时黄通理发现了一个带头反对黄绣球的村民。这个村民后来与一个旗人贪官联手，始终与黄绣球等人为敌。

随着情节的发展，黄绣球夫妇萌生了办学的念头。他们被美利·莱恩的经历鼓舞，美利·莱恩是曼荷莲文理学院（Mount Holyoke College）的创办者，世人常将她和罗兰夫人相提并论。她是出身低微的农家女孩，具有出色的领导能力，受到世人的钦佩。黄绣球夫妇决定为男孩、女孩各建一所学校。《黄绣球》对办学过程的描写比《女狱花》《女娲石》都要有条理。如何开辟办学场地（改造自家房子，僧侣、尼姑腾出寺院和尼姑庵①），如何获得最新的课本（去上海的书店采买），如何应对村民对新式教育尤其是女子学校的质疑，这些问题最终都（通过女性的游说）解决了，最关键的经费问题的解决过程也都被极为详尽地记录下来。很多细节让人想到詹熙、詹麟来、詹垲在衢州办学的经历。汤宝荣/颐琐的生平鲜

---

① 小说仅提到尼姑腾出寺院。——译者注

为人知，但是他可能也亲身经历了在类似像自由村这种地方办学所遭遇的，复杂、令人畏惧且漫长而又艰难的斗争。也许他从詹垲等人那儿听闻了各种各样类似的经历，我将在结论探讨这种可能性。值得我们注意的还有《黄绣球》对舆论的审慎态度——怎样避开舆论或怎样塑造舆论以达到自身的目的。这些让我们想到詹麟来 1904～1905 年推动天足运动并在几年后在衢州为孙中山政权做执政准备的经历。

当黄绣球决定以现代方式行事时，她仍是从西方楷模那里接受启蒙。19 世纪中叶，科苏特（Lajos Kossuth）改革匈牙利政府，这件事启发了黄绣球。[1] 另一位则是废除奴隶制的林肯（Abraham Lincoln）。[2] 出乎意料的是，虽然黄绣球出场时没有受过教育，但她自己提到了这些人物。詹垲合著的《全球进化史列传》收有科苏特和林肯的传记。合理猜测汤宝荣也读过这一类型的书，只不过无法得知是否就是詹垲这本书。[3]

有时，村里的保守势力会阻挠黄绣球夫妇的行动。考虑了各种可行性后，黄绣球最后采取败坏敌人名声的方式，在支持他们的邻村的庇护下扳倒了对方（邻村有位村民曾是自由村的居民，在自由村时就帮助过他们）。黄绣球夫妇的命运随着村子治理班子的变化起起伏伏，但是他们想做的事本身都是合理的，因此最终能够使大部分村民信服。《黄绣球》不会容忍像《女狱花》《女娲石》中那样目无法纪的女性。在两位女说

---

① 颐琐：《黄绣球》，第 291 页。

② 颐琐：《黄绣球》，第 263 页。

③ 关于科苏特，见颐琐《黄绣球》，第 213～222 页；林肯，见颐琐《黄绣球》，第 222～223 页。当时有很多同类型的书，可见熊月之主编《晚清新学书目提要》，第 352～354 页。

书人①和越来越多转变观念的女性（包括一些富家太太、小姐）的帮助下，全村人信服了黄绣球夫妻俩的观念，二人开办男、女学堂的梦想也最终实现。

与篇幅和语言都为女性读者服务的《女狱花》相比，《黄绣球》的目标读者有些不同，书中主人公的对话都很长且富有说教性。若把黄绣球看作现实中的人，她对西方历史的了解是十分可观的。在没有接受过正规教育的情况下掌握了这些知识，黄绣球的侃侃而谈以及突飞猛进的知识素养使她看上去更像是作者的喉舌而非让时人相信的女性。丈夫黄通理也是如此，常常高谈阔论，有时更是一段一段的长篇大论。夫妇俩的文辞比《女狱花》《女娲石》以及詹垲的作品要晦涩。以上几点让人有理由推测颐琐的目标读者是闺秀以及她们的丈夫和男性支持者。不过，由于读者只能直观上看到情节的走向，这些情节走向没有给我们留下任何关于目标读者性别的线索，因此我们也无法证实这一猜测。不止《女狱花》和《女娲石》，《黄绣球》也意图引导读者走上改良之路。虽然这部小说在许多方面独树一帜，其导向性的叙事方式使其更接近詹垲的作品，反而与预见了变局但措辞含糊的《女狱花》《女娲石》十分不同。

与《女狱花》《女娲石》一样，《黄绣球》采用了中国古典小说评点的方式。前12回文末都有署名"二我"的评语，二我的身份可考。② 第19回还有行间注，说明作品的一些特

---

① 女说书人是黄绣球感化的尼姑，她们沿街演唱黄绣球编的七字弹词。——译者注

② "二我"是陈其渊。樽本照雄编《新编增补清末民初小说目录》，第294页。陈其渊是晚清民初的剧作家、小说批评家。左鹏军：《晚清民国传奇杂剧史稿》，广东人民出版社，2009，第119页。

点，比如出场人物的顺序是有意安排的。哪怕黄绣球是全书主人公，也是黄绣球的丈夫先出场，黄绣球紧随其后，在第一回的评语中对此有所解释。[①] 评语还解释了酝酿主题的铺陈情节，情节线索的细致吻合，善恶行为的平衡，用支线情节插叙的手法。任何读过像《水浒传》及金圣叹评点的人对这些写作技巧都会十分熟悉。尽管《黄绣球》的内容充满启蒙意味，但这部小说的情节推进采用了中国古典小说的方式。与《女狱花》《女娲石》一样，《黄绣球》的作者试图用中国读者熟悉的话本方式叙述故事。可能也是基于话本的方式，文风上还有一个显著的特点是，每回文末都是以诙谐的方式结束，比如第 21 回末称"做书的此时也去倒茶，搁住笔不曾来得及记，就记在下文了"。

《黄绣球》的情节布局合理，塑造出成熟的人物。这一点也得到有力的论证。这些特征也是阿英将其称为"当时妇女问题小说的最好作品"的部分原因。在阿英看来，《女子权》"与《黄绣球》相较，相差得就很远"。[②] 可能确实如此，不过也很难说《黄绣球》是一本有趣的读物，与詹垲的两部小说相比，它的说教性更强，而娱乐性却相当低。[③]

《黄绣球》有许多地方可以与詹垲的作品形成对比，有一些我们已在前文讨论，它们最大的相似之处是具有说教性。与詹垲笔下的主人公一样，黄绣球意在探索改良的方法。她对罗兰夫人的情感依赖很像《中国新女豪》中的林大节，而不是

---

① 详见顾琐《黄绣球》，第 177 页。
② 阿英：《晚清小说史》，第 121、129 页。
③ 胡缨和高彦颐的相关讨论让我受益良多。Hu Ying, *Tales of Translation*; Ko, *Cinderella's Sisters*.

英娘或贞娘。关注独身的英雄式人物也是二者的相似之处，例如黄绣球对自己的使命和能力有坚定的信心。黄绣球比英娘、贞娘更为不屈，甚至在面对声势浩大的对手时，包括入狱她都从未退缩。主人公及其丈夫或未婚夫之间的关系使这种相似性更加突出，虽然英娘和贞娘都待字闺中，而黄绣球已婚，任自立、邓述禹对爱人坚定不移的支持与《黄绣球》中黄通理对妻子的支持高度一致。这不仅出于三位男性对爱人所获成就的自豪之情，更关键的是，他们也强烈支持男女平等，竭力帮助女性。毋庸置疑，黄绣球是一位已婚妇女，《黄绣球》不可能采用"才子佳人"的叙事结构，由于婚姻自主权不再是题中之义，《黄绣球》的主旨更加专注于追求男女平等，包括平等的受教育权。

此外，在抵制激进主义方面，《黄绣球》也比《女狱花》《女娲石》更贴近詹垲的作品。虽然《黄绣球》确实塑造了一些令人印象深刻的非中心人物，但它明显缺乏像《女狱花》和《女娲石》中有传奇经历的女性人物。《黄绣球》中最引人注目的是一位曾经留学海外的天足女医生毕去柔。与詹垲的作品一样，《黄绣球》谈到了很多问题，但是暴力并没有被视为解决问题的方式。最后，《黄绣球》也关注改良的具体细节。小说详细叙述了黄绣球夫妇寻找办学场地和经费的过程，摆脱了《女狱花》的理想化和《女娲石》的科幻色彩。这样写实的描写更加贴近《中国新女豪》和《女子权》，尽管它们涉及的具体问题（职业教育）与其并不一致。

说到不同之处，尽管《黄绣球》煞费苦心地说明女主人公出身书香门第，童年不幸，但它并没有执着于黄绣球的精英身份。依其逻辑，不幸的经历成为女主人公的优势，用来说明黄绣球经得起许多挫折及其对改良议题令人惊讶的开明态度。而詹垲则十分强调女主人公优渥的出身背景，女主人公英娘和贞娘，以及其他姓林的主要人物（林大节、林教习和林寡妇①）都是如此。特别是罗兰夫人的信徒林大节，拥有让人印象深刻的家世——其父身居高位（见《中国新女豪》第70页）。两位激进人物辛纪元和华其兴，文中虽未提及两人的具体出身背景，但也能推断她们出身不凡。当一个丫鬟不小心向英娘家人走漏了英娘的恋情时，其表现出了阶级的意义，更准确地说是一位上层人士对阶级的看法。丫鬟无心的轻率之举被归咎为她出身低微。②

正如詹垲的改良小说一样，《黄绣球》关注反抗压迫的女性，但是黄绣球身处更为不妙的境地。在《中国新女豪》中，詹垲旁观者角度的叙述使读者完全相信，他希望自己的小说能够被温柔敦厚的女性接受。那些从旁观者角度展开的叙述是为了减轻读者对小说，特别是《中国新女豪》中出格行为的恐惧。

> 看官：他人小说中，说那儿女之情的，总说是一个什么小姐看上一个什么公子，公子这必定是个才如宋玉、貌似潘安，③一个风流美少年。到后来那小姐与公子必定眉语目挑，现出无数不堪入目的丑态。要晓得这都是小说家诲淫的话头，文明国的女郎断没有这种举动。即如英娘此

---

① 不知詹垲为何将三个人物都冠以同一姓氏。
② 思绮斋：《中国新女豪》，第27页。
③ 这句话让我想到本书第三章讨论的《柔乡韵史》描述张宝宝的话——"须眉中之巾帼者"。

时看中了任自立，纵然在才貌两个字上看中。然而所谓才，并不是吟诗作赋那些才。所谓貌，也不是傅粉凝脂那些貌。便一时动了爱情，也断乎不至露出那些不法律的丑态的。①

《黄绣球》中就没有这样迎合读者行为规范的内容。

甚至在这段旁白前，詹垲还详尽地写到英娘与未婚夫由东京的一位世交介绍相识，英娘身旁始终有丫鬟服侍，若丫鬟做得不尽如人意，马上就会有新的人来接替。我们从以上及其他类似场景推断，像沙雪梅或金瑶瑟那样激进、离经叛道的人，甚至像黄绣球那样打破旧习的人，詹垲的目标读者不容易受到触动，而像许平权、英娘、贞娘那样的闺秀人物则很容易打动她们。

从宏观上看詹垲的两部改良小说与这三部早期小说

由詹垲同时代人所写的三部中国小说可使我们以另一种方式理解詹垲的小说。这里我想说明詹垲小说与这三部早期小说的一个不同点：支持主人公的某些女性团体。在《女狱花》《女娲石》中，一群籍籍无名的女性已经意识到女性权利的问题。《女娲石》十分推崇由女性团体发起、组织的暴力革命，将更多的期望放在激进群体上；《女狱花》则完全相反，寄望于和平路线。在《黄绣球》中，自由村的女性有的较为平和，而不那么平和的女性就相继加入了黄绣球的运动。我们知道，关于这些问题的争论不仅仅是字面上的，据说诗人吕碧城之所

---

① 思绮斋：《中国新女豪》，第13页。

以与秋瑾疏远，可能就是她对秋瑾的激进路线（以及她反清大计）感到不舒服。[1]

詹垲小说所呈现的则略有不同。詹垲作品中关注的女性团体都是海外华人女性（留学生等）及她们的支持者（男留学生和工商业从业者）。英娘和贞娘所到之处都有他们的身影，他们积极推动英娘和贞娘的工作——收集全世界女性权利和工作情况的资料。他们与其他小说中的社会团体不同，因为他们都是住在海外的华人。在这些团体中，我们非常熟悉的只有一个，就是《中国新女豪》中由激进转为和平的在日留学生会。[2] 与《女子权》中的女性团体一样，在日留学生会颇有进步思想，但没有采取暴力革命。除了通过研究、教育、实验工厂等和平手段，她们也没有主动积极地推动社会变革。

这一类型的团体似乎与《女娲石》中籍籍无名的抗争女性及《女狱花》中沙雪梅、许平权的追随者有异曲同工之妙。相比之下，《黄绣球》中的女性支持者团体甚至更为叛逆。不过《女子权》促使我们格外关注这类女性团体（在国内而不是在国外），尽管这类团体在小说中并没有受到公开赞美——我们知道这一点是因为詹垲在书末附加了一个女性组织的章程。这个名叫"中国妇人会"的女性组织是当时北京上层社会女性刚成立的，在其他城市也有分部。此章程最早刊发于《中外日报》，詹垲标注了明确的刊发日期：1907 年阴历 4 月

---

[1]　Shengqing Wu, *Modern Archaics*, p. 282. 吴盛青认为存在这种可能。也可能两种因素兼有，王德威在《被压抑的现代性》中比较了秋瑾及其友人越石兰，称越石兰与秋瑾相比是相对温和的维新者，见该书第 173 页。

[2]　该团体一开始称作"恢复女权会"，后改名为"妇女自治会"。——译者注

12 日（阳历是 5 月 23 日）。

正如该章程所言，入会会员必须德行兼备，投身温和的改良运动，包括在海内外协助红十字会，负责创办如讲习所等女性学校。从章程内容来看，中国妇人会动员女性清醒地认识到不幸女性所面临的危机，但绝不会煽动违法行为。不过，詹垲在一些情况下对像秋瑾、何震①这样的女性运动领袖表示了尊重。至少从附录来看，詹垲改良小说最关心的是，具有良好品格和坚定信念的女性通过和平手段扶弱济困，进而保国安民，像创办医院、推动为弱势女性提供职业教育的"女梁启超"张竹君这样的人更打动他。② 出身不良的女性，有容易引起争端的外表和劣习（如赌博、嗜酒）的女性都不在他考虑之列，加入组织后行为不端的人将被开除。

中国妇人会的章程使我们和小说读者最直接地认识到，詹垲希望某个阶层的女性能为现代世界做出贡献。章程称"旧社会妇女，无教育之普及，无道德之可言，往往倾轧破坏，为害社会"，为驱除陈弊，中国妇人会所倡导的行为与《中国新女豪》中的"妇女自治会"十分相近，妇女自治会是文中"恢复女权会"名存实亡后由英娘领导的和平派组织。无论是虚构的还是真实的组织章程，都防止有害的行为或心理状态（如嫉妒、说人闲话、迷信）产生。③

本章为印证詹垲的改良小说与狭邪笔记的相似性提供了依

---

① 何震对女性进工厂劳动态度悲观，见 Liu, Karl, and Ko, *The Birth of Chinese Feminism*, pp. 72–91.

② 关于张竹君，详见李又宁《序》，《重刊〈中国新女界〉杂志》，第 41～42 页。

③ 这里能看出该书有一定的厌女情绪。

据。两者的相似在于文体。我们注意到，在这两种类型作品中，詹垲都以红十字会为例说明女性可以运用自己的才能参与团体工作。[①] 前文已提到，《花史续编》的最后一篇文章摘自报纸，是张宝宝所写的认购中国铁路股份运动请愿书。虽然两者的修辞方式完全不同，妓女也没有资格加入妇女自治会，但利用报纸上的文章来稳定舆论的方式是一致的。

　　毫无疑问，詹垲的两部改良小说至少在一定程度上受到了当时其他小说的影响。无论是其面向未来的创作立场、主人公周游世界的情节，还是将暗杀主题作为一种影响社会变革的手段，我们在小说中看到大量前人作品的痕迹。这些前人作品都是早期为了进步女性而书写或关于进步女性的作品。尽管如此，詹垲的狭邪笔记与改良小说之间的相似性仍值得我们注意。不管是聚焦妓女还是上层社会女性，詹垲的两类作品都是为了鼓励封闭的中国女性关注公共事务，他称赞坚韧不屈的女性，鼓励读者即便偶有挫折也要勇往直前；关注职业教育——尽管程度不一。《花史续编》和《女子权》都使用报刊文章来强化主旨。如果只钻研改良小说而不参考狭邪笔记，就会错过重要的背景信息，好比忽视现代小说的语境，就会失去一个重要的思想宝库。

三　一部不同类型的小说：《碧海珠》

　　《花史》出版17个月后，《碧海珠》（图4-3和图4-4）问世，比詹垲两部改良小说早出版两个月，比《花史续编》

---

　　① 思绮斋：《花史续编》，第1页；思绮斋：《女子权》，第116页。

早一个月。① 小说《碧海珠》与詹垲的两部改良小说有一些相似之处，但是狭邪题材使其与詹垲的狭邪笔记更为相似。我在前文已经提到，这些相似性与差异性相呼应。现在我将先介绍这部小说，再将其与詹垲的其他作品进行比较。

《碧海珠》是一部记录年轻男子"绮情生"命运和情感的沉思录，绮情生在迷恋一个富有才气的妓女的同时，爱上了另一个有现代思想的妓女，这让他左右为难。两者之间此消彼长的情愫推动着剧情的发展，小说以一个类似于主线故事的框架故事开篇，故事发生在上海，讲的是一群男性聚在一起谈论各自的情感，书中经常引用唐朝的故事为参考。叙述者"我"在这次谈话后回到家，不久后绮情生来访，小说的叙述就转到了绮情生的情感上来。在绮情生讲述的过程中，夹杂着叙述者的提问，但这些问题并没有全部得到明确的回答。从绮情生的回答我们可知叙述者没有作为小说中的某个人物出现，但是他的提问贯穿始终。

《碧海珠》主要内容分为三部分。第一部分和第三部分以上海名妓金小宝的故事为主，金小宝是上海妓女界"四大金刚"之一，《柔乡韵史》和詹垲的其他狭邪题材作品都是这样描述她的。第二部分则是关于另一位妓女彭鹤俦，詹垲的其他作品里也提到过她。

绮情生一开始叙述了金小宝的成长背景，之后讲述了她为过世的妓女筹建公墓的事。② 第一部分以写公墓的组诗结尾，

---

① 我用的《碧海珠》是收入《中国近代小说大系》的版本（第 38 辑，百花洲文艺出版社，1996，第 265 ~ 310 页）。同时参考现藏于浙江省图书馆的初版本。关于《碧海珠》的研究，可另参阅拙文 "Patriotism Versus Love: The Central Dilemma of Zhan Kai's Novel *Bihai Zhu.*"

② 关于筹建公墓一事，见 Yeh, *Shanghai Love*, pp. 236 – 241; Hershatter, *Dangerous Pleasures*, pp. 170 – 171.

光緒三十三年九月初版

定價大洋肆角正

版權所有　翻印必究

著作者　思綺齋

發行者　京師書業公司

販賣者　天津教育用品館

印刷者　滙通印書館

總發行所　墊記書莊

图 4 - 4　《碧海珠》版权页（1907 年版）

资料来源：浙江省图书馆惠允复制。

诗的作者可能是男性恩客，但许多名字已不可考。接着，绮情生开始讲述第二位妓女彭鹤俦，作为妓女的彭鹤俦身份有一点暧昧，她和许多闺秀来往，因为据说她有一些热衷于戏剧表演的闺秀朋友。在詹垲其他狭邪题材作品中，他称当时男教师同时教导两个阶层的女性（闺秀和妓女）——这在袁枚的时代是不可能发生的。[①] 或许这一转变可以解释我们所发现的跨阶级社交的情况。

彭鹤俦的故事迥异于金小宝，她出身更为显贵。她坠入青楼是因为父母身染鸦片毒瘾导致家破人亡。在经历失败的婚姻后，彭拜一位江西名师范金镛为师，范金镛是 1880 年的进士，在《碧海珠》关于彭鹤俦的内容里有登场。在范金镛的支持下，彭鹤俦决心去上海谋生路，在上海结识了绮情生。金小宝的故事根据公开资料写成，没有引用私人作品，但彭鹤俦的故事则是根据绮情生的日记及彭鹤俦与绮情生交往期间写的信展开。[②]彭鹤俦的这些材料比金小宝的更加悲切且情感丰沛，流露出一个女人只是想找到良人枕石漱流的心理，她的积蓄也足够应付未来的生活。问题是，身为年轻记者，绮情生一心救国，并不打算隐退，最终他挣脱了彭鹤俦的情网，彭鹤俦也回到了江西。

随着剧情的直转而下，小说的叙事重点又回到金小宝。第一部分结束时，金小宝在张园遇到了彭鹤俦，彭鹤俦的诗艺和画艺给她留下了深刻的印象。她经历了一段糟糕的情感，与彭的这次初识激励她努力求学。当她做妓女的经历被人揭露时，这些尝试通常就随之泡汤了。但她坚持努力，多次尝试考学，

① 　詹垲：《花史》，第 14 页。
② 　詹垲的狭邪笔记透露他有记日记的习惯。

绮情生赞其有坚韧不屈的品质，与"闺阃中荡检逾闲之习"
产生了鲜明对比。下面这段话与詹垲在其他作品中评论妓女的
文字十分相似。

> 所可慨者，吾国当此礼教陵夷之会，女学虽兴，而闺
> 阃中荡检逾闲之习，亦足令人齿冷。而一二庸中佼佼，铁
> 中铮铮者，乃于青楼得之。幸而有如小宝者，竟为造化小
> 儿所危，使之千魔百折，毁其名誉，表其志节，而后得厕
> 身于学界，宁非天下之憾事哉！①

在此，我们又看出，詹垲在其狭邪题材作品中批评闺秀的
用意，以及对像金小宝这类不屈不挠的妓女热烈的赞赏。

《碧海珠》以绮情生放弃感情告终，这标志着绮情生最初
"情感至上"的立场发生了巨大的转变。尽管绮情生试图为自
己的决定辩解，叙述者"我"很担心他这么做的后果。绮情
生和"我"同意结束谈话，改天再叙。小说就以这样模糊的
方式结束了。

叙述者"我"相当执着于绮情生对两个女人有多了解的
问题。绮情生对此不愿表态，他坚称对于"他有多了解金小
宝"这个问题，在讲述完彭鹤俦的故事后就自有答案。由于
没有明确的回答，我们只能从两段暴露亲密程度的小插曲来推
测，绮情生是通过道听途说或公开资料来认识金小宝的，而认
识彭鹤俦则是通过更私密的途径。即使在与叙述者"我"交

---

① 詹垲：《碧海珠》，《中国近代小说大系》第38辑，第309页。可以想象，
这种对闺阃的敌意不分男女。

谈的空档，绮情生拿出了金小宝的照片，并将其放在桌上，"他是否真的认识金小宝"这点依然存疑。我们是想推测得出这样的结论：金小宝的这张拍摄于 1907 年 7 月、由思绮斋题签并与小说一同出版的照片，正是绮情生所持的那张（图 4 – 5）。

图 4 – 5　金小宝照片

资料来源：《碧海珠》1907 年版，浙江省图书馆惠允复制。

　　自始至终，《碧海珠》都很关注绮情生获取信息的方式。就绮、彭二人而言，绮情生多次提到是彭鹤俦的几个仆人导致两人关系不断恶化，很显然也是这群仆人让他在两人分手后记下此后发生的事情，至此两人也再未相见。当然，这份记录和故事其他部分一样都是虚构的，不过很可能詹垲在现实生活中和彭鹤俦交往过，与小说中的绮情生有几分相似。

　　在这部小说塑造的人物中，彭鹤俦是最完整的。尽管她没有一点远见，没有公德心，也不无私，但比起始终相当冷淡的金小宝，她在很多方面更富有同情心。在许多方面，她比绮情生更吸引读者。绮情生决意挣脱情网时表现得冷酷无情。金小宝表现出斗志昂扬的决心和拒绝妥协的精神，在英娘、贞娘和詹垲描写的妓女身上都有体现。尽管《碧海珠》并没有说是为闺秀而作，但它也再次强调了詹垲所崇尚的那些人格特征。

　　与此同时，《碧海珠》与那两部改良小说有所不同。就篇幅而言，它与《中国新女豪》《女子权》差不多，《碧海珠》是单线叙事，只关注一个问题——比较两个女人及其对绮情生的影响——这一点与两部改良小说也十分相似。但是其与后两者也有很大的不同：《碧海珠》未分章节，也没有白话的陈词滥调，故事也不是发生在未来，并采用了引经据典的文言文写作。且《碧海珠》有三个主人公，而非两个，三个人的故事令人读来颇为痛苦却引人深思。毫无疑问，詹垲是以戏谑的口吻创作，使读者能看懂，正如他写作那两部改良小说一样。最关键的是，《碧海珠》并没有改良的用意。书中许多场景和《中国新女豪》《女子权》一模一样，但是这部作品并不是用来推动男女平等、婚姻自由、选举权等改革的。另一个显著的不同是《碧海珠》并不关注国外的情况，文中从未提到时评报纸——这使它与狭邪笔记较为相似，但与《中国新女豪》和《女子权》产生了明显的差别。与改革小说一样，《碧海珠》也与狭邪笔记有所不同，《碧海珠》完全没有详细介绍青楼。虽然它的故事也发生在妓院，但并没装得像狭邪笔记一般对其了如指掌。故事发生在上海，但上海已经不像之前那样作为主题存在了。

再来看这三部狭邪主题的作品，从时间上来讲，《碧海珠》和《花史续编》最接近，只比《花史续编》早一个月问世，两者几乎是同时写成的。《花史续编》中的一些人物也出现在《碧海珠》中，包括欧阳淀和永井一郎等人。① 对《花史》来说，妓女李苹香是一个线索人物，但是在《花史续编》中则不是。很巧的是，李苹香为《碧海珠》写了两首题诗。很少遇到有妓女作为题诗者的情况，但李苹香是例外。李苹香的题诗署名"矕因女士"，② 可能在其他方面，李苹香也影响了《花史》。《碧海珠》在称赞金小宝时也不避讳地称赞了李苹香，也许是出于对李苹香潜在的竞争意识的尊重。③

《碧海珠》使人想起晚清的"狭邪小说"，精心设计的框架故事以及对金小宝照片的戏谑使用（文字描述和插图）等特征使人相信詹垲了解这一类型小说的传统风格。④ 前文已经提到，他至少读过一本"狭邪小说"，他曾在《柔乡韵史》里

---

① 《碧海珠》的题诗中有一位署名"陈洙"的人也出现在《花史续编》中。《花史续编》第22页可知此人学名为"陈珠泉"。
② 詹垲：《碧海珠》，《中国近代小说大系》第38辑，第19页。这个名字可能并不知名，但《花史》中也有其人。
③ 詹垲：《碧海珠》，《中国近代小说大系》第38辑，第275页。
④ 关于狭邪小说的传统风格，见 Starr, *Red-Light Novels.*

提到过邹弢的《海上尘天影》。① 与此同时，《碧海珠》不分章节以及三方人物设定说明它是一部相当特殊的作品。为了宏观比较，我们会把注意力聚焦在詹垲的狭邪笔记和改良小说上，不再赘述这个问题。

《碧海珠》最直接的贡献是让我们能从三个方面理解詹垲和他的改良小说。首先，《碧海珠》印证了，尽管他创作了两部迎合上层女性的小说，但从未放弃一种观点，即上层阶级是有缺点的，他们可以向底层阶级中的抗争者学习。换句话说，詹垲在两部改良小说中明显转而对闺秀持支持的态度是模糊且短暂的，他对狭邪题材的兴趣可能更为持久。不过，把他的闺秀题材作品和狭邪题材作品看作两种不同的写作类型可能是更明智的做法，每种类型作品都有自己的语言风格和技巧，它们不是定性"真正的詹垲"的依据。

其次，在"哪些女性会真正阅读狭邪题材作品并从中受益"的问题上，我们确定了有妓女读者的存在。不管是像将自己的材料寄给詹垲的李咏这样的女性，还是像赋诗的李苹香这样的女性，我们可以知道，至少有一些来自妓女群体的女性参与了这些作品，甚至多过闺秀。《碧海珠》从未想证明自己的读者属于上层阶级，相反，它只是描述了上层阶级的行为有多么可悲，但没有指出具体的问题。

第三个贡献出自彭鹤俦对绮情生的怨气。看着绮情生疲于奔命以维持生计，彭鹤俦感到很苦恼；更让她感到不安的是，绮情生的爱国心使两人不可能一同退隐山林。绮情生也许不能完全代表詹垲，但鉴于我们对詹垲的了解，彭鹤俦的怨气是可

①　詹垲：《柔乡韵史》，第31页。

信的。最后，《碧海珠》也相应印证了一个詹垲可能面临的现实问题：在一个飞速变化的时代，一个有改良思想的人要把自己的情感寄托在哪里？绮情生对此不知所措，而这与他遇到的两位妓女产生了鲜明的对比，金、彭二人都有明确（也可能令人苦恼）的愿望。尽管我们不能确定是否詹垲本人就是这样应对的，但绮情生的进退两难令人信服又感慨。

第五章　作为记者的詹垲

一　两份《商务报》

前文已述，詹垲的社论是地方志唯一记载的作品种类，而且特别提到他曾任《商务报》主笔。[①] 我们同时发现，不止一种报纸叫"商务报"：上海、北京都有《商务报》，而且詹垲同时为两家报纸供稿。

现在我要具体讨论这一类的作品。上海《商务报》比北京创刊早，从两份 1902 年的资料可知詹垲是上海《商务报》的创刊主笔。其一是徐维则《增版东西学书录》，[②] "衢州詹垲"和"沈祖燕"[③] 名列主笔名单之中。根据徐维则的记载，上海《商务报》从 1897 年到突然停刊，每月出版 15 期，最后一期的出版时间不详。其二是《皇朝经世文编五集》，此文集

---

① 郑永禧：《衢县志》第 23 卷，第 58b 页。

② 此书没有写明具体刊物名，仅提到《商务报》的主笔（沈祖燕、詹垲等人），见徐维则辑《增版东西学书录》第 6 卷，第 26b 页。熊月之主编《晚清新学书目提要》收录有此书，《商务报》见该书第 211 页。

③ 沈祖燕师从一位日本激进人士。关于沈祖燕，见张篁溪《沈祖燕、赵尔巽书信中所述清末湘籍留东学生的革命生活》，《湖南历史材料》第 1 辑，湖南人民出版社，1959。

是为了纪念先王之训，搜辑有影响力的时事文章陈编而成。① 詹垲有两篇文章也被收录其中。

《皇朝经世文编五集》收录的文章《论〈商务报〉缘起之故》奠定了上海《商务报》的办刊思路，詹垲以创刊主笔的身份直陈理念和使命，指出中国最迫切的需求是财富和权力，而商务是实现这些目标的重要手段。农民生产粮食，工匠生产器物，而商人使两者产生联系。有一份专注于商务的报纸有助于商人有效快捷地联系彼此，帮助商人了解海内外的商业环境，彼此加深理解。商人需要了解的内容包括人口模式、集资手段和法律法规。詹垲称西方国家已经存在类似刊物，中国也应当有，否则中国在商业上将输给西方国家。

上海《商务报》为海内外华商服务。詹垲称，除了提供资讯，它还将成为发起会谈和提供正规商务教育的平台。这一论调有与西方国家尖锐对立的意思，但不久后创刊的北京《商务报》态度更为激烈，后者呼吁要掀起一场对抗西方的"商战"。② 《论〈商务报〉缘起之故》较一般文章略长，但是作为一篇创刊词来说并不算长，该文发表于上海《商务报》1897 年的创刊号。

《皇朝经世文编五集》还收有一篇詹垲谈论商务的文章。③ 因为重印版没有注明出处，我们无法确定该文及附录

---

① 《商务报》的内容在第 22 卷。关于此书纪念先王之训，见 Wilkinson, *Chinese History, A Manual*, p. 950.

② 陈文良主编《北京传统文化便览》，北京燕山出版社，1992，第 986 页。亦见丁守和主编《辛亥革命时期期刊介绍》第 3 集，人民出版社，1983，第 165～177 页。

③ 《皇朝经世文编五集》第 18 卷，文海出版社，1987。

是否发表于上海《商务报》，但其理应是在某处发表过的。这篇文章题为《通商说》，除了更强调世界互联的强度和节奏，其中的很多观点和上面那篇创刊词并无二致。这篇文章附有两篇小文：《古今中外通商源流考》《英吉利与法国通商源流考》。

《古今中外通商源流考》注重中国历史的商业面向。文章认为，虽然儒家抑商，但齐心协力就能够重振商业。商业被视为中国挽回损失的途径，可以将庞大的人口变为优势并重新成为世界大国。《英吉利与法国通商源流考》极其详尽地介绍了欧洲列强特别是英法经济侵略的来龙去脉。如果我们不了解詹垲对域外十分熟悉这一背景，可能会被其论证中丰富的世界史知识而震惊，5 年后的《全球进化史列传》和 9 年后的改良小说亦是如此。

我仅知道一篇与早期上海《商务报》有关的文章留存至今。这篇文章是一篇附录，发表于 1897 年的《推广算学议》，编辑王韬，作者邹弢。① 尽管严格来说这个主题并不涉及商业，但王韬和邹弢的文章说明，詹垲并不是那个时代唯一发表非文学作品的作家。

由于上海《商务报》的资料现已不存，我们不知道詹垲在那里任职了多久。上海《商务报》的刊行时间也不长，詹垲任职的时间想必也较短。即便他在该报仅任职了几周或几个月，但他的确是办报人之一，而且复杂的论证表现了他对商业

---

① 邹弢：《推广算学议》，上海《商务报》第 23 期，1897 年 4 月 3 日。邹弢文章的题目是《推广算学议》，不过很难确认这篇附文是否刊登在上海《商业报》。（邹弢现存仅有《推广西学议》，文题存疑。现存的《推广算学议》作者为华世芳。——译者注）

的兴趣。

北京《商务报》的资料也不完整。它创刊于 1903 年，直到 1906 年停刊，詹垲从 1903 年开始在北京《商务报》任职，他在北京一直待到 1905 年，之后去了上海。詹垲离开后，该报社也开始走下坡路，在 1906 年 1 月关门歇业。因为北京《商务报》从不标注文章作者和责任编辑，故而很难追踪詹垲具体的文字轨迹。不过，我将在本章后文说明，北京《商务报》的任职对詹垲的文学经历可能产生了重要影响。

二　居沪期间的其他报社工作

关于 1897～1901 年詹垲的报刊工作，我们一无所知。不过在 1901～1906 年，我们知道他曾在几家报馆工作，包括上海小报，其中一家就是由前文提到的苏州书法家、编辑沈敬学（见本书第三章）经营的。沈敬学是《寓言报》的主编，该报最早刊载并出版《柔乡韵史》。1901 年，沈敬学到上海创办《寓言报》，詹垲就在《寓言报》任职。[①] 当时汤宝荣也为《寓言报》撰稿，但是我们不知道他在那里任职的原因。[②] 更

---

① 张耘田、陈巍主编《苏州民国艺文志》上册，广陵书社，2005，第 348 页。此书提到 1901 年沈敬学从苏州赴沪，邀詹垲助其办报，但未提到所办报纸为何，很有可能就是《寓言报》。沈敬学没有在上海其他报馆任职，寓言报馆是出版《柔乡韵史》的机构。沈敬学之后涉足了很多行业，曾在《湖南官报》做记者。陈玉堂编著《中国近现代人物名号大辞典》全编增订本，第 418 页。

② 《寓言报》第 1 期，1901 年 10 月，第 2 页。文章题名为《颐琐室主撰作润例》，是与本书第三章所述詹垲的润例类似的价目表。

为人熟知的吴趼人当时也在《寓言报》工作。① 1902 年，吴趼人和沈敬学一起离沪赴汉口，在那里他们就职于一家时评刊物《汉口日报》。《中国新女豪》的女主人公经常读的报纸中就有《汉口日报》。② 不久后，沈敬学和吴趼人因为批评慈禧，声援康有为、梁启超变法惹上麻烦。③ 1903 年，吴趼人愤然离职，沈敬学也被报社解雇。不清楚詹垲是否在此期间来过汉口，但詹熙很可能认识吴趼人。吴、詹二人的交情延续到 1907 年，这一年吴趼人回到上海，他的刊物《月月小说》刊发了詹垲的《花史》和沈敬学重新标明日期的序，后者最初刊发在《柔乡韵史》上。我不知道沈敬学当时身在何处，也无法确定这一时期詹垲是否曾与沈敬学共事，看上去他们很可能一起共事。④

上海的其他报馆可能也是詹垲曾经工作过（或希望工作）的地方。据说，1902 年，天主教徒、记者、《大公报》创办者英敛之曾在上海小报《采风报》的办公室偶遇詹垲，当时詹垲告诉英敛之他在考虑创办《江南报》，也计划聘请编辑和主笔。《江南报》似乎未能创办。没多久邹弢向詹垲推荐了一份《大公报》记者的工作，但后者似乎没有得到这份工作。⑤ 詹垲与《采风报》《大公报》《江南报》之间的联系很少，很难获得更多信息，不过它们给詹垲提供了很多同行业的就业机

---

① 任百强：《小说名家吴趼人》，广东人民出版社，1996，第 43 ~ 44 页。
② 华其兴回国准备刺杀驻日公使时就常看《汉口日报》，见思绮斋《中国新女豪》，第 71 页。
③ 任百强：《小说名家吴趼人》，第 49 ~ 53 页。
④ 吴趼人的《月月小说》刊登了《花史》，可说明两人之间有交集。
⑤ 方豪：《英敛之先生创办〈大公报〉的经过》，《中华民国史事纪要初编》，中央文物供应社，1971，第 125 ~ 128 页。

会。如果《碧海珠》中的绮情生带有自传色彩的话，他的形象与这时谋求工作的詹垲是一致的。

我们有足够的证据表明詹垲与另一家报纸《汉口中西报》有关联。这家报纸创办于 1906 年 4 月，一直延续到辛亥革命之后。虽然刊发了很多与商业相关的文章，但它是普通读物，并不是商业报纸。《汉口中西报》是当时发行量全国第六的报纸。① 该报未能完整保存下来，我所知的现存最早一期是 1907 年 8 月刊，报纸创刊是 1906 年 4 月，距此时已有 17 个月。该报这期之后的部分大多保存完好，但即使这样仍有很多空白无法解决。② 此外，1911 年辛亥革命在武汉爆发时，该报暂时停刊。1911 年后复刊，直到 1937 年正式停刊。

虽然《汉口中西报》的前 15 期已经不存，但"上海詹幸楼"（詹垲在现存报纸中的署名）应在创刊初期（即便不是创刊伊始）就已经在此工作。③ 我们从胡香生的叙述中了解到这一点，胡香生与《汉口中西报》的编辑朱峙三相熟。④ 胡香生的这份资料也表明，詹垲自 1911 年便开始断断续续（前文已述詹垲很可能在当年或稍早便离世）供稿。⑤ 詹垲从未担任过《汉口中西报》的主笔，但是他可能差一点做到这个位置。

---

① 萧志华、严昌洪主编《武汉掌故》，武汉出版社，1994，第 389 页。

② 1909 年有两期、1910 年有几期现已不存。开封市图书馆藏有 1907 年 11 月 16 日到 1908 年 7 月 5 日的各期，上海图书馆藏有其他现存各期。

③ 1907 年 9 月前詹垲应在此任职，《汉口中西报》聘用他和几位秀才来壮大社评的声势。胡香生：《报人、报业与辛亥革命》，《湖北文史资料》总第 48 辑，第 110 页。

④ 胡香生与朱峙三的交情，见胡香生《报人、报业与辛亥革命》，《湖北文史资料》总第 48 辑，第 109 页。

⑤ 胡香生：《报人、报业与辛亥革命》，《湖北文史资料》总第 48 辑，第 116 页。

1909 年，他似乎还代表该报社写了一封致读者的新年祝词。①

　　我阅览了詹垲自 1907 年 8 月到 1910 年 8 月之间刊发的 150 篇时评文章（图 5 - 1）。在"论说"栏目中，詹垲通常署名"幸楼"或"幸"，尽管他偶尔也会在其他类型的社论文章里这样署名。② 该报采用当时通行的排版顺序，第一页是新闻，第二页是社论，③ 封底是小说和诗歌，很多社论作者也创作文学作品。不过，除非是詹垲用其他笔名创作文学作品，在现存的《汉口中西报》中并没有收录他创作的小说或诗歌。即便如此，以现代标准来看，他为该报所写的文章类型跨度之大仍让人印象深刻。詹垲的社论涉及的话题多种多样，例如汇率问题、外债、外交政策、治国之道、大城市中公园的存在价值以及人们是否应该转为西式穿戴。也许在詹垲的时代，受过传统教育的作家关注如此广泛的话题是十分正常的事。

　　奇妙的是，詹垲从未在社论中提及有关女性的话题。不仅如此，社论版在语言和主题上都没有对女性让步，也没有对男

---

① 　题名为《汉口中西报新岁祝辞》，发表时间是 1909 年阴历正月七日（阳历 1909 年 1 月 28 日）。很难完全确定"幸"或"幸楼"就是詹垲。因为文章的第二作者朱钝根也在该报任职，他的笔名"幸楼零铃"与詹垲很像。朱钝根：《新闻界之一页光荣史》，章开沅等主编《辛亥革命史资料新编》（1），湖北人民出版社，2006，第 219 页。不过我们有足够的证据表明，詹垲在这家报社工作了多年，足以证明他的贡献，即使我们并不知道他的影响有多大。因为每个人所用笔名错综复杂难以厘清，所以我只是假定所有或大部分署名"幸楼"或"幸"的社论为詹垲所作。社论和小说在主题上的重叠印证了这一假设。即使一些署名"幸楼"的社论是朱钝根所作，至少我们可以推断詹垲与《汉口日报》编委会的想法是一致的。

② 　例如"代论"。

③ 　关于社论及其在报刊中的排版问题，见 Mittler, *A Newspaper for China*?, pp. 55 - 86. 亦见 Janku, "The Uses of Genres."

性读者提及女性话题。这并不是说女性从来不读社论版——詹垲小说中的女主人公即使身在国外也千方百计地获取新闻，就足够让人怀疑这一点了。封底刊登的一些短篇小说和诗歌的作者名字看上去是女性，但聚焦观点和新闻的社论部分没有看到明显为女性的作者。

在《汉口中西报》任职期间，詹垲正在修订《柔乡韵史》，并出版了《花史》《花史续编》《中国新女豪》《女子权》《碧海珠》。当我们将他在两份《商务报》的任职经历与他在《汉口中西报》的任职经历结合来看，可以说每一部女性题材的作品，无论是狭邪笔记还是小说，都是与其社论作品同时期的产物。这样一来，我们就能理解詹垲改良小说和狭邪笔记中相当一致的政治经济背景特征（狭邪笔记程度要轻得多）。[1]

我们该如何看待詹垲为人称道的社论写作从不涉及女性话题？会不会他正是以这种方式将自己分为多个面向，一面纯粹为了养活自己，另一面是为了乐趣、兴趣、信念而存在，或者只是为了增加收入？金钱的确是一部分原因。《汉口中西报》给詹垲的稿费是每篇 2 元，但不是每篇都会录用，如果中心思想不清晰就会被拒稿。[2] 可能在詹垲看来，自己的社论与改良小说是对应的。

鉴于我们已经了解詹垲有意回避的情况并且同时使用多个

---

[1] 我已经提到过詹垲描写的一个真实的金融案例：在《中国新女豪》中，东京妇女团体用会员费收购了汉口一家实验工厂。狭邪笔记中也多次提到类似的情况，如张宝宝拍卖一大件珠宝来为赈灾募资，她利用彩票来宣传自己的计划，吸引公众注意。思绮斋：《花史续编》，第 4 页。

[2] 胡香生：《报人、报业与辛亥革命》，《湖北文史资料》总第 48 辑，第 110 页。

笔名，因此完全有可能仍存在我们没有发现的作品，可能詹垲不止供职于以上三家报社。即便只有部分证据，我们仍能确定的是，詹垲在 1897～1910/1911 年担任时评记者。他的职业生涯可能有几段空白期，但是从他抵沪到 49 岁在上海离世（可能是 1911 年），新闻业，尤其商业新闻似乎是他事业的主心骨。

三 时评主题

我所阅览过的出自詹垲之手的 150 篇社论，每一篇都有一个独立的主题，但是重复提及的主题也丰富多样。不能说这些主题之间没有重叠，但大多数的焦点是不同的。① 本节要找出 10 个出现频率最高的主题。尽管 1907～1911 年中国社会变动无常，但特定的主题不断重复出现。我将介绍詹垲在《汉口中西报》任职期间出现的新主题，我并不认为詹垲的编辑职位有什么特别之处，② 传达他在位时所持立场是论述的关键。

持续出现的主题

1. 交通及外国人对交通的控制权。在早期的一篇社论（1907 年 11 月）中，詹垲提出了一项鼓励商人募资赎回京汉铁路权的办法（图 5－1、图 5－2）。其他文章谈到其他铁路线的相关问题，如沪汉铁路、云贵铁路，③ 焦点都是赎回路权。詹垲认为铁路网络是整体计划的一部分。他经常重申的观点

---

① 文章篇幅不定，但平均在 1500 字左右。
② 季家珍在《印刷与政治》（*Print and Politics*）中提到了出现的新主题。
③ 《汉口中西报》1907 年 11 月 16 日、1908 年 5 月 8 日。

是，交通、采矿、邮政和电力网络就像人体内部的循环系统等身体构造。一旦他国控制了这些行业，就会对一国的主权构成威胁。在社论中，詹垲称，印度、朝鲜、越南这些被西方人控制着部分交通的国家已经丧失了部分甚至全部主权。就中国而言，詹垲尤其担心俄国入侵"满洲"的铁路系统和日本在"满洲"的势力及其对朝鲜铁路的控制权，但他并没有将英国、德国、美国排除在帝国主义国家之外。他多次提到这个问题是为了督促清政府尽其所能地防止这些重要行业落入外国人之手。①詹垲称，孙中山、吴樾、徐锡麟等革命家比清政府更正视这些威胁。②

2. 普遍质疑外国对中国的意图。有一篇关于调研的社论指出外国的调查人员都不清白，因为他们的调查必定会为帝国主义的野心做掩护。③詹垲对西方传教士创办的学校有同样的质疑，不止一次指出绝不能让外国人控制中国的教育体系。④不信任外国人的另一个原因与他们的伪善有关。伪善体现在外国人在中国享受治外法权，而华人在外国特别是美国却遭受种种歧视。自始至终，他都敦促清政府要更加重视海外华人。⑤

---

① 1907 年 11 月 5 日、1908 年 4 月 17 日、1908 年 7 月 17 日、1908 年 8 月 20 日、1909 年 7 月 8 日和 1909 年 7 月 16 日等各期《汉口中西报》上都有这类言论。

② 《汉口中西报》1907 年 5 月 8 日。另一方面，史景迁（Jonathan Spence）认为激进人士反对建立立宪政府，激进人士认为立宪制会延续清朝的统治，因此他们竭尽所能地要削弱主张立宪的声音。Spence, *The Search for Modern China*, pp. 245 – 249.

③ 《汉口中西报》1908 年 6 月 26 日。

④ 《汉口中西报》1907 年 11 月 5 日、1908 年 12 月 8 日。

⑤ 《汉口中西报》1909 年 2 月 14 日、1909 年 3 月 4 日。

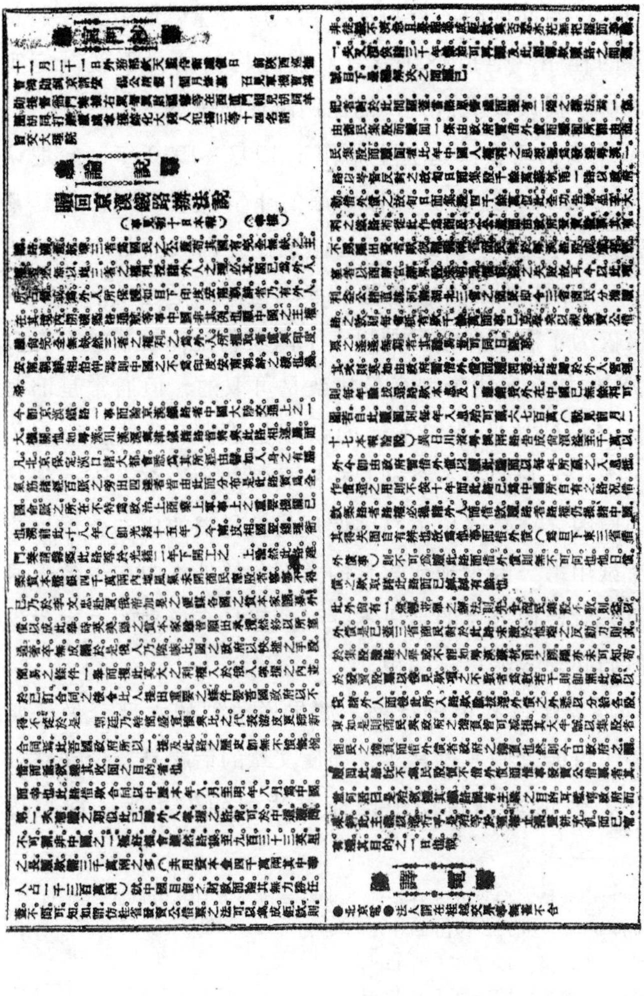

图 5 - 1　署名"幸楼"的社论《赎回京汉铁路办法说》

资料来源:《汉口中西报》1907 年 12 月 30 日。

3. 立宪制度的价值。詹垲多次指出中国的积贫积弱是因为缺乏立法机关的监督与制衡。我们可能会觉得奇怪，詹垲在批判外国人的同时，用一个与欧美联系如此紧密的概念来评判自己的国家。与此同时，詹垲注意到，应该谨慎地引介宪制及其他必要的程序。他担心在没有立法机构的情况下就制定宪法，并苦恼于提议议员占人口的比例出现问题。①

4. 清政府的垮台。这类主题作于 1907 ~ 1910 年，詹垲认为自 1898 年以来，进步派和保守派的斗争持续不断，朝廷常常对外患视而不见。② 因此，朝廷愿意让外国人监督中国的机构，不计后果地向外国借钱甚至出卖领土。朝廷还批准了一项改革，仅仅为了满足保守派却损害了国家利益，改革并没有真正落实。③ 例如，雇用新型官员执政是可取的，但通常是旧官员被重新安排到这些他们不懂的新职位上。④ 不过詹垲也承认，进步人士发起的改革推动起来极其复杂。许多人不支持教育改革的原因之一是代价太高，像现代教科书的成本就远远高于科举考试用书。因为现代教育的大部分好处集中在少数人身上，普通人对现代教育的高成本感到愤怒是有道理的，因为这意味着他们必须缴纳更高的税。⑤

5. 向商界建言并提供帮助。如果说詹垲的大部分做法与商业有关，可能有些言过其实，即使文章的话题是谈论铁路或中国海军，他也强调帮助中国商界达到领先水平。詹垲为

①　《汉口中西报》1908 年 5 月 4 日、1908 年 12 月 9 日、1909 年 2 月 11 日、1909 年 9 月 29 日、1910 年 6 月 11 日。

②　《汉口中西报》1907 年 6 月 11 日。

③　《汉口中西报》1910 年 6 月 17 日。

④　《汉口中西报》1910 年 4 月 18 日。

⑤　《汉口中西报》1910 年 6 月 20 日。

《汉口中西报》写社论时，偶尔才会使用"商战"一词，不及他在北京为《商务报》写稿时用得多。① 而且他的立场看起来也不那么反西方，不过在一些社论里他很具体地指出了中国商人需要改进的问题。比如中国商人必须脱离旧做法的桎梏，开拓新产业，除非他们联合起来成立大公司和企业集团，否则没有足够的实力在国际贸易中突围，即便是在经验丰富的丝绸行业也是如此。② 在詹垲其他社论中，问题更多聚焦于如何为中国商人提供合适的基础设施，而不是他们自己应该如何改善状况。比如讨论如何为海内外的中国商人提供足够的军事保障，使他们免于海盗袭击。③ 有趣的是，《女子权》中贞娘的未婚夫就是一位保障商船安全的海军军官。基础设施的其他方面都关于金融问题，如詹垲曾就健全中国的银行进行讨论，为什么在海外纸币比硬币更受欢迎，为什么当西方国家使用黄金时中国使用白银是不利的。④

6. 限制鸦片。詹垲有几篇文章批评官员没有尽力抑止鸦片传播。他指出，中国不能再回到林则徐那样仅是禁烟的时代，应该从种植、贩卖、吸食包括进口各个程序上全面禁止。各级政府应该贯彻执行这项措施。詹垲担心鸦片对家乡父老的不良影响，也忧虑吸食鸦片的中国人给外国人留下负面印象。⑤ 对詹垲而言，害怕外国的嘲笑始终是一个强大的驱动力。

① 例如，1907 年 11 月 17 日的《汉口中西报》，他谈到了"工战"。
② 《汉口中西报》1908 年 3 月 23 日、1910 年 11 月 29 日。
③ 《汉口中西报》1908 年 2 月 17 日。
④ 《汉口中西报》1907 年 3 月 11 日、1908 年 5 月 10 日、1910 年 2 月 28 日。
⑤ 《汉口中西报》1908 年 4 月 9 日、1909 年 8 月 25 日、1909 年 3 月 22 日。

7. 中国边境危机。詹垲写了很多关于西藏、"满洲"、蒙古和新疆问题的文章，根据各地情况提出了不同的构想。他认为治理西藏是必要的，这样西方国家就不会干涉西藏事务。他希望清政府能够警惕在"满洲"和蒙古的外国势力，担心中国无力抵抗强大的日俄侵略者。

8. 媒体的作用。詹垲有几篇社论谈论了媒体的作用，特别是在《汉口中西报》工作后期所写的几篇。在他看来，媒体的职责是向政府传达公众意见。因此媒体也类似于这样的机构，至少在当时来看，媒体能向政府提供反馈甚至起到一定制衡作用。但他也坚称记者绝不能徇私，应该关注更大的问题。詹垲有时愿意把自己的观点作为少数人的意见讲出来，但他仍认为这些问题与普遍关注的问题密切相关，并不仅仅是私人观点。[①] 他也担心过多官方管制包括审查制度会妨害新闻自由。他指出，当中国的报纸无法带头推动公众舆论时，西方人会视中国为三流国家。[②]

9. 湖北民众的问题。詹垲的社论有时会以一个湖北市民的身份发声，其中有一篇是关于一个湖北代表团参加美国渔业会议的思考。该代表团由湖北地方乡绅和商人组成，不过他认为更应该由沿海省份选拔代表参会。他称，自己不能确定湖北民众会从中得到什么好处。另一篇文章讨论了湖北商人举办省级展会的好处，他对这一举措表示支持。其他几篇社论讨论了建立代议制政府过程中湖北可能承担的风险，并抗议中央政府

---

① 《汉口中西报》1908 年 4 月 9 日。

② 《汉口中西报》1907 年 11 月 18 日、1909 年 1 月 20 日、1909 年 1 月 24 日、1909 年 3 月 18 日、1909 年 3 月 22 日。

驻湖北官员的腐败行为。①

　　10. 土耳其。这个主题再次体现了詹垲对宪法的关注，不过也表现出他不一样的一面——关注发展历程类似于中国的国家。土耳其由专制政府走向立宪的过程极大地吸引了詹垲的注意。他并不经常提到土耳其，但是他密切关注土耳其建立立宪政府的动向。他浏览国内报纸刊登的海外报纸译文，收集信息。詹垲认为，中国像土耳其，因为中国是一个努力融入现代国际社会的传统大国，他相信中国、土耳其都将在国际社会赢得更多尊重，建立宪制后将在其他方面受益。②

更多当下的主题

　　詹垲在《汉口中西报》任职的最后几年所写的社论常通篇讨论一个主题，且讨论的问题多为当下的主题，如以下两方面。

　　1. 从西方学习到的经验：公园存在的价值。我们找到了一篇关于公众利益方面的报告，但是没有提出任何具体的政策或法律措施。③

　　2. 要求所有中国人剪发、穿西式服装的必要性。这个主题是回应清政府制定的一项政策。④ 在这篇社论中，詹垲讽刺清政府的政策是表面的改革，而不是真正的改革。他还担心民众突然被要求穿西式服装而需要的花费。然而在《女子权》中，诚然他将故事设定在 40 年后的未来，但实际上他赞成所

---

① 《汉口中西报》1908 年 4 月 8 日、1909 年 2 月 5 日、1910 年 5 月 14 日。
② 《汉口中西报》1909 年 3 月 17 日、1909 年 5 月 17 日。
③ 《汉口中西报》1909 年 5 月 25 日。
④ 《汉口中西报》1909 年 1 月 25 日、1909 年 12 月 8 日。

有人都穿西式的衣服。①

詹垲的社论还有些是针对清末一些特定事件的。

1. 1909 年伊藤博文在哈尔滨遇刺身亡事件。詹垲在文中反思了韩国统监遇刺如何影响了中国在东北亚的势力。对伊藤的死,詹垲并不是特别兴奋,即使他可能会为日本遭受损失感到高兴。他敬畏伊藤作为外交官的机智和才华,也想过若伊藤没有死,是否会制衡其他帝国主义国家对"满洲"的侵略。②

2. 1910 年长沙抢米风潮。在后期的一些社论中,詹垲回应了 1910 年湖南省内发生的抢米风潮。今天很多人将这场风潮视为辛亥革命中的里程碑事件,不过詹垲的社论写于辛亥革命发生前。③詹垲认为外国人对这一事件负有一定责任,他们来湖南购买了大量粮食,当地民众认为这会造成粮食短缺。他也批评有些地方乡绅和官员囤积居奇。詹垲感受到当地民众的绝望,直言只有食物不再短缺,骚乱才能平息。在这些特稿中,詹垲的口吻都是很沉重的,他对这个王朝的未来也十分迷茫。④

通常来说,詹垲的立场与其他报纸(如《申报》《时务报》)并无太大差别。若说他们之间有什么差别的话,那就是詹垲很关注经济问题,尤其是湖北的经济问题。⑤

---

① 思绮斋:《女子权》,第 6 页。

② 《汉口中西报》1909 年 9 月 26 日。

③ Esherick, *Reform and Revolution in China*, pp. 123–138.

④ 如《汉口中西报》1910 年 3 月 22 日。

⑤ 关于《时务报》,详见 Judge, *Print and Politics*. 关于《申报》,见 Mittler, *A Newspaper for China*?.

四　社论与女性题材作品

詹垲的社论与他的小说、狭邪笔记有很明显的不同，但是这三种类型的作品都涉及一些共同的核心主题，比如都关注了外国对中国铁路的控制权。尽管并不是每篇，但相当一部分篇幅都谈到了这个问题。前文已述，《花史续编》中张宝宝就赎回铁路权请愿——其在精神上（但在文学上肯定不是）与《汉口中西报》上幸楼在当月所写的社评是一致的，后者号召商界购买铁路股权。① 两部小说的开篇也提到了同样的事情，为建立 40 年后的乌托邦阶段而拟定的条款包括中国的机构现在必须由中国人持有、管理。② 而且英娘和贞娘都常常提到土耳其、波斯、印度等像中国一样反抗帝国主义的国家。

我们发现，狭邪笔记并没有像小说那样多次提及社论。部分是由于中国的报纸正是通过虚构的社论来宣传政治理念或表达抗议（如日本政府对中国学生的限制③），贞娘正是通过社论向全世界表达了自己的女性主义立场。④ 小说多次提到社论可能说明，在 1907 年社论乃至报纸仍然是新鲜事物。不论事实是否真的如此，狭邪笔记和《碧海珠》中都没有关注社论。这也说明，一方面，社论与小说是完全不同的两种文风；另一方面，狭邪题材也是因素之一。

---

① 《汉口中西报》1907 年 10 月 27 日。
② 如思绮斋《中国新女豪》，第 6 页；思绮斋《女子权》，第 6 页。
③ 具体例子，见思绮斋《中国新女豪》，第 67、69 页。
④ 例如《女子权》中贞娘的创刊词，见第 28~29 页。

社论与小说

若问得更具体些，詹垲的社论是从哪些方面让我们理解他的小说的，我们从两部小说开篇的宣言开始。这两篇开场文字或多或少表达了相同的观点，理解它们的方法之一是将《女子权》中列举的中国几个当下场景（即 40 年后的未来），相较晚清时的中国已经有了很大的进步。两部小说都在开场白中加入了一些令人振奋的事情，如废除缠足和典妻，① 不过以下列举的小说中的愿望是最引人注意的。

1. 组织完成议会两院及下级行政机构，建立自治政府。

2. 彻底改革监狱管理制度，收回临时由外国人掌控的监狱管理权。

3. 国家和地方税收达到 100 万亿，② 进出口税收由中国管理。

4. 与世界各国签订条约，不平等条约成为历史。

5. 中国的矿产、铁路收归国有，且没有外债。

6. 海军舰队规模达 500 艘舰艇，中国商人乘水路或海路赴外经商都有中国军舰保护。

7. 各级军官训练有素，武器皆为中国制造。

8. 每年出口货物产值超过 500 万亿，海内外商船皆为中国制造。

9. 每位国民（这里他可能指的是所有男性国民）都要交税，都要在军队服役。没有游手好闲者和无业者。

---

① 思绮斋：《女子权》，第 7 页。

② 此条和第 8 条都没有提到货币单位。

10. 全国统一服装，阳历纪年取代阴历纪年。①

除了统一服装的要求与詹垲本人观点略有不一致，其他几条与他在《汉口中西报》发表的社论的观点完全一致。从这一巧合来看，詹垲在两部小说中想象的未来中国的情景很大程度上与其社论中的立场相对应。毫无疑问，这一时期日本和中国的乌托邦小说激发了詹垲理想化的想象。不过，乌托邦元素的建构与其在上海《商务报》，特别是《汉口中西报》所写的社论主题密切相关。

另一个重要的联系是詹垲对外国及外国思想在中国的地位的矛盾心理。若只是读过《中国新女豪》弁言开篇林乐知的那席话，或其中对福泽谕吉的赞许，② 会认为即使詹垲在社论中经常对外国人的行为表示厌恶，但他对传教士办学持支持态度。不过即便小说以西方标准审视女性的潜力并指出中国当时的情况仍不尽如人意，它们仍是充满爱国主义的。詹垲认为，若中国压制一半人口发挥潜力，经济就有可能更加落后，为其他国家嘲笑、超越。詹垲小说的两位女主人公及其友人、支持者都充分认识到她们所认同的现代女性观正是受到西方影响的产物，但是这并不表示叙述者将帝国主义带入中国。相反，詹垲认为只有认识、培养女性的潜力，中国才能阻止他国的轻视和入侵。这种矛盾心理及决心与詹垲的社论十分相似。例如，他在社论中常常提出的观点——中国必须采用西方企业的技术，并不代表他接受西方。正如我们所看到的那样，他的想法是采用西方的技术，使中国企业更具竞争力，以此击败西方

① 思绮斋：《女子权》，第 5~6 页。
② 思绮斋：《中国新女豪》，第 50 页。

对手。

除了这些重要的共同点，还有一些与形式有关的联系。首先，两篇宣言的辩论逻辑与社评极像，基本点在于中国需要找到扭转弱势的方法。其次，女性权利被视为至关重要的一步，关键在于，甚至直到实现其他更基本的目标时，女性主义者的志向才能有所推进。最后，更基本的目标包括上文列出的大部分内容。

更具体地说，用不同的措辞和不同的观点来看，每部小说的论证基本按照如下逻辑进行。

①在古代，中国女性并不低人一等，但是随着时间的推移，她们的地位逐渐下降。

②"三从四德"是对中国基本思想的歪曲，这种观念让女性变得无知从而无法培养出聪明的孩子。

③包办婚姻对双方来说都很艰难，但男性至少有很多方法可以摆脱这种沉闷的结合，而女性无路可逃，因此男女之间的怨恨可能会与日俱增，甚至最终犯下谋杀等罪行。

④中国只要有了宪法，包括婚姻自由在内的女性权利都会得到重视。

⑤外国人会说，如果中国有宪法，女性却没有权利的话，那宪法只成立了一半。

这些观点在小说中没有太多阐述，仅有几页纸的篇幅，这两篇开场文字似乎更容易让人想到社论而不是小说。它们提出的观点在当时并不特别引人关注，有趣的是这两篇文字为小说设定了叙事框架。与此同时，这两篇文章也使读者可以将其与詹垲写实的社论进行对比。首先，它们比大多数1500字左右篇幅的社论长得多，而且不是单线思维写作。毫无疑问，它们还没有达到《汉口中西报》社论简洁利落的刊发要求。不过在围绕某一基本问题进行彻底论证时，它们的风格是社论式的。①

其次，因为詹垲在小说开篇就提出了这些目标，小说后续内容都是为实现目标而服务的。从这个意义上说，詹垲的两部小说都可以被视为虚构的社论。小说中描写的情节几乎与开篇所提出的小说关注点没有直接联系。当然，小说和社论在语言、写作手法、受众上存在巨大差异。我在前文已经讨论过语言和写作手法。至于目标读者，有人会认为社论是写给知识分子和当权者看的，社论的作用就是为人民发声，让当权者了解民众之所想并采取措施改变现状。② 相较之下，两部小说是写给有才华的女性及其支持者的。小说的作用是将这些有才华的女性全部纳入政治制度下，并使她们意识到变革的必要性。各类型的作品都以其独特的方式刻画复兴中国的主题，但是小说并没有将政策制定者作为目标读者，社论也没有表现出为女性读者而写的意思。然而，这两种类型作品在措辞上大体一致。

詹垲小说中穿插的几段社论风格的文字更可以说明这两种类型之间的紧密联系。《女子权》中有很多这样的片段。如第3回贞娘第一篇关于女性权利的社论摘要，第5回讨论关于这篇社论对湖南女性产生的影响，第7回开篇一位女外交官与皇后的对话，第8回贞娘在俄国的讲话，第10回贞娘与邓述禹的会面，第11回贞娘游历诸国后向皇后报告，第12回议会讨论女性权利以及皇帝的回应，这些都是小说中社论式的场景，以支持小说所陈述的目标。

---

① 关于社论，详见 Mittler, *A Newspaper for China*?, pp. 75 – 81. 亦见 Janku, "The Uses of Genres."

② 关于写作逻辑，见 Judge, *Print and Politics*, esp. pp. 161 – 180.

　　其他类似的插叙描写了詹垲在报社的经历。不只是《中国新女豪》,《女子权》也详细地描写了当时的报业。特别是贞娘离家赴京创办,并身兼记者和社论作者的《国民报》,《女子权》描写了她创办报纸的全部过程。从申请许可证到筹集经费,从雇用员工到协调发行都被事无巨细地记录下来。詹垲在上海报业工作的经历让他对此有切身的体会,这些内容被如此详尽地呈现出来,以至于将这部小说视为一本指导手册也不过分。① 另外,这部小说探讨了社论对人们思维方式和写作过程的影响。贞娘创办报纸前,曾在天津一家报社工作过一段时间。② 早期一篇关于女性权利的社论让她蜚声全国,③ 这篇社论让人想到了斯宾塞 1903 年的相关译作。④ 这也是贞娘有时被称为"女斯宾塞"的原因。⑤ 尽管贞娘这段经历是虚构的,但是它很好地诠释了詹垲是怎样将社论从上海寄到汉口的。现如今,社论通常谈论的是最近的新闻,与此相反,詹垲的社论有时会触及一周或几周前发生的事情。⑥ 当

---

① 杜丽 (Amy Dooling) 有一篇未刊稿提到了小说中这一部分内容的指导意义。文章题为 "Revolution in Reading and Writing: Women, Texts, and the Late Qing Feminist Imagination." 经其许可引用。

② 这里,詹垲可能是想到了吕碧城。1910 年代初,吕碧城曾在天津一家报社工作。而且吕碧城是《大公报》主笔英敛之的朋友,詹垲因为报纸撰稿与英敛之结识。关于吕碧城,详见 Fong, "Alternative Modernities"; Shengqing Wu, " 'Old Learning' and the Refeminization of Modern Space"; 刘纳编著《吕碧城评传·作品选》,中国文史出版社,1998。

③ 贞娘的经历与詹垲有一定相似之处,詹垲以描写中国特别是上海衰败状态的文字闻名全国。见本书第三章。

④ Hu, *Tales of Translation*, p. 148.

⑤ 例子见思绮斋《女子权》,第 32 页。

⑥ 比如,《汉口中西报》1907 年 11 月 4 日的一篇社论回应的是一件发生在 10 月 20 日的事。

回应特定事件的社论明显滞后时，这篇社论很有可能是在一段时间内写成的一批文章中的一篇，被一起寄给报社。我们通过小说中描述报纸运作过程的虚构情节，从另一个角度审视了詹垲与新闻业、改良小说之间的密切关系。

詹垲的小说和社论也特别关注汉口这座城市。在《中国新女豪》中，小说情节发展转入后半段时，华其兴在汉口实施复仇行动，林大节也在此建造实验工厂。全书结尾，英娘的支持者在汉口为两位女烈士竖立了一座雕像，这也是海外日本人送给英娘的礼物。汉口在《女子权》首尾都是重要的地点，贞娘来自汉口，最后汉口也竖立了一座纪念她的雕像。我猜想，正是作为社论作者的詹垲对这座城市十分熟悉，所以把汉口作为背景，甚至提到了街道和建筑物的名字。汉口在《中国新女豪》中被描写成激进人士活动的据点。暗杀行动在那里策划，实验工厂也在那里建造实施，爱国女学校也在那里创办。但是在小说结尾时，这些激进的主题变得柔和。《女子权》中汉口仅仅是一座城市，而不是激进思想的发源地。

社论与小说：一些背景

詹垲的改良小说很可能取材自两类作品。其一是 1880 年代日本政治小说，其二是他在北京《商务报》发表的社论。审视这两类作品，我们可以进一步了解他的社论与改良小说是如何融合在一起的。

1. 末广铁肠的政治小说

詹垲改良小说中的社论式叙述很容易招致嘲笑，因为它们有时会给人一种说教的印象。不过，如果我们稍微转移一下焦点，试问詹垲用什么方式才能最好地把自己的社论观点传达给女性读者。将这些观点以虚构的方式阐释出来，同时根据读者的语言水平和阶级偏见进行调整，不失为一个好的开端。这一调整使我们必须回到梁启超对小说功能的颠覆性观点，即强调小说具有"改良群治"的价值。①

　　从小说功能的重心转移就可以看出，对小说的各种目标进行优先排序是件很复杂的事。《中国新女豪》和《女子权》的创作动机是以"才子佳人小说"题材为先，还是以"借由小说传递进步思想"为先？有人就会认同阿英对《女子权》中贞娘动机的解读，批评她没有真正从宏观上考虑女性主义者的提议，只是自私地顾及自己的结婚意图。② 也有人可以很容易得出结论，认为这种假设的弊端背后是有逻辑的。事实证明，宪政在这两部小说中都扮演了重要的角色。就情节而言，女主人公嫁给未婚夫是很重要的一环。两人自由结婚的主要障碍是法律（正如小说开篇所写的那样）不允许自由结婚，因为英娘和贞娘的婚约最初父母都不知晓或不同意，修改法律后她们和未婚夫才得以成婚。随着情节顺利发展，中国上下两院发布了改革措施，因此自由婚姻才能接踵而至。最终取得进展，皇帝签署了改革议案，夫妻得以合法结婚。的确，当贞娘考虑结婚时，她并没有想太多自身利益之外的事；但关键之处在于，由于她的努力，法律确实改变了，小说也给立宪和立法改革提供了一个范例。

　　《女子权》不关注争辩本身，只是对其进行了总结；但是在《中国新女豪》中，当来自中国不同地区的代表相继提出

---

① 相关例子见 Des Forges, "The Uses of Fiction."
② 阿英：《晚清小说史》，第 129 页。

支持女性权利和婚姻自由的要求时，这场争辩就变得戏剧化了。代表接连发言，情绪达到了顶点，收到一轮又一轮的掌声。[①] 多亏了这样的讨论以及皇后在其间斡旋，英娘和贞娘才能够如愿嫁给意中人。这场议会争辩发生在行动前，若有人只关注萌芽中的爱情，那他就可能把这段争辩看作一场插曲。然而，詹垲在一篇又一篇社论中表达了成立立宪政府的愿望，当人们理解了这一点后，就会领会这其中的意图。

　　读詹垲的小说肯定不会注意到他的社论立场。如果只是着重情节，就会忽略故事中大部分政治、经济状况的描写，只关注主人公夫妻能否克服障碍走到一起。反之，若把小说与社论联系起来，情节就显得不那么重要，政治和经济相关的内容就显得突出了。考虑到这些情况，那两篇开篇的宣言就有了一层刻不容缓的意味，即女性权利不得不等到中国立宪制度完成才能得到保障。这不仅仅是把重要的事情放在首位的问题，也是因为在詹垲的观念中，立宪制度使人民的声音（在这里指的是那些想要摆脱过去包办婚姻的女性的声音）能够被听到。

　　在这点上，我们想要进一步试问，将詹垲的两部小说归类为妇女问题小说是否恰切？有没有可能即使主题是女性，仍把它们当作政治小说来对待？回答这两个问题的方式之一是重新审视日本明治时期的政治小说。在本书第四章我讨论了末广铁肠的一系列政治小说——《雪中梅》和《花间莺》——可能对詹垲小说产生的影响，"才子佳人"模式和未来时间构成两条主线。关于詹垲小说对立法的关注，另一个可能的影响来自末广1886年的小说《二十三年未来记》，这部小说因详细叙

---

① 思绮斋：《中国新女豪》，第129～130页。

述了立法程序而受到人们关注，尽管它不像《雪中梅》《花间莺》那样乐观看待立法辩论的作用。①

在转入新闻界前，末广铁肠以政治家身份闻名。② 他的"才子佳人"小说和《二十三年未来记》都讨论了立宪政府的优势。在其政治家和作家生涯中，末广大都支持立宪政府这种政体。1880年代中期，也就是末广写完这三部小说的时候，即明治政府承诺制定宪法（1881）到宪法本应生效的时间（1890）这段时间。当末广将他的作品时间向前设定时，他是要颂扬宪法制度的优势，只希望有这样的一天到来。③ 从这个意义上说，他的小说是用来宣传政治目的的。至于"才子佳人"的叙事框架（主要体现在《雪中梅》，《花间莺》体现得并不明显，《二十三年未来记》则是完全没有），是由两方面因素共同推进的。其一是为了吸引潜在的女性读者，其二是为了促进两性平等和婚姻自由。④ 末广可能还想利用浪漫元素来吸引人们支持自己的政治意图。不管怎样，当我们再看詹垲时，需要记住的是"才子佳人"模式、未来时间和立宪意图。

---

① 克里斯托弗·希尔（Christopher Hill）谈到了这部小说，Christopher Hill, "How to Write a Second Restoration." 亦见 Hill, *National History and the World of Nations*, pp. 163 – 171；Feldman, "The Meiji Political Novel"；Kyoko Kurita, "Meiji Japan's Y23 Crisis."

② 关于末广铁肠的经历，详见 Iwamoto Yoshio, "Suehiro Tetchô, a Meiji Political Novelist"；柳田泉「末広鉄腸の著作について」柳田泉編『明治政治小説集』第2册、筑摩書房、1996 – 1997、頁111；伊藤整等編『政治小説集』講談社、1965。

③ 《雪中梅》和《花间莺》的时间线设置得十分细致，两部作品合为一部小说的两部分。前言时间设置为2040年，两部作品的时间跨度回到1886 ~ 1890年。对末广铁肠来说，这一时间段仍是未来，但不是远在2040年。Christopher Hill, "How to Write a Second Restoration," pp. 346 – 347.

④ Feldman, "The Meiji Political Novel," p. 252.

正如我们前文所述，詹垲在社论中坚定地认为立宪制度对中国有极大的好处。正如末广铁肠的小说将时间设定在作者当下时间之后立宪制度健全的日本，詹垲的小说也发生在这样一个未来的时间，同样的制度也将在中国的土地上生根发芽。正如末广在明治政府承诺立宪与实际推行期间写作这部小说一样，詹垲也是以创作这部小说的方式来回应清政府1906年改革时做出的立宪承诺。[1] 这些相似之处也是詹垲借鉴末广铁肠的标志，使我们假设即使是经历远不及末广光鲜的詹垲，也一定把自己的改良小说视为一种与社论作用相似、能够推动立宪的文本。

不过，詹垲写小说的目的并不只是推进立宪制度，他还希望向女性灌输一种公共领域的意识，激励她们追求教育和其他人生目标，并使其相信在实现自我的过程中，立宪制度对目标的实现大有助益。詹垲可能借用了末广的思想，但没有原封不动地引介。詹垲小说关注点的不同之处在于，即使中国完成立宪，若宪法不涉及女性权益，便只是成功了一半。[2] 《雪中梅》和《花间莺》都没有这样的言论，詹垲发表在《汉口中西报》上关于立宪的社论也没有，这使我们认为，詹垲的两部改良小说比我们所见到的社论都要关注女性权利。然而，小说中也坚称女性权利必须等到立宪制度到位后才能得到保障，这就说明詹垲与秋瑾、张竹君这样的女性领袖不一样，女性领袖呼吁立刻改革保障女性权利。所有这些女性的作品让我们有理由相信，她们都希望立刻改变女性的命运，即使相信立宪制度

---

[1]　清政府的立宪承诺，见 Spence, *The Search for Modern China*, pp. 245 - 249.

[2]　思绮斋：《中国新女豪》，第6页。

（并非所有人都相信），也希望女性能尽快拥有掌握自己命运的权利。①

末广铁肠与詹垲不仅写作目的不同，两位作家在写作手法上也不同。《雪中梅》和《花间莺》将男女主人公分别塑造为"才子"和"佳人"，②但是末广铁肠的主要兴趣不在于帮助女性摆脱陈旧的桎梏，而在于推动新政府的建立，且末广小说的中心人物是男性。特别是"才子佳人"色彩更浓厚的《雪中梅》（因为男女主人公未成婚），③立宪问题很早就出场了——男主人公向他的一群朋友讲述立宪的好处，只是短暂提了一下。④

相反，詹垲通过陈述而不是借主人公之口谈论立宪问题。因此他不用将英娘和贞娘塑造成像末广铁肠笔下的男主人公那样十分了解立宪程序的人，詹垲的小说结尾都提到了立宪问题，在叙述者看来，过时的法律是阻碍夫妻结婚的唯一障碍。⑤在这一点上，作者只是把场景转到议会关于自由婚姻的辩论，用这种方式使读者了解议会对社会变革的潜在影响。此外，在两部小说的序言中，"半部宪法"的说法都是来自叙述者。书中英娘和贞娘因改革受益，而不是通过自己游说促成改

---

① 秋瑾坚决的措辞可见其著名的演讲《敬告我同胞》，文中没有提到等待宪法或立法机构行动。何震则更加激烈，见 Liu et al., *The Birth of Chinese Feminism*, p. 62. 张竹君的主要观点是，女性应该通过教育和合作互助变得自立。李又宁：《序》，《重刊〈中国新女界〉杂志》，第41～43页。
② 「雪中梅序」柳田泉编『明治政治小説集』第2册、頁111。
③ 在这部小说的开篇，女主人公母亲病危，母亲交给女儿一张照片，照片上是女主人公父亲为其选定的婚配对象，但母女二人都不认识照片中的男子。之后男女主人公相遇。
④ 《雪中梅》第二回。我对照了中译本和日文原版。
⑤ 有一个相关问题是小说对皇帝婚姻的描述，文中皇帝只剩下一位妻子，而非整个后宫。仅就这点变化而言，同样意义重大。

革。只要了解这一不同之处，我们就有理由得出这样的结论：末广关注的重点是政治进程，他把爱情故事当作吸引读者的噱头；但詹垲的主要目的是通过浪漫剧情在读者与故事主人公之间建立融洽的关系，从而使读者了解一个立法机构是怎样帮助她们的。最后，我们完全能得出这样的结论：詹垲的小说更关注女性而非政治。如果要定义的话，詹垲的小说是政治因素很强的妇女问题小说而不是政治小说。

在明治/晚清脉络下审视詹垲，还要留意的是，末广铁肠对詹垲的影响比本书讨论的其他中国妇女问题小说都要大。比如《女娲石》绝不会被视作现实政治经验，这部小说完全没有涉及公民。《女狱花》和《黄绣球》都不关心立宪制度，这两部小说也没有把男女之间的爱情故事作为卖点——因为爱情故事很少涉及国家政治。《女狱花》仅在结尾时提到了女主人公和恋人，尽管我们可以猜想他们总有一天会结婚，但这个结论在书中是没有说明的。至于《黄绣球》，由于黄绣球的已婚身份，书中完全没有涉及"女孩与男孩相遇"的情节。最后，《女娲石》《女狱花》《黄绣球》都没有明确将故事设置在未来时间。而詹垲的小说融合了未来时间、"才子佳人"模式和立宪意图，可以得出这样的结论：比起上述三部中国小说，詹垲的小说深受末广作品（也可能是其他明治时期政治小说）的影响。① 日本作

---

① 很多明治时期小说关注域外行旅，詹垲很可能从明治时期的小说中吸取了这一点，并且受到其他明治时期小说（不仅仅是末广铁肠的小说）的影响。一些明治时期的小说在当时已被翻译成中文，如《佳人之奇遇》于1897年被翻译成中文，内容记录国外生活。关于该小说，详见 Atsuko Sakaki, "Kajin no Kigū: The Meiji Political Novel and the Boundaries of Literature." 中文译本于1898～1902年连载于梁启超主编的刊物。Yeh, *The Chinese Political Novel*, p. 81.

品对詹垲小说的影响比当时大多数中国妇女问题小说都要显著——这一情况也是有可能的。

2. 北京《商务报》

若仅关注詹垲改良小说的婚姻情节、立宪问题和未来时间，仍然会忽略掉很多内容。詹垲小说还提出要为女性创办职业教育和由女性经营的工厂。由于他极其关注中国企业的命运，这里我们要再次提出前文因立宪而产生的疑问：小说在多大程度上是娱乐性质？作为詹垲认同的宣导方式，小说在多大程度上能被更好地理解？后一个问题，更具体地说，当涉及经济问题时，《中国新女豪》和《女子权》似乎预见了这样一个未来：女性从消费领域转移到生产领域，从而能使中国早日一雪前耻。各种迹象都可以看出，在詹垲看来，底层女性就是从消费领域转移到生产领域的人群。若接受这一推断（很多人并不认同），在领导中国走向富强之路的征程中，底层女性至少与闺秀同等重要。[①] 在狭邪笔记中，底层女性充当了领导者的角色，然而在改良小说中却寂寂无名。作为一个没有面孔和声音的群体，她们需要像英娘和贞娘这样的上层女性来证明自己的利益所在。

前文已述，英娘在国外花了很长时间调研制鞋、摄影、机器纺织、电器、金属容器等工艺、技术。[②] 从詹垲的思路来看，英娘的海外经历容易被视为阻碍男女主人公结合的障碍，但并非如此。不过更能说明问题的是，英娘孜孜不倦地调研海外女性的工作状况，与未婚夫任自立长期分隔两地，当任自立

---

① 艾约博（Jacob Eyferth）的文章有力地纠正了"不为钱工作的女性对国内产值没有贡献"的说法。Jacob Eyferth，"Women's Work."

② 思绮斋：《中国新女豪》，第108、109、112页。

去见她时，她把他晾在一边，匆匆赶回工厂。[①] 在这种情况下，爱情反倒成了次要事务，第一要务是调研。

还有一个需要考虑的背景不是在《女子权》中，而是反映在詹垲1903～1905年发表在北京《商务报》的社评里。如前所述，我将补充一些关于这份报纸的背景资料。根据武曦的介绍，北京《商务报》创办于英国国王爱德华七世登基后，1902年清宗室载振前往英国致贺爱德华七世加冕，途径新加坡时与商人吴桐林会面，吴桐林即后来的北京《商务报》主编。这次会面取得了两大进展：1903年清政府设立商务部，几个月后创办北京《商务报》。我们同样了解到，北京《商务报》从来就不是独立报刊，它依赖政府财政资助，不能随意批评政府，尽管它曾批评政府对商业干涉过多——比如利润被征税。最终这家报纸与官方立场发生冲突，吴桐林（及其子）遭受损失，1906年1月他们就彻底放弃了办报事业。[②]

据武曦的介绍，"商战"的概念正是在吴桐林的领导下建构起来的。[③] 虽然中国早已开始学习、崇尚西方国家技术，但对待西学的态度不再像林则徐那样崇尚"学"西方，也不像左宗棠那样赞成"仿"西学。北京《商务报》的主要观点是，应像研究敌人那样深入地研究西方和日本。敌人不可信，但如果敌人的方法能为我所学，为我所选，为我所用，并符

① 思绮斋：《中国新女豪》，第115页。
② 武曦的简介见《商务报》条目，丁守和主编《辛亥革命时期期刊介绍》第3集，第165～177页。有一日期略不同的记录以及吴桐林的生平，见屏山县志编纂委员会编《屏山县志》，方志出版社，2009，第811页。
③ 武曦：《商务报》，丁守和主编《辛亥革命时期期刊介绍》第3集，第172～175页。

合中国的需求，就能为国家的福祉做出贡献。例如，对中国有利的结论之一是，农业是商业的基础，农业需要现代化——由中国自己完成，不假外国人之手。若能如愿实行，中国在农业上就能自给自足，不再依赖外国的帮助。中国可以向西方学习，但不应出卖自己。当然，这一政策背后的动机是爱国主义，北京《商务报》的特点之一就是强烈的爱国主义色彩。

北京《商务报》刊登的文章有助于我们深入理解詹垲小说的写作背景。第一，它有力地证明，从1902年短暂任职于上海《商务报》到1906年或1907年开始在《汉口中西报》工作，这期间他对经济学的兴趣从未减弱。第二，也是与我们的主题更相关的是，作为一本商业杂志，北京《商务报》在提高女性地位的问题上态度异常强硬。前文已述，在詹垲现存的社评中，没有一个地方提到过女性问题，但是武曦认为北京《商务报》在1911年以前的商务报刊中表现突出，因为它关注女性的才能和工作问题。在相关的三篇社评文章中，它阐明了这样一种观点：女性的智力不比男性低。它还进一步断言，为了增强中国在世界舞台上的竞争力，必须更好地发挥占人口一半数量的女性的才能。[①]

虽然这几篇社论都没有署名，但我认为很有可能是由詹垲撰写或帮助撰写了北京《商务报》相关主题的全部或部分文章。相关三篇社评我只读过其中两篇《论女工》（第21期）和《女子之煤油公司》（第12期），还有一篇是《女工

---

① 我尽了最大的努力，也只能看到几期，大部分信息还是通过武曦的介绍了解到的。

精巧》。① 当然，《女工精巧》也有可能是詹垲写的，但在这里着重关注我读到的两篇。两篇社论中的经济学观点与《中国新女豪》《女子权》惊人的一致。

若从《论女工》谈起，就很容易看出小说与社论的一致性。《论女工》发表时间稍晚，但它是两篇社论中较客观的一篇。首先，将社论与小说放在一起比较时，我们意识到这两类文体都使用了类似的历史分析方式。女性的弱势地位可追溯至秦汉以后，在此之前，女性的地位要高得多。② 其次，社论和小说都坚称汉朝的余波一直延续至晚清。女性的独立性被大大削弱，她们唯一赖以生存之计就是美化自我、吸引男性。③ 再次，社论和小说都以世界上女性经营的工厂或聘用女性的工厂为例，说明向女性开放贸易是解决女性被动问题的唯一途径。最后，两者都强调，教育是关键，能让女性做好承担经济体新角色的准备。④

《论女工》文末描述了一种适合女性的入门教育方法，它是基于西方国家思想写成。⑤ 与其他几篇社论一样，作者（无论是詹垲还是其他人）对自己的观点持怀疑态度，似乎也认为这种教育方法不会被广泛接受。这种对有争议的话题进行评

---

① 武曦：《商务报》，丁守和主编《辛亥革命时期期刊介绍》第 3 集，第 177 页。我采用的那本杂志品相不佳，日期也很难看到，发行号是确认杂志期数的最佳方式。（《女工精巧》刊于第 26 期。——译者注）

② 思绮斋：《中国新女豪》，第 1 页。

③ 思绮斋：《女子权》，第 4 页。

④ 思绮斋：《女子权》，第 4~5 页。

⑤ 这个入门教育有十几个科目：识字、书法、算数、缝纫、写信、吟诗、绘画、插花、织布、纺纱、缝制衣物和帽子、缝制花边、基础医学、形情学、音乐、宗教原则、体育、地理。

论的方式是詹垲的典型风格。①

在当时其他作家作品中也能找到这种论证方式的痕迹。②促使我认为《论女工》与詹垲其他作品风格非常接近的原因在于，它所列出的适合女性的行业与《中国新女豪》和《女子权》中所列无异，只是前者更具有农业时代色彩——织棉、织蚕丝、纺麻、织布、缝制服装、制鞋、刺绣、制作草帽。然而，即使大多数的推想在当代话语中司空见惯，但詹垲的写作方式还有其他与之相同之处。除了他对有争议的话题缺乏自信，在他频繁引用的报纸和他的民族主义中也可以找到一些例子，如得意地宣称："我国地大物博，远胜泰西，而妇女劳习之性质超乎泰西。"

《论女工》一文反响热烈。1904 年，它被转载了至少两次，第一次是颇有影响力的《东方杂志》转载，第二次是转载于《东浙杂志》。③ 两次转载都标注转自北京《商务报》，若这篇社论是詹垲写的，那么第二次转载也意味着一次有趣的集合，因为前一期《东浙杂志》刊登了詹垲侄子詹麟来等人所

---

① 詹垲的多篇社论都以这样的观点结尾：文中的观点可能是少数人的观点，也可能是不受欢迎的观点。例如 1910 年 3 月 4 日期。首刊在北京《商务报》的《论女工》最后一句话是："本馆敢献其曝议，贡厥刍言，以为当世之留心经济者告。"据说这篇社论的作者是梁启超。Karl, "'Slavery,' Citizenship and Gender inLate Qing China's Global Context," in Karl and Zarrow, *Rethinking the 1898 Reform Period*, p. 233. 不过当时北京《商务报》没有一篇社论署名梁启超，而且梁启超文集中 1904 年以后的作品也没有收录此篇（第 3 卷），见《梁启超全集》，但也许全集也有遗漏。

② Judge, *The Precious Raft of History*, pp. 13 – 15.

③ 《东方杂志》第 8 期，1904 年 11 月 10 日；《东浙杂志》第 2 期，1904 年 11 月 28 日。这两篇文章刊发时都删去了最后一行关于他人可能不认同文中观点的内容。亦见李又宁、张玉法编《近代中国女权运动史料》，第 706～708 页。

写的关于在衢州放足的文章。① 这也表明詹家人相继在一本以浙江为主的刊物上就女性问题出现了两次。②

我们来简单看下稍早的一篇社论《女子之煤油公司》。文章摘录如下：

> 西国女子多学问优长，具自立之资，非甘心固守深闺，而待为男子万物者。故其执业类与男子分道扬镳也。美国之的沙士省③有一女子之煤油公司，生意颇不寂寞。其间总办佣役、出入交涉，无一不以女子任之，且皆未嫁之人。有夫者亦不许入其群，更无论男子也。资本初由某女士集合，一切条例亦其手订，至今数十年井然不乱。闻者皆美诸女子之才。④

这篇文章反映的可能就是《中国新女豪》第 12 回情节发生的背景。在第 12 回中，留日学生委托林大节在汉口兴建一家实验工厂，供女性学习工艺之用。这就是她们担心募集的经费能否落实的背景。在确定无法落实后，她们又偶然间想到了借鉴美国出售股票的方法。虽然《中国新女豪》没有明确将已婚女性排除在外，但它的主要想法之一还是希望像林大节这

---

① 《东浙杂志》第 1 期刊载了文章《衢州不缠足会简章》，署名的七位作者中，最后一位就是詹麟来。

② 该刊编辑部在金华。

③ 《论女工》引用该文时，将此地写作"沙得士"。当时的作品经常使用地名，而这些地名今已不考。其他例如美国城市"特士路意"，是"五年前"召开工厂监管会议的地方（思绮斋：《中国新女豪》，第 131 页）；还有"卡古埠"，是 19 世纪美国女性问题会议的主会场（思绮斋：《女子权》，第 43 页）。

④ 该文刊于北京《商务报》第 12 期，转载自《天南报》。

样的未婚女性可以经营工厂。

我在这里需要补充说明一下詹垲究竟是不是《论女工》《女子之煤油公司》等文章的作者。他无疑是编辑团队的一员，在这种情况下，他就会采纳同僚的其他意见。尽管这就可能不那么有趣，但这种可能性并不能否定我们的假设——北京《商务报》的这些文章奠定了詹垲在两部改良小说中探讨女性职业教育和工作的合理性。即使《论女工》《女子之煤油公司》不是他写的，但《中国新女豪》和《女子权》采用了与它们非常接近的论据，很有可能詹垲借鉴了这些社论的观点。

詹垲附在《女子权》书末的文章因其对女性劳动的论述而引人入胜，这篇发表于 1907 年 4 月《中外日报》的文章规定了中国妇人会会员在经费和具体工作上的各项义务，包括救灾和支持女性教育。其中重要的一部分就是促进贸易，以减轻贫困女性对男性的病态依赖。

> 蚕桑、编织、刺绣以及各项美术，倘能实力振兴，尤为女界自立之基础。本会主张女学发达，自以讲求此项实业为要务。或设讲习所，或设女工厂，按期设展览会以相竞赛，以期知识交换，制作日精，不致再以前日依赖之习惯累男子。[1]

《中国新女豪》和《女子权》都没有探讨展览会和竞赛的问题，但十分关注讲习所和女工厂。限于篇幅，这篇文章可能被当作一篇社论，詹垲希望小说里提倡的机制能够被广泛传

---

[1]　思绮斋：《女子权》，第 116～117 页。

播。可以想象，詹垲确实就这些问题发表了社论，不仅在北京《商务报》上，也刊登在我们未知的报刊上。比如《汉口中西报》上关于立宪的社论，与两部改良小说的立宪意图是一致的。北京《商务报》上关于女性工作的文章，与《中国新女豪》《女子权》中推动妇女讲习所和女工厂的号召也是一致的。

詹垲对妇女讲习所和女工厂的重视，再次将他带向了一个不同于某些杰出女性的方向。例如，秋瑾的立场——缠足是对女性尊严的羞辱，女性因为所知甚少而不能教育自己的孩子，这对所有人都是一种损失——更接近女性自身的观点。而詹垲的出发点是原型女性主义思想，虽然只是部分如此。与秋瑾一样，他对女性的关心是出于同情，但他希望女性能够进入职场，这样就不会有那么多赋闲在家的女性。在他看来，不这样做是对人才的浪费，也会威胁到中国未来的繁荣富强。

与詹垲观点相悖的还有女性运动领袖何震。[1] 何震认为女性的劳动容易受到剥削，这可能是詹垲提出"女工厂由妇女经营管理"时想要反驳的观点。尽管他笔下的女主人公十分关注欧美的女工厂，但她们从未提及工作场所非人性的一面，只是偶尔提到一些女工饮酒过量。[2] 当人们的注意力都集中在这些新事物所能带来的巨额利润时，女性的福祉似乎可以忽略不计。[3] 也许这种盲目正是因为詹垲内心挥之不去的"商战观"，但也有进步女性（包括相对温和的中国妇人会成员）支持职业教育观念。还有张竹君，她坚信工作是让女性经济独立

---

[1]　Liu et al, *The Birth of Chinese Feminism*, p. 81.

[2]　思绮斋：《中国新女豪》，第 112 页。

[3]　思绮斋：《中国新女豪》，第 110 页。

的一种方式。① 显然，必须找到某种方法，使工厂工作与工人的辛苦劳作相制衡，但是对于如何以及是否能够实现这种制衡，各方意见不一。

末广铁肠的小说和北京《商务报》等先例，印证了詹垲改良小说中有一部分借鉴了他从其他地方学到或激发的思想，并将其带入小说写作。这些思想作为詹垲论述的核心观点，说明即使在他创作改良小说时，也没有完全摒弃社论作者的色彩。然而，这并不意味着詹垲的小说仅是用来宣导他的思想，在艺术手法上，这些小说与当时其他女作家的小说并无差异。

社论与狭邪题材作品

总结一下到目前为止讨论的问题，当我们把詹垲的这些作品归为一般类别时，我们有理由称，他的小说与他的其他类别的作品相比风格更接近社论。至于狭邪笔记、《碧海珠》和《全球进化史列传》都是传记类型的作品，叙事随着对象的生活而变化。作者需要做的是描述，而无论是社论还是小说，目的都是说服读者，这使得改良小说比狭邪笔记更像社论。

要理解这种差异性，还需要思考狭邪笔记中几乎没有类似社论的叙述意味着什么。部分原因是这些作品是笔记而不是小说，因此它们不能太着重于故事线。因此，狭邪笔记在叙述上并没有刻意迎合任何群体，当有读者读到这些故事时，她们也没有途径表示满意。它们有时也会提出讨论：贫穷的女性除了沦落为妓，没有其他选择——但这种讨论只是在评点中出现，

---

① 李又宁：《序》，《重刊〈中国新女界〉杂志》，第 41 ~ 43 页；李又宁、张玉法编《近代中国女权运动史料》，第 1289、1291 页。

而不是直截了当地提出观点。因此，狭邪笔记很少把所有作家作为整体来考虑。这个特点在一定程度上是由单篇笔记的短小篇幅所决定的。即使是小说，比如《碧海珠》"妇女应有其他出路"的观点也没有引起激烈的争论，更没有引发对国家未来的担忧。我们有理由推断，在詹垲的观念中，狭邪题材和非狭邪题材作品有着不同的地位。《碧海珠》中关于未来的内容微不足道——在结尾处，叙述者与绮情生同意改天见面。小说中的时间是可操纵的，但并没有发生在未来。在这一点上，《碧海珠》与《中国新女豪》《女子权》截然不同。

我认为，造成这两种作品类型差异的最后一个因素是作品主人公的性质。妓女并不是通常给人以希望的人，更别提她们是否让国家蒙羞了。[①] 妓女处在这样艰难的生存环境下，还幸运地活了几十年，即便是《碧海珠》中积极求学的金小宝，每当其做妓女的经历暴露，就被拒之门外。无论好坏，现代化和教育改革似乎排斥像金小宝这样的风尘女子。

与此相反，以英娘、贞娘及其他改良小说中以先进女性为代表的群体则让人充满希望，她们既关心自己作为已婚女性的未来，也关心自己在建设中国时的作用。她们的意见确实很重要，但是她们的目标并没有完全实现。她们可能会在一段时间内成为"女斯宾塞"，但结婚以后就很难继续。如果她们结婚之后再去工作，就不会有"女斯宾塞"这样的英雄人物了。像英娘、贞娘这样的女性领袖，以及她们想要拯救的底层女性，避免了两种令人担忧的情况：一是强硬的知识分子女性可能会借

---

①　詹垲狭邪笔记开篇也提到这一观点。见本书第三章关于《柔乡韵史》序的讨论。

此谋取私利；二是大批心怀不满的贫困女性需要有人引导进入新的工作岗位。[①] 詹垲这样通过招募特权阶级来帮助弱势群体的方式似乎起到了一箭双雕的效果，但这意味着他必须放弃考虑所有来自弱势群体的团体，而他的狭邪题材作品中描写了这类团体。

狭邪笔记与社论的潜在共同点可能是语言。詹垲的狭邪笔记和社论都是用文言文写成的，充斥着庞杂的成语和典故。而小说（就这一点来说，还有《全球进化史列传》）都没有这样复杂的语言体系。更深入来看，二者仅是看上去相似，因为它们的用典差别很大。在社论中，每当保守派人士十分担忧当时的变化时，文章就会追溯前人，借此缓和这种担忧情绪。比如在一篇社论中，詹垲就称儒家也有平等自由的思想。[②] 在另一篇中，他认为立宪与《礼记》中的思想是兼容的。[③] 这种论证逻辑在詹垲的年代并不罕见。[④] 典故也没有明确倾向性，《诗经》《孟子》《左传》出现的频率很高，即使并没有人追究是否在附会古人，[⑤] 但这种用典方式与狭邪笔记中追念李渔和袁枚的方式相差甚远。

五 詹垲的三个面向

将詹垲的三种类型作品放在一起比较，会发现一些矛盾的

---

① 克里斯托弗·希尔认为女性与群众在地位上有一些相似，见"How to Write a Second Restoration," pp. 350 – 351.

② 《汉口中西报》1909 年 2 月 15 日。

③ 《汉口中西报》1909 年 2 月 15 日。

④ 关于在写作中引用古代典籍的情况，见 Mittler, *A Newspaper for China*?, pp. 111 – 112.

⑤ 《汉口中西报》1907 年 10 月 29 日、1907 年 12 月 3 日、1907 年 12 月 7 日。

地方。第一点矛盾，小说中有贬低妓女的内容，我在前文已经提到。现在我举一个具体的例子，在《女子权》中，当改良女性等开始疾呼改革时，似乎也在嘲笑妓女争取"自由"的行动。[①]当我们试图从宏观上理解詹垲的作品时，这种明显的蔑视使我们的解读受到挑战。我们可以把它看作他取悦上层女性、将其作品与淫秽小说区分开来的一种表现。这也同样说明，《女子权》的目标读者并不包括妓女。而《碧海珠》和后来的狭邪笔记收录了妓女的创作，带有一种截然不同的同情心，书中妓女为自己发声（甚至写作），即使有人质疑她们融入现代社会的可能性，但没有任何人嘲讽她们。此外，詹垲把最深切的同情都留给了那些有才华的妓女，虽然没有学校会收留她们，但她们也从现代学校教育中获益匪浅，詹垲发自内心地看不起那些心胸狭窄、阻碍改良的现代教育家。[②]不过总体来说，小说中贬低妓女的情况相当少，而且没有持续到最后。当詹垲呈现出全景式的底层图景时，缺少强烈信念的妓女便不再那么重要了。

　　第二点矛盾表现在詹垲激进的政治立场。他在社论中一直呼吁实行君主立宪制，从这个意义上说，他的观点只是相对激进。尽管改良小说也是同样的立场，但有零星的迹象表明，詹垲的立场有时更为复杂。与他在上海《商务报》共事的沈祖燕是一位激进人士，他的侄子和哥哥早年支持孙中山革命。这些都可能说明，即使詹垲在撰写进步但相对温和的小说和社论时也怀有非分之想。还有其他可能：詹垲是随着时代自我发展

---

① 思绮斋：《女子权》，第 46～47 页。

② 这一情况与《黄绣球》有悖。前注已述，黄绣球的学校不接受妓女入学。毫无疑问，理由是妓女在场会让其他学生避之不及。

的，因此在 1910 年或 1911 年后（并不是之前）他已经准备好见证清朝的灭亡；也可能他一开始比较激进，但后来在政治压力面前退却了。正如我们所看到的，后者可能可以解释《女子权》中的激进主义色彩比《中国新女豪》要弱的现象。不过，仅从我们所能证明的情况来看，詹垲是支持立宪政府的，也支持自由择偶，他甚至支持女性权利和女性选举权，但他没有走得更远。

第三点矛盾在于詹垲呈现自己的方式。詹垲在小说中几乎从不反映自己，唯一一次例外是在《女子权》第一回的宣言结尾，他称："编小说的深慨中国二百兆妇女，久屈于男子专制之下，极盼望他能自振拔，渐渐的脱了男子羁勒，进于自由地步。纵明知这事难于登天，不能于吾身亲见，然奢望所存，姑设一理想的境界，以为我国二百兆女同胞导其先路也，未始不是小说家应尽的义务。"[1] 狭邪笔记和《汉口中西报》的社论都没有出现过这样的叙述，但这与狭邪笔记、社论的内容并不矛盾。

相较小说，狭邪笔记和社论中詹垲文风的变化更为明显。前文已述，詹垲在笔记中采用笔记写作惯有的风格。[2] 但在《汉口中西报》的社论中，他的文风并不缺少文学性，但体现出另一种文学特征，而且更显出本地风格，特别是那些关注周边省市的社论更是如此。在这类社论中，经常出现"我汉口""我湖北"这样的字眼。[3]《汉口中西报》的这些社论完全没有提到詹垲的上海生活，更不用说故乡衢州了。无须赘言，一个

---

[1]　思绮斋：《女子权》，第 5 页。

[2]　Yeh, "The Life-Style of Four Wenren in Late Qing Shanghai," pp. 419–470.

[3]　类似的情况是，北京《商务报》称读者为"我商民"。

周旋于风月场的上海通形象显然与《汉口中西报》社论作者的身份不符。同样的状况也可以在另一方面表现出来：笔记作品几乎没有提及他作为社论作者的一面，仿佛上海是詹垲唯一的容身之地。

在《汉口中西报》的经历可能正是詹垲将自己塑造为汉口人的主要原因之一。对他来说，若为其供稿，但不能对影响汉口、武汉三镇、整个湖北省的事感同身受的话，就是没有意义的。第二个原因能从詹垲小说中汉口的重要性体现出来，不管詹垲是否暗中支持激进派，汉口在小说中的突出地位也许意味着他确实在情感上接纳了这座城市。可能把它想象成了一个更好中国的先锋城市，尽管他在上海住得更久，也许在某种程度上他确实"是个汉口人"。无论如何，值得注意的是，上海文人的光环对他来说并不是必需的，他可以随时抛弃这层身份。

虽以多种方式剖析詹垲的不同面向，但我们无法从文字材料中抽丝剥茧出"那个真正的詹垲"。我们不能武断地说他是上海文人、假汉口人或支持改革的小说家。即使是在《碧海珠》中，绮情生面临的是对现代化的憧憬还是对感情世界的退缩这对的矛盾，可能与詹垲的经历一模一样。简而言之，他所呈现的自我随文体而变，我们在他的多面中找到了共同点：爱国主义，致力于帮助女性，将经济视为人际关系和国家目标的关键。

结　论

　　谈论完生活、作品和影响后，我们要回到家庭这一框架里审视詹氏兄弟作品的差异。在大部分情况下，我们根据他们以下三部改良小说来评估差异：詹熙《花柳深情传》和詹垲《中国新女豪》《女子权》。从中我得出的结论是，差异大于相似。①《碧海珠》也应纳入考察，但简单说来，《碧海珠》与詹氏兄弟的改良小说相似之处更少。另外，我将在这部分深入探讨汤宝荣及其生平和工作，汤宝荣可能是连接詹氏兄弟二人的关键人物。最后，我会回到詹氏兄弟的父母，特别是探讨母亲对儿子的影响。

一　改良小说

　　评价詹氏兄弟的这三部改良小说，需先审视三者的相似之处，包括对比时空、女性地位、教育改革措施、小说的作用。这些内容前文都已经提到，这里回顾一些要点。

时空

　　前文已知，詹熙《花柳深情传》讲述的是曾经发生在西

---

　　①　封面上的差别，见图 2 - 1、4 - 1、4 - 2。

溪村的故事，西溪村是一个很像衢州的地方。尽管作者做了一定程度的模糊处理，还是能明显看出旧社会衢州的影子。此外，可以说这部小说在很大程度上具有乡土色彩而非国族色彩的。西溪村显然代表的是比它本身更宏观的东西，可以把它看作对保守乡村的影射——就像小说中描述的乡村那样，也可以将其看作象征着民智未开的中国。这部小说的焦点在于描述一些落后、狭隘的人如何学会放弃长期以来阻碍他们前进的行为。家族中每个人在某个方面的每一步成长和提升，都会对他人产生潜移默化的影响。总而言之，这些进步可以促进中国其他地区改革，并使整个国家摆脱根本问题。

　　詹垲的这两部改良小说在时空上迥异于詹熙，并没有设定在过去，而是面向未来，因此带有几分乌托邦色彩，且它们也不是乡土性的。在詹垲的作品中，主人公来自中国各地，中国国内的政策显示出这个国家的政治中心是北京，但几乎没有人关注地方，即便是汉口，其多次出现也仅可能是因为詹垲对它十分熟悉，但是在大多数情况下，主人公受外国思想影响更多，希望中国师其长技以赶超他国。詹熙小说中更为温和的海外行旅也是一样，最终目的是救国——不是通过彻底改革具体问题或区域，而是通过主人公对新思想的接受。

　　如果我们比较这三部作品的人物在国外生活的时间跨度，就可以看出詹熙对外国的兴趣更大。在詹熙总共32回的《花柳深情传》中，主人公游历印度、英国等地的内容仅占第27回半回多的篇幅，这次旅行具有双重意义，它让人很快就意识到：外国人不会沉溺于"三害"，而且他们恶意引诱中国人吸食鸦片。尽管小说中的人物非常佩服外国的学问，但他们对外国人本身并没有特别的印象。

反之，詹垲总共 16 回的《中国新女豪》有一半的情节发生在国外，总共 12 回的《女子权》中有两回的情节也发生在国外。在这两部作品中，旅行的主要目的是收集提高中国女性地位的方法和意见。也许是因为随着时间的推移，当时的很多社会问题已经得到解决，如果只看《汉口中西报》的社论，会认为排外情绪没有我们预想的那么激烈。相反，我们发现存在一种相当强烈的信念，即学习外国的女性榜样是拯救中国和中国女性的最佳方式。

女性地位

《花柳深情传》的"三害"，只有"缠足"与女性有关。女性可以激烈批评科举制度和鸦片，但在小说的大部分情节中，女性被当作负面例子来说明为什么缠足是错误的行为。其他"两害"——八股文和鸦片，被认为与女性无关。事实上，当时女性也吸食鸦片——仅有一种例外，① 这不是《花柳深情传》塑造女性的方式。八股文写作对男性造成困扰，对女性来说可能并不是问题。有点令人惊讶的是，包括女儿阿莲在内的魏家人随孔先生学习八股文，但文中从来没有指责过这一点，可能正是这些知识最终让阿莲为家族做出了重要贡献。这类教育对阿莲来说比对她的兄弟更有积极意义，这也说明她没有其他途径学习识字。后来学以致用的是她的读写能力，而非文体形式。

我们可以有把握地推断，詹熙小说的主要读者是男性。《花柳深情传》确实塑造了有文化的女性角色，并给予有事业

---

① 最后一回，妓女年老色衰后开始吸食鸦片。

心的女性相当程度的尊重，但它绝不能被称作像《女狱花》这样呼吁同情女性的女性问题小说。詹熙敦促女性放弃长期以来的缠足陋习，若女性能按照自身的阅读经验来实践就更好了；不过小说主旨是让女性眼见为实，意识到天足的好处（如躲避危险、谋生等），从而放弃缠足——这也是看上去合理的方式。换句话说，这部小说确实引发了公众舆论，吸引了男女读者，但是没有人意识到阅读会促使女性提升自我且女性的观点可能比男性的更重要。因为《花柳深情传》的目标读者似乎并不是女性，我们不得不推测，无论阅读与女性有何联系，放足都要通过父亲或兄弟的力量来实现，并通过他们说服女儿或姐妹改变她们的生活。

詹垲的小说再次呈现了鲜明的对比。先不说在詹垲创作小说的年代八股文早已过时，社会也开始逐渐崇尚天足和反鸦片——这两者都是历史性变革，詹垲的改良小说以女性为中心，核心人物都是女性，大部分配角也是女性。而且两位女主人公致力于为女性争取某些权利，包括女性的选举权、婚姻自主权和工作权。每一个情节都着重表明，如果中国的女性问题能够得到解决，那么中国将不再因（据说）一半赋闲人口而饱受诟病，而这一次带领女性前进的将是她们自己。因此，出现在小说中的男性从来不是故事的焦点，他们的任务是支持那些渴望启蒙其他女性的女性领袖，或者作为旁观者存在，这样才合乎礼仪。直到最后几回，男性都是小说中的背景人物，女性始终是小说的焦点。

与詹熙不同，詹垲的目标读者是女性，像两位女主人公那样的闺秀是最关键的读者群体。只有闺秀展现出信心、领导力和技能，才能引领其他女性走向更光明的未来。很少有（或者根本没有）读者能够像英娘和贞娘那样独自环游世界，关键是鼓励精英女性从世界的角度思考问题，因此她们要准备好引导命运多舛的女性走上改良之路。另一个与此相关的不同之处是，詹熙希望改良能让家族中的女性受益，甚至让她们成为家族的领导者。而詹垲的视角则超越家族，投向了女性（包括中国女性）在更广阔世界中的地位。

教育改革措施

詹氏兄弟小说中的教育改革方式体现了作品中女性的不同地位。《花柳深情传》中关于教育改革有一番对话，这段对话的大部分内容在讨论八股文，随着情节发展，八股文显得越来越没有价值。随着八股文的式微，西式教育在中国成为替代方案之一，外语被视为认识西方知识的敲门砖。小说接近尾声时，西溪村聘请了一位老师用某种外语授课。另一个途径是翻译外国技术相关的书籍——一些书籍已有中文名字。[1] 讨论的重点是，"外国事物"，尤其是科学对中国的贡献将超过中国典籍几个世纪以来的作用，后者并不是面面俱到，而且非常消磨人的创造力。孔先生给左宗棠总督的信写得十分优雅，却毫无用处，这足以说明八股文的弊端（尽管有点滑稽）。与之形成对比的是，作者借郑芝芯这个人物用一本操作手册帮助村里人建造水法，水法让孔先生和魏家农事丰收。之后，在一位矿师的指导下，魏家人又在徽州附近开凿矿产，这项投入取得成功，由此而来的自信和繁荣充分展现了新学的优势。

性别又是如何与教育产生互动的？女性没被纳入新学教授

---

① 绿意轩主人：《花柳深情传》，第134页。

的对象。在《花柳深情传》的前半部分，魏家的独生女也跟随孔先生学习八股文，而且天赋甚高。然而，书中真正进步的代表是曾经的丫鬟雪花。雪花与阿莲不同，她没有受过缠足之苦，很讲求实际。[①] 而且女孩也没有机会学习白话文：那些课程是专为男孩开设的。这与詹垲的两部小说又产生了鲜明对比。在詹垲的小说中，女性都能够十分熟练地使用外语（熟练到不需要刻意努力就可以掌握），而且能很容易地找到翻译的工作。[②] 虽然她们可以毫无障碍地阅读外国报纸，但更突出的是她们的口语能力。

正如我们所见，詹垲提出的教育方案与上层女性的教育关系不大，更多的是与职业教育相关。《中国新女豪》和《女子权》都是围绕如何帮助所有女性变得更自立、更有见识而展开叙事，但正是因为底层女性被视为无知的群体，因而也被视为更紧迫的优先改良对象。詹垲的这两部小说如此相似，以至于在很多方面难以区分，不过《女子权》比《中国新女豪》更进步，因为它关注的不是闺秀。在这两部小说中，上层女性是老师和赞助者，底层女性则接受培训、学习手艺。贞娘在海外就专注于调研纺织工业，纺织工业被认为适宜于中国的贫困女性。甚至女性文盲也被视为一种可解决的问题，书中提出了使用简体字的方案。这个教育方案的初衷似乎部分是为了避免外国人对中国产生负面印象，不过詹垲竭尽所能创造了一个与自己所处世界截然不同的新世界——贫穷的女性可以不入风尘，女性可以像男性一样通过劳

---

① 孔先生的妻子也是小说中倡导天足的人物，但她被塑造得更加滑稽。

② 关于晚清小说中描写女性游刃有余地学习外语的情况，见 Hu, *Tales of Translation*, p. 11.

动赚钱。而且詹垲的焦点也与詹熙不同，詹熙的小说中从不会号召上层女性关心其他阶级女性的教育问题，也从不会提及体面的女性手艺。

小说的作用

对詹熙而言，小说是一种刺激社会变革的有效手段。这一观点其来有自，傅兰雅"时新小说竞赛"就为詹熙的小说奠定了基础。他希望首先通过小说来使人们克服甲午战争战败的耻辱，在《花柳深情传》的结尾，被八股文毒害的魏家二子上奏皇上时重申了这一观点。他希望公开谴责"三害"，但是若行动不成功要怎么办？在接下来的讨论中，故事的叙述者转为绿意轩，由他来将魏家的故事演绎成小说以启发社会。

再来看詹垲，在《中国新女豪》中"小说"一词出现过两次。第一次是在"弁言"中。

> 欲复女权必先改良女俗，然女俗之改良，必非一朝一夕所能为力。于是不敢以操切之心，望诸目下之中国。特宽以岁月，望诸立宪后之有志振兴女权者。因原本新意，撰为兹编，读者幸勿作为寻常之小说观。①

在第二回，致读者的一段话对以上观点进行了补充（这段话内容见前文引用，文中詹垲向读者保证，他的小说并非淫秽小说，表现的都是行为端正的人）。这两段话有助于我们理解詹垲小说中的人物。詹垲希望它能引起读者的同情心，同时

---

① 思绮斋：《中国新女豪》，"弁言"，第1页。

能避开它粗俗的一面。只有这样，詹垲才能争取到合适的读者来支持自己想要达成的事业。在《女子权》开篇，这样的诉求表达得更为清晰。"小说家"出现了两次，且都是在第一回中的一段。

> 天下事先有理论，后乃见诸实行，所以西人说是理想乃事实之母。编小说的深慨中国二百兆妇女，久屈于男子专制之下，极盼望他能自振拔，渐渐的脱了男子羁勒，进于自由地步。纵明知这事难于登天，不能于吾身亲见，然奢望所存，姑设一理想的境界，以为我国二百兆女同胞导其先路也，未始不是小说家应尽的义务。妇女们听着。①

这些想法总体来看与《花柳深情传》十分相似，相同点是：政治和社会进程带来的真正进步很慢，像小说这样受众甚广、能培养潜在读者抱负的形式才是短期内能获得效果的好方式。

在以上纳入考察的四点中，詹氏两兄弟在小说观这方面最为一致。对二人来说，小说只是众多印刷媒介之一。詹熙完全没有提到报刊，而是关注教科书，詹垲则正相反。不过就小说而言，詹氏兄弟都认为小说在影响和改变观念方面比政治运动更有效。有趣的是，在梁启超发表自己的小说观前，詹熙的小说便已问世，而詹垲的这两部改良小说则在之后问世。② 但是，通过小说来改变社会现实的基本取向都是一致的。

---

① 思绮斋：《女子权》，第 5 页。
② 1898 年、1902 年及其他时间的很多文献谈到了这些观点的意义，具体内容见 Des Forges, "The Uses of Fiction"; Hu, "Late Qing Fiction."

第二个共同点是关于小说的性质。对詹熙而言，小说尽管有改良之功，但也绝非最严肃的文体。他曾为小说中的戏谑口吻道歉，[①] 因为他没有具体解释道歉为何故，我们只能推断文中有一些明显的巧合和说教。对比詹熙的诗作，特别是《衢州奇祸记》，他的小说显得太轻松。[②] 詹垲对小说的认识则略微不同，我们曾看到他告诫读者，尽管小说的名气不及诗文，但要对它抱有信心。但是他也使用了詹熙提到的充满戏剧冲突、易懂的写作手法。与詹熙一样，詹垲也接受作品中出现不太严肃的片段。可能在他看来，这些不太严肃的内容能够促进销量和口碑。关于怎样重视小说的问题，詹氏兄弟表现出适应期的特点——清初，小说被视为较低级（或较粗俗）的文体；五四时期，它成为最先锋的文体。与此同时，正如近年来越来越多学者证明的那样，晚清不应被视为过渡时期，晚清也有自身时代的诉求和规则。

二　《花柳深情传》与《碧海珠》

若我们仅关注改良小说，詹氏兄弟的作品看起来就不那么相似。在前文几点中，二人仅在小说观方面相近，但很多人都有同样的观念。在其他类型作品中，我们发现了 1897～1907 年两人的共同点，而非鲜明的差异，但是仍然很难断定詹熙的小说真的影响了詹垲。事实上，詹垲的小说在口吻和叙事上更接近《女狱花》那样的作品，而不是《花柳深情传》。若不是

---

① 绿意轩主人：《花柳深情传》，第 1 页。
② 例如《龙游县志》中收录了一首詹熙悼念病逝亲人的诗。余绍宋：《龙游县志》第 40 卷，第 33 页。

詹熙、詹垲的血亲关系，我也不会考虑詹熙的小说可能对詹垲造成的影响。

我们在对比《花柳深情传》和詹垲的非改良小说《碧海珠》时没有发现太多相似之处。可以肯定的是，这两部小说都有框架故事，这不仅是狭邪小说的特点，也是当时其他小说共有的特点。[①] 两者的另一个相似之处是时间，都叙述从过去到现在的事情。不过这种叙事方式产生的效果完全不同。《花柳深情传》从鸦片问题开始，随着情节发展，问题逐渐得到解决。小说最后，所有人的生活都比开始好得多；而《碧海珠》则回顾了绮情生与两个妓女之间两段凄惨的感情。不仅如此，失败的感情造成了无法挽回的后果：彭鹤俦除了想和绮情生一起遁世，看不到自己的幸福，而绮情生的企图和良心不允许他隐居度余生；至于金小宝，她本可以去读书，做一个现代女性，但按照当时的风俗，曾经混迹风月场的金小宝不能如愿；绮情生则是在感情与爱国之间陷入深深的矛盾。因此，《碧海珠》与《花柳深情传》不同，它没有设置任何进步的前景，很难找到共同点。

有一个可能的共同点，即在妓女问题上的保守态度。《花柳深情传》文末，叙述者沉浸在梦中，此时一班小脚妓女闯入阻止绿意轩发表这部小说。在妓女看来，若放足运动推广开来，将有损她们的生意。尽管绿意轩最后没有将这个突兀的梦境放在心上，但我们发现了它与《碧海珠》的些许相似之处。两部小说都反对改良的妓女，不知是因为她们不认为自己在现代化的世界会快乐，还是因为新世界不会接纳她们。然而，这

---

① Starr, *Red-Light Novels of the Late Qing*, pp. 75 – 127.

件事在《花柳深情传》中所占篇幅相当小，以至于不足以将其视为对詹垲的影响。

换个方式讲，地理区位也是《花柳深情传》与《碧海珠》的一个相似点。在两部小说中，妓女出现的场合都在上海；反过来说，除了一次例外，只要是在上海（《花柳深情传》中有一小部分以及《碧海珠》全部情节），主角都是妓女。[①] 令人感到意外且惊讶的是，由于是狭邪主题，这座城市在两部小说中看上去并不是很进步。倒是《花柳深情传》中发生在上海以外的大部分情节以及詹垲的改良小说（没有发生在上海），无论是顺叙还是倒叙，都表现出更先进的势头。不过，这种相似性似乎更多是巧合，而不是根本性的，不足以证明詹熙影响了詹垲。

三　从小说到事业

若我们将小说之外的事业纳入考察，则会发现情况有些许变化，特别是若我们暂时不考虑《碧海珠》的话，一些相似性就凸显出来。

前文已提到，早在 1890 年，詹氏兄弟在衢州合办了一所新式学校，詹熙负责行政事务，詹垲负责施工。虽然詹垲后来全心投入写作，但他了解教育改革的详情。詹氏兄弟都将教育看作中国未来的关键因素。詹垲的小说描写了两位女主人公在游历海外期间及之后的经历，借此传达了自身的教育理念。这

[①] 绿意轩主人：《花柳深情传》，第 32 回。唯一的例外是在小说的框架故事中有一段内容是把小说送往上海某出版商。

样想来，其中可能也有一些是詹熙的想法。

毫无疑问，詹氏兄弟的小说创作与他们的教育事业都是顺应时代趋势所为，并且自成一家。尽管如此，在时间上两人的创作仍有很多有趣的巧合。之前已经提到，詹熙（及詹麟来）于1906年创办女子学校，詹垲则于1907年创作了两部改良小说，兄弟俩几乎同时关注着教育。而且詹熙管理的学校致力于实用技能培养，詹垲在小说中则关注职业教育，两人遵循的是同一脉络，而且在这一点上也可以辨别出两者的不同之处。即使当时詹熙的教育事业重心已经转向女性教育，但其实用技能培训只面向男性；但在詹垲看来，职业教育与女性教育紧密相连。不过，培养和训练劳动力都是二人的共同目标。此外，詹氏兄弟都主张男女平等。詹熙从1906年开始在各个学校宣导男女平等，詹垲则是在1907年创作了《中国新女豪》和《女子权》。① 从现存资料看，二人都支持天足运动：1904年，詹熙领导天足运动；本书第三章已经讨论过，詹垲在1906年出版的《花史》中表示支持天足运动。

除此之外，1907～1909年，詹熙的议员身份与詹垲1907年所写的小说对立宪的明确支持或许有一定关联。若没有其兄（及侄子）的候选资格及当选经历，詹垲会对议员及立宪抱持这样乐观的态度吗？他还会把英娘的父亲塑造成议员吗？可以确定的是，末广铁肠的政治小说激发了詹垲对立宪制度的支持立场，但是如果詹熙认为立宪制度是有害的，《中国新女豪》和《女子权》还会按照末广铁肠的逻辑行文吗？詹垲在文中

---

① 关于在淑德女子小学校里宣传男女平等，见《衢州市教育志》，第405页；思绮斋《中国新女豪》，第141页；思绮斋《女子权》，第108页。

以一位议员的行动来推动情节发展的方式也借鉴自末广，但把他与当时中国正在进行的（包括詹垲的社论和詹熙工作中接触到的）相关讨论联系起来也是合理的。

四 汤宝荣：詹氏兄弟间的桥梁？

当我们回过头来看汤宝荣和他的小说《黄绣球》，我们也会发现一些连接詹氏兄弟的潜在因素。我提出这个看法，一方面是想加深对詹氏兄弟的了解，另一方面也能对今天被称为"晚清女性问题小说"有更深入的了解。

汤宝荣在年纪上与詹垲相仿，詹熙生于1850年，詹垲生于1861年前后，而汤宝荣生于1863年。年纪相仿的汤宝荣、詹垲两人交往更密切，令人惊讶的是，汤宝荣本人的经历及作品却更接近詹熙而不是詹垲。

我认为詹垲与汤宝荣有直接交往，是因为詹垲的狎邪笔记中汤宝荣的名字曾出现过三次：《柔乡韵史》修订版序（同样收录于《花史》），署名为"颐琐汤宝荣"；《柔乡韵史》和《花史》文中各出现过一次"颐琐"。① 沈敬学主编的娱乐小报《寓言报》还刊登过汤宝荣的代笔广告，詹垲当时在《寓言报》任职，并且寓言报社出版了第一版《柔乡韵史》。此外，汤宝荣1908年写过一首诗，记录了章荷亭之子。若此诗足够可信的话，也就是说，若章荷亭与詹垲确实是同一人的话，汤宝荣与章荷亭/詹垲至少有多年交情。最后但不直接相关的一

_____

① 詹垲：《柔乡韵史》下册，第39页；詹垲：《花史》，第58页。《花史续编》中未提到汤宝荣。

点是 1900 年汤宝荣写给沈敬学和吴趼人的诗。沈敬学和吴趼人（很可能）都是当时詹垲社交圈里的人。①

再来看詹熙，我认为他可能是根据汤宝荣的经历创作了《花柳深情传》中的第三条剧情线。詹熙创作《花柳深情传》时正前往苏州，这也有理由让我们猜想，他可能听说了汤宝荣妻子决定效仿丫鬟放足的事情。前面已经说到，这种情况是可能的，我们不需要判断詹熙是否真的与汤宝荣有交集，只需知道他们有足够的社会关系来认识彼此。此外，我们可以确定詹熙和汤宝荣第二位共同的朋友——龙游县的画家余庆龄，他是余绍宋的叔叔。② 这表明詹、余两家的交情延续了三代，余庆龄的侄子余绍宋与詹熙的儿子詹麟来相熟。而且汤宝荣的诗集中收录了一首写给余庆龄的诗，这首作于 1900 年的诗中写到"时论悬诗史，清谈伴茗炉"，足见二人关系之亲密。③ 这些诗歌让我们更有理由相信汤宝荣和詹熙身处同一社交圈。

按此逻辑来看，当看到《黄绣球》中改革者与顽固的地方官员之间的冲突时，我猜想汤宝荣可能是经历过类似的事情或对詹熙（还有詹麟来、詹垲）推行教育改革时的遭遇有所耳闻。现在，余庆龄可以被看作这一经历的第三个目击者及当事人。地方志称赞余庆龄成功解决了官收公租的问题，为此他

---

① 《颐琐室诗》第 2 卷，第 9a、17a 页。
② 詹熙写给余庆龄的诗，见余绍宋《龙游县志》第 40 卷，第 34a～35a 页。该诗提到了余庆龄的学名余与九。詹熙还有一首悼念书法家余庆椿的诗，余庆椿是余庆龄兄长、余绍宋之父。詹熙写给余庆椿的诗见余绍宋《龙游县志》第 40 卷，第 35a～35b 页。诗作于 1895 年后，1895 年余庆椿去世。该诗用的是余庆椿的学名余延秋。
③ 汤宝荣写给余庆龄的诗，见《颐琐室诗》第 2 卷，第 14b～15a 页。诗题为《赠龙游余与九》。

越过县级官员直接向更高一级的道、府官员申诉。① 衢州原本用于兴建学校的学田被县级官员挪为私用，余庆龄随后取得了这块土地的控制权。在他的努力下，龙游县新式学校凤梧高等小学堂的财务状况得到了改善。1903～1906年，这些发展取得成效，其时詹熙正在办学，而汤宝荣已经完成了《黄绣球》的大部分内容。

这一次的影响与以往相反，如果《花柳深情传》的第三条剧情线是詹熙取自汤宝荣的经历的话，我们就要谈一谈汤宝荣取材詹熙经历的事。教育改革使汤宝荣多了一个不单单通过小说了解詹熙的机会，但是就个人来讲，不管是直接还是间接（通过詹垲或余庆龄），作为一个了解教育改革其中艰辛的人，反过来也会将詹熙和余庆龄的经历作为《黄绣球》的写作素材。正如我在本书第四章所说，这部小说由黄绣球及丈夫竭力寻求物资，挑选教科书，向市民推广女学校等情节构成。在余庆龄办学的1903～1906年，地方反对派势力不断壮大，办学所遭遇的困难既棘手又耗时，必须克服钱权势力勾结的困难。② 就像1890年代詹熙和詹垲办学一样，成功与否取决于地方长官。这些相同的状况中没有任何迹象表明它们与衢县和龙游县的发展有直接关系，因为在中国其他地区类似的问题已经出现，③ 但是这也表明投入教育事业的詹熙与创作小说的汤宝荣正沿着相似的道路前进。

如果我们再追溯詹熙在1898～1906年的办学行动，相同点

---

① 《衢州市教育志》，第406～407页。详见余绍宋《龙游县志》第5卷，第9b～10a页；第19卷，第21页；第27卷，第20b～33b页。

② 《衢州市教育志》，第406～407页。

③ Borthwick, *Education and Social Change in China*, pp. 62–64.

会更多。这里我会回顾并补充目前为止所看到的零散信息。1898 年（完成《花柳深情传》一年后），詹熙在衢州陷入两难。异议的源头就是衢州第一所新式学堂——求益学堂。[①] 一方面，地方保守势力坚决反对课程改革；另一方面，知府支持建立新式学堂，但无法提供足够的经费。[②] 1900 年衢州"奇祸"期间，詹垲发觉自己不得人心的一个原因是，他在学校的事情上得罪了地方保守势力。也许是因为衢州教案后社会秩序崩溃，我们无法全面得知这些争端的情况，也不知道最终是如何解决的。我们所知道的是，1903 年詹熙从衢县搬到龙游县，在凤梧高等小学堂担任总教习。重点在于，虽然龙游县的气氛压抑，但似乎比衢县的状况好。詹垲搬到龙游县时，余庆龄在凤梧高等小学堂担任总理，不久改任堂长，负责学校的经费问题。[③] 1906 年，余庆龄离开凤梧高等小学堂赴外地做官，詹熙回到衢县。

詹熙回家后，与儿子詹麟来及一些志同道合的进步人士共事。1906 年，在詹麟来及其朋友余绍宋、郑永祚等人的帮助下，詹熙创办了衢县淑德女子小学校。据说一开始学校开在私宅内，经费由几位筹办者募集，来源之一就是衢县天足会，该

---

① 绿意轩主人：《衢州奇祸记》，刘兆祐主编《中国史学丛书三编》第 1 辑，第 22 页。据其可知，詹熙在求益学堂推行课程改革是他在衢州教案期间遭到排挤的原因之一。关于求益学堂在当地的地位，见《衢州市志（简本）》，第 240 页；《衢州市志》，第 968 页；郑永禧《衢县志》第 3 卷，第 24a 页。

② 在这方面，詹熙感叹如果他有足够的人手，就可能有办法让人们了解条约。正是这些条约规定中国人杀害传教士将受到惩罚。如果人们知道这点的话，可能行事就会谨慎一些。绿意轩主人：《衢州奇祸记》，刘兆祐主编《中国史学丛书三编》第 1 辑，第 22 页。

③ 《衢州市教育志》，第 406 ~ 407 页。

校学生也大多来自该组织。几位筹办人希望以此方式避免再次出现像以前詹熙和余庆龄所面临的争端。

毫无疑问，为了让女子小学校有像样的女老师，郑永祚的母亲（可能比王庆棣小）被任命为第一任堂长，詹雁来担任体操和国文老师。① 不久之后，政府加强对女子学校的支持力度，学生数量急剧增长，经费也不再是问题了。② 这所学校最后成为男女同校的公立学校。合法性提高，郑永祚的母亲也变为女校长，詹雁来仍在旧岗位上任教。③

詹熙的一些经历与《黄绣球》中的情节很相似。在《黄绣球》中，黄绣球夫妇在自家开办男女同校学堂，女子学校靠私人捐助维持并聘请闺秀担任老师。第 29 回局势急转直下，他们甚至从自由村的老宅搬到另一个镇上，这多少让人想到了詹熙在衢县、龙游县依靠开明的地方官员才得以推行教育改革的经历。这些相似之处说明，詹熙及其同伴在衢县创办女子小学校的行为开风气之先，在《黄绣球》里留下了些许痕迹。换句话说，若问到是什么推动着情节的发展，答案不是那场小说竞赛，也不是日本政治小说和梁启超鼓舞人心的文字，而是詹熙和余庆龄推动教育改革的切身经历。

《花柳深情传》和《黄绣球》在风格上有两个相似之处，使我们认为两位作者的关系应更为紧密。第一，汤宝荣塑造的自由村是一个距离上海不远的乡镇，与詹熙笔下的西溪村一样，自由村是中国农村的缩影。事实上，自由村的位置也

---

① 方文伟：《衢县淑德女子小学校》，《衢州文史资料》第 7 辑，第 191 页。
② 详见 Rankin, *Elite Activism and Political Transformation in China*, pp. 231, 235–238.
③ 方文伟：《衢县淑德女子小学校》，《衢州文史资料》第 7 辑，第 192 页。

不明确，詹熙也含糊其词地没有说明西溪村的具体所在。

　　第二，詹熙的小说并没有体现出其人生的两个阶段。1904年，也就是《花柳深情传》出版几年后，詹熙的儿子詹麟来（以妹妹为模范）推广放足运动，接着与父亲等人一同创办了淑德女子小学校（1906）。而在詹熙这部1897年出版的小说中，是魏家的女性在实施放足，没有男性参与办学的第二阶段，显然也没有女性就学或为其他人办学的情节。仅仅几年后，1905～1907年，同样的行为——从放足到为女性办学——变成《黄绣球》的主要内容。换句话说，仅是《花柳深情传》涉及的众多话题之一的缠足，在汤宝荣笔下也出现了。无根据地猜想一下，若汤宝荣了解詹熙的小说，那他就是在众多话题中将缠足提炼出来作为叙述的重点。接着，他又增加了第二步措施，即与放足息息相关的筹办女子学校，筹办女子学校正是詹熙小说中没有出现的情节，但在现实生活中，詹熙确实做到了这一点。当然，汤宝荣还受到许多方面的影响，包括（最有可能的）其妻子主动放足一事，但詹熙的小说完全有可能也影响了汤宝荣的想法。

　　汤宝荣的小说如何能使我们更好地由詹熙理解詹垲？我们已经提到，汤宝荣仅关注詹熙小说中的“三害”之一——缠足。汤宝荣详细阐述了詹熙的第一阶段缠足（也就是说，汤宝荣塑造了一所由女性管理的女子学校），使其与詹垲的小说产生联系。因为詹垲的两部改良小说都聚焦于女性问题，而且比《黄绣球》涉及更多机构，《黄绣球》没有出游远行的情节，主人公也很少单独行动。尽管如此，在詹垲的改良小说中，未婚夫的无声协助显得尤为突出。若没有任自立和邓述禹，两位女主人公不可能实现她们的目标。与黄绣球的丈夫一样，任自立、邓述禹甘愿在背后为她们提供建议和帮助，因此，虽然英娘和贞娘难以独力应付各项事务，得依靠未婚夫的支持，但两位女主人公仍以女性运动领导者的身份为人所知。汤宝荣帮助我们了解詹熙和詹垲的另一个方式是运用了"男女平等"的观念。这个观念并没有出现在《花柳深情传》中，《女狱花》和《女娲石》也没有明确提及，① 但与《中国新女豪》《女子权》一样，《黄绣球》格外突出"男女平等"思想。②

　　还有很多进程值得思考，如国际主义思想。詹熙笔下的女性人物不关心外交事务，只有男性人物有旅外经历。太平天国运动后，女性转而关注婚姻和家庭。在《黄绣球》中，虽然一些女性人物曾赴外旅行，开阔了视野，但国际问题本身并不是故事的焦点。旅外的女性将自己的所见所闻告诉黄绣球，而且在第二回，黄绣球将自己的名字由"秀秋"改为同音异义的"绣球"，这个改变标志着她开始意识到国际问题。在这一点上，《花柳深情传》中的女性只关心家庭，詹垲笔下的英娘和贞娘都曾环游世界，并坚信在海外可以找到很多对中国有益的技术，《黄绣球》中的女性则介于这两种类型的女性之间。

　　在目标读者的问题上，汤宝荣的"中间角色"也有迹可循。《花柳深情传》似乎没有将女性作为目标读者，《黄绣球》面向不分男女的普罗大众，詹垲则更偏重女性读者。此外，若结合詹熙的生平经历再思考这个问题，我们会意识到新式女子

---

① 《女狱花》含蓄地呼吁男女平等，缺少具体的口号。
② 颐琐：《黄绣球》，第190页。

学校的经费问题有多么重要。与詹熙的教育事业（而不是小说）呼应的是，《黄绣球》呈现了经费在筹办、管理女子学校中的重要性并且说明了经费的重要来源是贵妇的捐款。同样，詹垲的两部小说也认真讨论了办学经费的问题。在《中国新女豪》中，经费由在日女性组织的会员费募集而来；《女子权》中则是由一位丧偶贵妇提供。

　　显然，我们能够发现很多"进程"延续得并不彻底，甚至即使推进得很彻底，结论也只是一个推测，而不是清楚的事实。若我们只留意詹氏兄弟的话，看到的都是相当乏味的相似之处，而当我们把汤宝荣纳入考察，所能看到的就不仅仅是那些。詹氏兄弟的三部改良小说旨在推动改良。在他们看来，笃信"阅读的变革力量"并不能说明什么问题，他们也明显想要与当时的其他小说区别开来。然而，当我们谈到由詹熙提出再（假设）由汤宝荣具体阐述的缠足问题，当我们思考一开始由汤宝荣提出再（假设）由詹垲具体阐述的性别平等问题时，我们对这三个人的关系有了更坚定的判断。汤宝荣和詹垲是熟人的事实足以印证《黄绣球》与《中国新女豪》《女子权》之间的互动。

　　总体来说，这些相似之处让我们有理由相信，汤宝荣、詹熙、詹垲三人相互认识，至少彼此都有所耳闻，而且他们的小说也是有意识地在彼此思想的基础上创作而成的。如果这一推断是正确的，詹熙与詹垲两人作品的联系比我们一开始想象的更为紧密，这些联系并不是显而易见的，他们都受到多方面的影响——其他小说作品、纪实文体（如狭邪笔记）、社会事件（如废除科举制度），但从詹熙到汤宝荣，再从汤宝荣到詹垲的延续关系是颇为牢固的。

继续深入研究这些可能性，就能为我们审视晚清妇女问题小说的演变提供新的视角。詹熙的《花柳深情传》至少完全可以被看作《黄绣球》以及詹垲两部改良小说的先声，有可能也是其他妇女问题小说的先声。这些都是初步但仍具有启发性的发现。

五　母与子

探寻相似之处的第二个方面是父母一代。我们先考虑一个问题：王庆棨可能影响了两个儿子的思想及小说创作。而在将汤宝荣纳入考察后，王庆棨所产生的影响则反映得更为明显。汤宝荣也有一位知书达理的母亲管元翰。1890 年，汤宝荣整理出版了母亲的诗集《鹤麟轩诗存》。[1] 汤宝荣眼里的母亲与王庆棨的母亲形象略有不同。汤宝荣诗集《颐琐室诗》的自序称，管元翰是其蒙师，尽心竭力，只有她生病时才会休息一天，即使在他开始接受学堂教育后，她仍坚持不懈地教育儿子。有人认为圣洁的母教形象可能被夸大了，而且那番说辞很老套。不过管元翰的母教对汤宝荣有改造性意义。而且，看起来汤宝荣父亲长期缺席，但不知原因为何，也不知这种情况于何时开始的。[2] 如果汤父是在其年幼时去世或离家的，那我们可以将汤宝荣的身世与詹家做一粗略比

---

① 汤宝荣编《汤氏家刻》。胡文楷编著的《历代妇女著作考》录有管元翰的作品名录（第 701 页）。

② 《汤氏家刻》收录了汤宝荣及兄弟、母亲的作品，但是未见其父的作品，似乎当时其父已经去世。1890 年，汤宝荣 26 岁，无子。此外，俞樾称管元翰的文集由管元翰的父亲和儿子编订，没有提到丈夫。

较，尽管詹家家境贫弱，但詹嗣曾赴嘉兴任职时家中几个稍长的孩子都已成年，即使离家去外地后，他也并不是完全不在家。

学者俞樾曾分别为汤宝荣和管元翰的诗集作序。在为管元翰所作的序中，他将母教和母亲的影响有趣地联系起来。他评价管元翰的诗"格律老成，气体高妙，得古作者之意，非如他女史之摹拟上官体，从以绮错婉媚为贵者也"。[①] 他继而称赞道："伯繁为人有朴茂美意，其为学亦然。殆其母教乎。"[②] 在俞樾看来，汤宝荣如此优秀一定是深受母教的影响。

我们可能已经发现，将创作晚清妇女问题小说的男性作者一概而论是不对的，因为这里所说的两种母教影响是完全不同的脉络。与管元翰相比，王庆棣没有那么传统、谦逊，这是因为她有自己的抱负，她在自己的诗中抱怨命运，在报刊上发表作品，她关于丧服的言论后来被理解为对改革的呼吁。但是，在这三位"闺秀的儿子"之中，有两位——詹熙和汤宝荣有一个有趣的相似之处，就是二人一开始对缠足的看法，他们认为只有启蒙被缠足的人，这种陋习才能被废止。

前文已经提到，《花柳深情传》完稿的 1897 年，王庆棣的作品仍不时见诸报刊。虽然书中的魏家很像是詹家的缩影，但是魏家的母亲在小说一开始便去世了。小说中的坏人赵姨娘逼迫阿莲缠足，《黄绣球》中女主人公的母亲去世，女主人公在一个待其如丫鬟的亲戚逼迫下缠足。缠足这样一件曾经被视为母教职责，而在晚清改良派眼中被视为陋习的事，在一部关

---

① 俞樾：《〈鹤麟轩诗存〉序》，汤宝荣编《汤氏家刻》。俞樾称管父是个重要人物。

② 俞樾：《〈鹤麟轩诗存〉序》，汤宝荣编《汤氏家刻》。

于缠足的改良小说中被交付给"邪恶"的化身来完成。同一类型的化身也是汤宝荣和詹熙作品的一个共同点。

即使缠足是传统意义上的母职,是否能推断出作者有刻意避免将问题归咎于母亲的意图?当然,作者对母亲的感情可能不是原因,但是两人使用类似的方式将善意的母亲与女主人公的生活保持距离就很能说明问题了。从这一点也可以很明显地看出,汤宝荣借鉴了詹熙小说中的素材。詹垲小说中没有类似的情节设置,因为詹垲小说的时间都远远超出了缠足的年代。

母教的影响还表现在小说都将女主人公设定为上层女性,因而也保证了这些人物能够毫发无损地完成她们的旅行。在《花柳深情传》中,雪花和阿莲逃难途中被歹徒威胁,雪花祈求菩萨;黄绣球希望出现更多紧随时代的罗兰夫人,小说特别突出黄绣球出身书香世家的背景,哪怕(也许正是因为)她被从小领养自己的亲戚当丫鬟使唤。而詹垲的小说强调女主人公的良好出身,而不是外国的楷模人物。虽然在《中国新女豪》中提到了罗兰夫人,但她只是林大节崇拜的偶像,并不是她梦想中一直存在的指引。最后,詹垲在设定女主人公身边的合适人选上十分谨慎,无论是父亲、未婚夫还是丫鬟。这种谨慎是否表露出作者对闺秀在激进的氛围下生存状况的担忧?作为闺秀之子,汤宝荣和詹氏兄弟可能希望读者能明白,他们笔下的女主人公的努力不会导致悲惨或可耻的结局。

关于汤宝荣和詹氏兄弟相似性的讨论暂告一段落,在此我想提醒读者:家庭对小说创作的影响是十分难以捉摸和复杂的,不是一个简单的公式就能概括。至少得包括家人、朋友,它并不是解读小说作品形式的唯一方式。不过,本书涉及的三位小说作者也可以被作为旧式闺秀子女的历史人物来研究,这一点仍然很有趣。三位作者都在不同程度上自承母教，并都创作了晚清妇女问题小说。

以上讨论并没有得出任何无可辩驳的结论，但这些讨论也能提供一些思路。如果未来能够对其他作家作品的研究提供有力的证据支持，这些思路也许能引导我们以一种新的方式来理解王庆棣身后的传承，包括她对詹熙、詹垲的影响——将缠足问题归咎于坏人，以规避母亲在这方面的责任；对小说中女性人物的保护；甚至影响到更大的议题，比如詹氏兄弟不仅在小说中宣扬男女平等，也将这一观念落实到生活的各个方面。最后，我们要考察闺秀自己所接受的现代化，当王庆棣支持男女平等时，郑永祚的母亲在淑德女子小学校担任校长。[1]

六　闺秀之家

有很多方式可以表现从闺秀到现代女性的转变。比如把文学人物和历史人物置于同一类别下——这是完全虚构的。因为我们讨论的焦点是闺秀，不是妓女，因此忽略了像李咏、李采、张宝宝这样的重要妓女。

首先要讨论的四类女性是王庆棣、魏阿莲、詹熙的女儿詹雁来和英娘/贞娘。将此四人放在一起，我们的新发现是：当我们把注意力集中在身体上时，进步性十分明显。王庆棣显然

---

[1]　另一种情况是，闺秀母亲被暂时赋予了现代角色，如由张毓书任主编的《北京女报》，事实上他写的大部分甚至全部作品的署名是张毓书母亲的名字。不久后，张母不再挂名，他完全接管了工作。感谢张赟提供这条信息。姜纬堂：《北京女报》，姜纬堂、刘宁元主编《北京妇女报刊考（1905～1949）》，光明日报出版社，1990，第35～72页。

是缠足的,阿莲自己放足,詹雁来也是自己放足并且担任体育老师,英娘/贞娘则是从未缠过足,而且擅长运动,并在世界级运动比赛中表现不俗,虽然两人的运动才能与后来她们所从事的事业没有太大关系。只有在英娘/贞娘这类人物身上,我们才能看到女性在家庭之外所展现的韧性。

第二项进步是关于私人生活,包括教育、阅读和思想。在论及这些女性的身体时,并没有涉及私人方面的问题。王庆棣为诗而生,她受到传统女性观念的束缚而且让自己的女儿缠足。她为《申报》撰稿,大概也读过《申报》相关的文章。在她的一生中,性别观可以说十分坚定而且有先见之明。在她生命的最后一段时间里,这些观点可能已经延伸到家庭以外的事情上。王庆棣可能比阿莲受过更好的教育,她们都很会写古体诗,而且在绘画上很有天赋。据我们所知,阿莲平时会看家庭账簿和合同,不知道詹雁来平时读什么,但是我们知道,她11岁时读课本,由此收获了巨大的满足感。与阿莲一样,詹雁来不像王庆棣那样受过良好的教育,但她随后学会了在公共领域的生存之道,加入女性组织"女权同盟会"。英娘和贞娘则十分关注海外的动向,每天读报,她们从公民意义的角度阐发自己的观点,贞娘创办的报纸也参与引导公共舆论。这方面的"进步"并不像身体那样明显,但它提供了一种新路径,使局促的闺秀世界迈向更开放、更完整的新兴现代女性世界。

管元翰和黄绣球也代表着这一进程的不同阶段。就我们所能看到的情况而言,管元翰在这一进程中应身居首位。作为一名真正的闺秀,她比王庆棣(看上去)更具有闺秀气质。管元翰缠足,她在阅读和写作方面都十分传统,她的见解也很可能仅围绕家政。黄绣球居于阿莲和詹雁来之间,她和阿莲一样为自己放足，但是她以更开放的心态看待家庭以外的世界，她远比阿莲坚强、有公德心。即使被关进监狱也没有对她造成太大的伤害，相反，这段经历让她更了解自由村的权力结构。她预言了中国会有像詹雁来这样的女性，詹雁来在现代教育和工作上的表现已经远远超越了黄绣球在乡镇的经验。此外，詹雁来的阅读水准远高于黄绣球，随着这一进程的推进，最终就出现了像英娘和贞娘那样的未来的完美女性，她们环游世界，担任国家领导职务。她们必须像黄绣球那样经历磨炼——这种能力可能是从詹垲塑造的名妓那里借鉴来的。两人中，只有英娘有与黄绣球一样的牢狱经历。英娘和贞娘在阅读、写作方面堪称典范，足以让她们能够时刻把握公共事件的动向，获取全世界女性工作的信息。作者正是借这些人物之口疾呼：女人绝不逊于男人，真正有才华的女性，如果真的能够环游世界的话，也会像这样一帆风顺的。

虽然这些小说人物都是虚构的，但她们脚踏实地的进步也使人思考，仅仅几十年的时间，上层女性完成了几重转变——从禁闭家中到环游世界、从持家者到全国瞩目的改良人士、从旧体诗人到现代报刊的作者和读者，她们是如何做到的？她们还进一步强调了了解或塑造她们的男性所具备的进步立场。詹熙、詹垲和汤宝荣都刻画了男女在虚构的未来社会的面貌。

以上一系列设想并不表示晚清所有人都想要把旧式闺秀的价值观延续到 20 世纪。当然一定有迫不及待想要抛弃旧规矩的人。不过，我的观点是，无论他们的意图如何，清末巨变中的一些改良人士（男性和女性）作者继承了他们父母的一些思想，甚至如他们展望的那样，若一个人尝试去做的话，他能够想到闺秀到现代女性的转变。

七　如果他们是女性

　　从我们目前谈到的几点来看，如果詹氏兄弟是女性的话，很可能他们的小说会呈现完全不同的面貌。尽管从这么小的样本里得出的结论似乎太多，但如果带着这个问题比较兄弟俩和王妙如的作品，就会发现进步女性写成的作品有多么不同。先来看《花柳深情传》，它在叙事口吻上与《女狱花》有明显差异，这是由于王妙如小说中的女性人物是旧制度的受害者，并不是客观看待形势的改革人士。身为受害者，王妙如笔下的人物在叙述中混杂着一堆情绪和计划，只有循序渐进才能达成最佳共识。《女狱花》没有像詹熙小说那样细分成缠足、科举、鸦片议题，而是所有的议题都与女性有关。秋瑾未完成的弹词《精卫石》（1905～1907）讲述了女性由众声喧哗到认同一致的过程。我们可以将整体的区别描述为自上而下（全知视角）和自下而上（限知视角）的区别，也可以说是为女性发言的男性作家与赋予女主人公更多自主权的女性作家之间的区别。

　　再来看詹垲，他的改良小说几乎没有涉及作者本人，而且突出女性人物和女性问题。本书第四章我们曾提到，《中国新女豪》和《女子权》有时会被认为是女作家写的。事实上，詹垲的部分文字在用词和叙事口吻上几乎与《女狱花》一样。但是若再细致地翻阅这本小说，就会发现几个很可能是王妙如及其笔下的主人公并不乐见的特点。这些女性不会认同詹垲"立宪优先于女性运动"的立场，尽管詹垲始终真诚地表示不能保障女性权利的立宪仅成功了一半，而且接受女性参政。他认为只有建立立宪制度，女性运动才能展开——例如贞娘在圣彼得堡的会议发言直陈："中国自实行立宪之后，内政外交一切，尚差强人意。惟际此世界女权次第发达之时，独我全国女同胞，还是蜷伏于男子专制之下。"① 只是因为故事发生在40年后，中国终于即将建立立宪制度，这部关于"女子权"的小说才能聚焦女性权利。同样《中国新女豪》的弁言一再重申必须要立宪才能保障女性的权利，将"改良妇女习俗"视为改善中国女性状况的优先条件。很难想象王妙如本人或同时代的秋瑾、张竹君等人会如此筹划女性运动。

　　王妙如以及其他抱有同样想法的女性同样不会接受詹垲"才子佳人"的叙事模式。本书第四章谈到，《女狱花》中的沙雪梅就是被包办婚姻和无能的丈夫所激怒，从而失手杀死了丈夫；甚至比沙雪梅平和得多的许平权也认为合适的伴侣只能订婚，而不是结婚。当然，晚清更为保守的女性读者可能会认可詹垲小说中的自由婚姻，但小说中借鉴自古典小说的"才子佳人"模式，强调"郎才女貌"的美满婚姻，更多抱有激进思想的男女可能会因此拒绝接受詹垲的小说。

　　最后与此相关的是，《女狱花》和《精卫鸟》都不认为女主角必须有未婚夫。在《女狱花》中，沙雪梅不需要伴侣，许平权尽管最后觅得良人，但也是在小说结尾时，且我们知道她在日本就已经认识这位男子。书中没有提到二人在日期间的交往，而且从未有男性在异地指导女性活动——这也是与《中国新女豪》《女子权》不同的一点。至于《精卫石》，女主

---

① 思绮斋：《女子权》，第72页。

人公出国时身旁也没有男性的身影。①

这个反差也引出了一个初步的看法：对比詹氏兄弟，某些女作家对女性制订自己的计划以及管理自身事务的能力表现出更大的信心。詹氏兄弟期待着属于她们的时代到来，他们为女性利益做出了很大的贡献。毕竟，如果没有他们的声援，就没有人能听到像阿莲、英娘/贞娘这样女性的声音。但人们仍然可以认为王妙茹和秋瑾的小说走得更远，尤其是赋予女性角色设定生活中各种事务的优先顺序。

八　最后的几点思考

在最后，我想提出一个问题：为什么要同时研究家庭和小说？家庭是一个极其狭隘的研究范畴，此书的很多方面很明显没有局限在这个框架内。因此，即便没有詹熙、詹垲这一代人的材料，从王庆棣到詹雁来这样女性之间的延续也可以不通过小说，可以理解为一种文风的延续和萌发中的女性新机遇。同样，詹嗣曾和王庆棣为詹熙做了很好的表率，詹熙又给詹麟来、詹雁来做出了表率。就我们对詹垲的了解，他也（很可能）十分支持詹熙某些观点。詹垲的作品让我们感到他应该是一位溺爱侄子、侄女的叔叔，关心哥哥的几个孩子，甚至他也与自己的兄长一样努力推动改革。

正如我们没有通过小说来了解詹家的家族网络一样，我们也没有通过詹家的家庭关系来理解詹熙和詹垲的小说。傅兰雅为《花柳深情传》奠定了写作背景，但梁启超及一些前人的

_____

① 弹词是写给女性看的作品，所以它必然会关注女性人物。

政治小说、妇女问题小说为《中国新女豪》《女子权》提供了经验和写作背景。因此，当我们同时研究家庭和小说时，又认识到了什么？

将小说置于家庭脉络中审视，多方面地充实了我们的见解，以谁的作品为准仍待商榷。以詹熙为例，他虚构的魏家取自詹家在太平天国运动时期的经历，将其做了夸张处理而产生了魏家一家人，并且刻意将魏家的时代设定在清末新政时期，但是结合王庆棣、詹嗣曾的诗，我们就能意识到，太平天国运动对于他们既是劫难，也带来了积极的改革。以詹垲为例，他对男女平等坚定支持的态度多少与其兄长有关，可能也是源于母亲一生的失意，在《女子权》中贞娘不幸的父母身上表现得尤其明显。与此同时，他笔下的女主人公都颇具闺秀气质，不管他自己是否也有这样的偏好，他对这些女性的爱护并且将闺秀的价值观投射到潜在读者身上的做法，都反映了王庆棣的偏好。

詹熙、詹垲的兄弟关系也使我思考另一个问题：为什么这个特殊的家庭会出现两位具有改革思想的小说家？兄弟俩创作小说既和他们的长辈有关，也和他们的长辈无关。詹家的长辈中，母亲教育儿子，男性教育女性，盛行招赘婚姻。詹氏兄弟创作小说也与废除科举考试和新学的影响有关。我提出的这些因果联系只是推测，不是结论，但是这些因果联系在当时确实是罕见的。

谨慎处之是有道理的，但是将詹嗣曾对《红楼梦》的兴趣及詹氏兄弟小说家的身份联系起来，或许也有一定道理，反之也有很多证据足以证明这一点。詹家的这三位男性都是《红楼梦》的热心读者，也许有人会想得更远，认为詹熙、詹垲的女性主义小说间接回应了《红楼梦》中的一个问题——为何年轻女子的命运都如此悲惨。不过这种回应还不够深入，我们既没有证据表明詹嗣曾对《红楼梦》入迷，即使我们知道他很喜欢这部作品，也无法证实他与其子讨论过这方面的问题。此外，清末的时代背景完全可以作为变量考虑。梁启超、傅兰雅和政治小说使当时的小说呈现出与詹嗣曾年代的作品完全不一样的特点。最后，甲午战争战败极大地刺激了兄弟俩的小说创作，战争爆发当年，詹嗣曾去世。两人创作小说的动机几乎与詹嗣曾没有明显的关系，我们将讨论的是一种"断裂"，而不是"延续"。在这方面，我们最好把注意力转移到詹熙、詹垲那一群作家身上，而不是詹嗣曾这一代人。

当我们以家庭为中心，将詹熙、詹垲的原型女性主义倾向与王庆棣未实现的梦想联系起来时，情况就大不一样了。这里我们应该停下来问一句：王庆棣的梦想有多长远？她在不幸中写下的那些排遣苦闷的诗歌难道有先见之明？还是说我们能从中发现王庆棣超前的批判精神？确实能看到一些迹象，但是批判精神似乎最为强烈，尤其表现在她强烈的企图心和婚姻后期明显的失望心情。当我们想到詹熙帮助王庆棣刊发作品且詹嗣曾并没有阻拦这件事时，我们的推断就更加确定了。无论王庆棣是否用白话文抒发郁闷，她无法排解的挫败感促使兄弟俩带头帮助女性，比如詹熙勇敢面对办学时的流言蜚语，而詹垲在其小说中也强烈支持女性权益——尽管是在 40 年后。詹垲引领女性事务的行为很可能也和家庭有关，很显然有詹熙的影响，但也与詹嗣曾、王庆棣有关。

将各种题材作品对照，也能看出其他相似之处。正如一开始指出的，我们的证据有很多漏洞，但晚清小说的作者很少有像詹熙、詹垲这样保留有丰富的背景资料。尤其是当我们结合他们的生平经历，比较他们不同类型的作品时，我们对其小说有了更深入的理解。对比《衢州奇祸记》，可以看出詹熙小说的理想化倾向。詹垲的乌托邦写作不仅借鉴了梁启超、日本政治小说，也受到他身为社论作者立场的影响。而且，当詹垲同时创作不同类型的女性题材作品时，可以看出妓女的韧性和爱国精神同样在英娘和贞娘身上展现。最后，詹氏兄弟的生平经历也有一个有趣的共同点。大多数情况下他们差别甚大，但在一些关键领域又十分紧密。詹氏兄弟让我们看到了更多机会——当然也可能有更多的障碍和陷阱，等待着清末研究领域的青年才俊。

从詹氏兄弟二人的交集可得出三点主要结论。第一，家庭的影响能够解释两人在性别问题上的一些观点。最主要的影响是，王庆棣（关于服丧的言论）、詹熙（办学）、詹垲（改良小说）都呼吁性别平等，至少（王庆棣）表达的是类似的内容。同理，三人的态度也说明，母子都将女性的潜能与男性等同视之。詹嗣曾对王庆棣发表作品的支持，他与支持女性的男性的交情也影响了詹熙和詹垲。必须谨慎看待这些相似之处，还有很多需要考虑的因素，但是家族观念是最主要的原因。第二，兄弟二人对立宪、天足、职业教育、妓女、小说的关注使我们能很好地将二人联系在一起。第三，一些证据可以补充我们对詹家家族网的认识。这里的"一些证据"就是汤宝荣，将汤宝荣纳入考察，我们更有理由相信，这对兄弟紧密相连，而且提供了新的视角来检视闺秀母亲对小说家儿子思想上的影响。

　　分布在图书馆、地方志和其他晚清文献中的历史资料对本书意义重大，它们记录了詹嗣曾、王庆棣、詹熙、詹垲的生平和著作。若没有这些文献，本书对逐渐自成体系的晚清研究就毫无助益。基于这些丰富的文献资料，在巨变的时代背景下对詹家进行整体研究，因此作品有了家庭的意义，小说有了特定的语境，得以呈现出一幅生动的晚清图景。

附录：王庆棣、詹嗣曾、詹熙、詹垲主要作品

王庆棣

《织云楼诗草》，刊本，衢州博物馆藏。

《织云楼诗词》，2010 年浙江衢州诗词学会编。除了无法区分作品分册外，这一版本内容与《织云楼诗词集》完全相同。我有时会用这个版本核对抄本。

《织云楼诗词集》，由王庆棣后代手抄而成，1984，衢州博物馆藏。这一版本以 1857 年为期，将王庆棣诗作分为前后两部分，另一部分是词作，一共收有 150 首诗词作品。我在注释中提到的"第一编""第二编""词"，分别指这三个部分。这一版本正是我研究所用的主要文本。

詹嗣曾

《扫云仙馆诗钞》1862 年杭州刊本，上海图书馆、浙江省图书馆有藏。

《扫云仙馆诗钞》，未刊本，首都图书馆藏。

说明：1. 以上所列版本为同名四卷本。这两个版本都是我采用的研究文本。

2. 刊本由詹嗣曾的朋友周世滋资助出版,所收作品时间跨度为 1848～1861 年。刊本与周世滋本人的诗集《淡永山窗诗集》样式相符,《淡永山窗诗集》同样出版于 1862 年,中国国家图书馆、浙江省图书馆有藏。1861 年,文集出版前一年,詹、周二人决定使用相似的封面。詹氏同治年间的诗集可能仍存。周世滋很可能资助詹嗣曾刊刻了一部类似王庆棣诗集那样的作品集,但是相关的文本都已佚。

3. 未刊本保存的作品时间跨度为 1873～1887 年。与 1862 年刊本相比,它显得相当杂乱,注解体例不一,夹杂了很多修订用的纸条。这些情况都表明,该版本是作者本人或亲友整理的稿本。很有可能文中的笔迹也是詹嗣曾本人的。尽管该稿本看上去杂乱无章,但收录的诗作都标注了日期,并按时间排序。由于未刊本没有标页码,我为它标了页码。这部稿本据称有四卷,但部分卷与卷之间的分界并不是很清楚(仅第二卷和第三卷有明确的分卷标识)。

4. 很可能有另一部作品收录了 1861～1873 年的诗歌,若真的存在这么一部诗集的话,它也已佚。

詹熙

《花柳深情传》32 回,署名为"绿意轩主人"。根据樽本照雄的记录,有 1897 年、1901 年、1908 年版本(共两版)。现代印刷本有 1992 年出版的北京师范大学出版社版本,我使用的是这个版本。该书有时被称为《醒世新编》,这是书中第 32 回提到的,但是我从未看到有任何版本用了此名。

《除三害》,署名为"萧鲁甫",1899 年上海广益书局出版。根据樽本照雄的记录,有 1899 年、1918 年和 1935 年三个版本。

《衢州奇祸记》,署名为"绿意轩主人"(刘兆祐主编《中国史学丛书三编》第 1 辑,台湾学生书局,1986,第 76～191 页),有 1901 年稿本存世。我使用了此稿本,由于该版本没有标页码,我为它标了页码。

詹垲

小说

《中国新女豪》16 回，署名为"思绮斋满隐"，1907 年上海集成图书公司出版，上海图书馆、浙江省图书馆、四川省图书馆有藏。后有《广益丛报》重印本。没有现代印刷本。我使用的是藏于上海图书馆的 1907 年版。

《女子权》12 回，署名为"思绮斋"，1907 年上海铸新社出版。初版现藏上海图书馆。现代印刷本有 1996 年百花洲文艺出版社版本，收入《中国近代小说大系》第 38 辑。我使用的是 1907 年版。

《碧海珠》，署名为"思绮斋"，1907 年京师书业公司出版，浙江省图书馆有藏。现代印刷本有 1996 年百花洲文艺出版社版本，收入《中国近代小说大系》（第 38 辑），我使用的是 1996 年重印的版本。

狭邪笔记

《柔乡韵史》，署名为"衢州幸楼主人詹垲"，最早发表于上海《寓言报》（1898），正式出版于 1901 年。我在复旦大学图书馆和北京大学图书馆查阅了相关版本。复旦大学藏本时间较早，但没有第 101 页的作者画像，北京大学图书馆藏本则有。早期版本都没有插图。

《柔乡韵史》修订版 1907 年由上海的文艺消遣所出版，后有 1914 年、1915 年和 1917 年版本。每个版本均有插图，但不尽相同。

说明："1898 年版"是我最常使用的版本，它的序言标有出版时间 1898 年，北京大学图书馆藏；"1907 年版本"我使用的是修订版，1917 年文艺消遣所再版，上海图书馆有藏。

《花史》，署名为"衢州詹垲紫蕖幸楼主人"，1907 年上海铸新社出版，此版为 1906 年初版的再版。

《花史续编》，署名为"思绮斋"，1907 年商务印书馆出版。

说明：以上两部作品的合订本浙江省图书馆有藏。合订本由常州日新书庄出版，出版时间标为 1907 年。此版本将铸新社版《花史》和商务印书馆版《花史续编》合为一本。《花史》1907 年的单行本再版，由上海文宝书局出版，美国国会图书馆有藏。首都图书馆藏有 1908 年上海时中书局出版的《花史》，应为月月小说社版的重印本。月月小说社版很可能是 1906 年最早的两个单行本版本之一。我使用的是浙江省图书馆藏的合订本。

合著

李明智、詹垲：《全球进化史列传》，署名为"浙东詹垲紫蕖"，1904 年上海启明书局出版，首都图书馆有藏。

参考文献

史料

蔡尚思、方行编《谭嗣同全集》增订本,中华书局,1981。

曹雪芹:《红楼梦》,人民出版社,1972。

高平叔编《蔡元培教育论著选》,人民教育出版社,1991。

顾廷龙主编《清代硃卷集成》,成文出版社,1992。

管元翰:《鹤麟轩诗存》,汤宝荣编《汤氏家刻》,1890 年刻本,苏州图书馆藏。

光绪《嘉兴府志》,上海书店出版社 1994 年影印。

会林等编《夏衍研究资料》,中国戏剧出版社,1983。

海天独啸子:《女娲石》,《中国近代小说大系》第 25 辑,百花洲文艺出版社,1993。

红杏词人:《客中异闻录》,1897 年本,中国国家图书馆藏。

胡文楷编著《历代妇女著作考》,上海古籍出版社,1985。

胡文楷编著《历代妇女著作考》增订本,张宏生增订,上海古籍出版社,2008。

《皇朝经世文五编》,文海出版社,1987。

黄式权:《淞南梦影录》,上海古籍出版社,1989。

黄遵宪:《人境庐诗草笺注》,上海古籍出版社,1981。

李明智、詹垲:《全球进化史列传》,启明书局,1904。

李又宁:《重刊〈中国新女界〉杂志》,幼狮文化事业公司,1977。

李又宁、张玉法编《近代中国女权运动史料》,传记文学社,1975。

梁德绳:《古春轩诗钞》,许宗彦:《鉴止水斋集》,1819 年本,哈佛 – 燕京图书馆藏。

梁令娴钞《艺蘅馆词选》,中华书局,1935。

梁启超:《梁启超全集》,北京出版社,1999。

梁启超:《新中国未来记》,陆士谔:《新中国》,中国友谊出版公司,2010。

梁启超:《饮冰室诗话》,上海书局,1910。

林纾:《畏庐文集》,商务印书馆,1910。

绿意轩主人(詹熙):《花柳深情传》,1897 年春江书画社本,哈佛 – 燕京图书馆藏。

绿意轩主人(詹熙):《花柳深情传》,白荔点校,北京师范大学出版社,1992。

绿意轩主人(詹熙):《衢州奇祸记》,刘兆祐主编《中国史学丛书三编》第 1 辑,台湾学生书局,1986。

末广铁肠:《雪中梅》,熊垓译,1903。

潘素心:《不栉吟》,1808 年本,哈佛 – 燕京图书馆藏。

潘素心:《不栉吟续编》,1808 年本,哈佛 – 燕京图书馆藏。

潘素心:《琅嬛别馆》,1844 年本,哈佛 – 燕京图书馆藏。

秋瑾:《秋瑾先烈文集》,中国国民党中央委员会,1982。

单士厘:《癸卯旅行记》《归潜记》,钟叔河编《走向世界丛书》,湖南人民出版社,1981。

伤心人:《铸错记》,《新世界小说社报》第 7 期,1906 年。

施耐庵、罗贯中:《水浒全传》,万年青书店,1971。

思绮斋(詹垲):《花史续编》,商务印书馆,1907。

思绮斋(詹垲):《女子权》,铸新社,1907。

思绮斋蘋隐：《中国新女豪》，上海集成图书公司，1907。

司马迁：《史记》，北京图书馆出版社，2006。

司香旧尉（邹弢）：《海上尘天影》，古本小说集成，上海古籍出版社，1992。

王静悦、张玉春主编《中国古代民俗》（一），黑龙江人民出版社，2004。

王妙如：《女狱花》，《中国近代小说大系》第64辑，百花洲文艺出版社，1993。

王庆棣：《织云楼诗词》，浙江衢州诗词学会，2010。

王庆棣：《织云楼诗草》，1857年本，衢州博物馆藏。

王庆棣：《织云楼诗词集》，1984年抄本，衢州博物馆藏。

王韬：《淞隐漫录》，人民文学出版社，1983。

魏绍昌编《李伯元研究资料》，上海古籍出版社，1980。

吴趼人：《新石头记》，中州古籍出版社，1986。

萧鲁甫（詹熙）：《除三害》，广益书局，1899。

徐珂辑《天苏阁丛刊》，《丛书集成续编·集部》第161册，上海书店出版社，1994。

薛正兴主编《李伯元全集》，江苏古籍出版社，1997。

颐琐（汤宝荣）：《黄绣球》，曹玉校点，中州古籍出版社，1987。

颐琐（汤宝荣）：《颐琐室诗》，汤宝荣编《汤氏家刻》，1890年刻本，苏州图书馆藏。

颐琐（汤宝荣）：《颐琐室主操作润例》，《寓言报》第1期，1901年10月。

余怀：《板桥杂记》，中央书店，1936。

余绍宋：《龙游县志》，京城印书局，1925。

俞达：《青楼梦》，印刷工业出版社，2001。

俞樾：《〈鹤麟轩诗存〉序》，汤宝荣编《汤氏家刻》，1890年刻本，苏州图书馆藏。

俞樾:《〈颐琐室诗〉序》，汤宝荣编《汤氏家刻》，1890 年刻本，苏州图书馆藏。

袁枚:《随园全集》，文明书局，1918。

恽珠辑《国朝闺秀正始集》，红香馆 1831 年刻本，哈佛－燕京图书馆藏。

詹垲:《碧海珠》，《中国近代小说大系》第 38 辑，百花洲文艺出版社，1996。

詹垲:《古今中外通商源流考》，《通商说》附录，《皇朝经世文五编》卷 18，文海出版社，1987。

詹垲:《花史》，铸新社，1907。

詹垲:《柔乡韵史》，《寓言报》，1898。

詹垲:《柔乡韵史》，文艺消遣所，1917。

詹垲:《〈商务报〉缘起之故》，《皇朝经世文五编》卷 22，文海出版社，1987。

詹垲:《通商说》，《皇朝经世文五编》卷 18，文海出版社，1987。

詹垲:《英吉利与法国通商源流考》，《通商说》附录，《皇朝经世文五编》卷 18，文海出版社，1987。

詹麟来:《日英同盟之将来》，《东方杂志》第 8 期，1911 年 2 月 25 日。

詹麟来等:《衢州不缠足会简章》，《东浙杂志》第 1 期，1904 年 3 月。

詹嗣曾:《扫云仙馆诗钞》，1862 年本，上海图书馆、浙江省图书馆藏。

詹嗣曾:《扫云仙馆诗钞》，未刊本，首都图书馆藏。

詹熙:《苦雉歌》，《游戏报》1897 年 8 月 17 日。

詹熙:《杨月琴词史传》，《游戏报》1897 年 10 月 5 日。

詹熙:《赵清献公年谱》，郑永禧:《衢县志》第 14 卷，1926，上海书店出版社 1993 年影印。

詹雁来:《论住家在教育上宜以分居为必要》，《妇女杂志》第 2 卷第 1 号，1916 年。

詹雁来:《衢州女学谈》，《妇女杂志》第 1 卷第 11 号，1915 年。

詹雁来:《中国妇女欲争到男女平等的根本问题》，《时兆月报》第 21 卷第 1 期，1926 年。

张兵主编《五百种明清小说博览》，上海辞书出版社，2005。

张乙庐：《海上尘影录》，《金刚钻月刊》第 1 卷第 8 集，1934 年。

张耘田、陈巍主编《苏州民国艺文志》，广陵书社，2005。

章开沅等主编《辛亥革命史资料新编》(1)，湖北人民出版社，2007。

郑永禧：《衢县志》，1926，上海书店出版社 1993 年影印。

中国第一历史档案馆、福建师范大学历史系编《清末教案》第 3 册，中
　华书局，1998。

中华民国史事纪要编辑委员会编《中华民国史事纪要初编》，中央文物
　供应社，1971。

中华全国妇女联合会妇女运动历史研究室编《中国近代妇女运动历史资
　料》，中国妇女出版社，1981。

中华全国妇女联合会妇女运动历史研究室编《中国妇女运动历史资料
　(1840 ~ 1918)》，新华书店，1991。

周国贤：《诗话》，《妇女时报》第 6 期，1912 年。

周世滋：《淡永山窗诗集》，1862 年本，中国国家图书馆、浙江省图书馆藏。

邹弢：《三借庐集》，《清代诗文集汇编》第 773 册，上海古籍出版社，
　2010。

邹弢：《推广算学议》，上海《商务报》第 23 期，1897 年 4 月 3 日。

伊藤整等編『政治小説集』講談社、1965。

末広鐵腸『雪中梅』、1886。

末広鐵腸「雪中梅序」柳田泉編『明治政治小説集』筑摩書房、1996 –
　1997。

Broomhall, Marshall. *Martyred Missionaries of the China Inland Mission, with a
　Record of the Perils and Sufferings of Some Who Escaped.* Toronto: China Inland
　Mission, 1901.

Forsyth, Robert Coventry. *The China Martyrs of 1900: A Complete Roll of the
　Christian Heroes Martyred in China in 1900, with Narratives of Survivors.* New

York: Fleming H. Revell Company, 1904.

Stowe, Harriet B. *Uncle Tom's Cabin*, *Or Life among the Lowly*. New York: Viking, 1982 [1852].

Stuart, John Leighton. *Fifty Years in China*: *The Memoirs of John Leighton Stuart*, *Missionary and Ambassador*. New York: Random House, 1954.

报刊

《东方杂志》《东浙杂志》《汉口中西报》《商务报》《寓言报》

著作

阿英:《阿英文集》,三联书店,1981。

阿英:《晚清小说史》,东方出版社,1996。

曹聚仁:《上海春秋》,曹雷、曹宪镛编,上海人民出版社,1996。

陈平原等:《教育:知识生产与文学传播》,安徽教育出版社,2007。

陈平原:《小说史:理论与实践》,北京大学出版社,2010。

陈文良主编《北京传统文化便览》,北京燕山出版社,1992。

陈无我:《老上海三十年见闻录》,上海书店出版社,1997。

方汉奇主编《中国新闻事业编年史》,福建人民出版社,2000。

侯忠义、刘士林:《中国文言小说史稿》下册,北京大学出版社,1993。

胡晓真:《才女彻夜未眠:近代中国女性叙事文学的兴起》,麦田出版,2003。

黄锦珠:《晚清小说中的"新女性"研究》,文津出版社,1989。

李长莉编《近代中国社会文化变迁录》第1卷,浙江人民出版社,1998。

刘咏聪:《才德相辉:中国女性的治学与课子》,三联书店(香港)有限公司,2015。

刘纳编著《吕碧城评传·作品选》，中国文史出版社，1998。

吕美颐、郑永福：《中国妇女运动（1840~1921）》，河南人民出版社，1990。

任百强：《小说名家吴趼人》，广东人民出版社，1996。

王中秀等编著《近现代金石书画家润例》，上海画报出版社，2004。

夏晓虹：《晚清文人妇女观》，作家出版社，1995。

夏晓虹：《晚清女性与近代中国》，北京大学出版社，2004。

萧志华、严昌洪主编《武汉掌故》，武汉出版社，1994。

熊月之：《西学东渐与晚清社会》，上海人民出版社，1994。

徐映璞：《两浙史事丛稿》，浙江古籍出版社，1988。

袁进：《中国小说的近代变革》，中国社会科学出版社，1992。

左鹏军：《晚清民国传奇杂剧史稿》，广东人民出版社，2009。

合山究『明清時代の女性と文学』汲古書院、2006。

Borthwick, Sally. *Educational and Social Change in China: The Beginnings of the Modern Era.* Stanford: Hoover Press Publications, 1983.

Cohen, Paul. *Between Tradition and Modernity: Wang Tao and Reform in Late Ch'ing China.* Cambridge, MA: Council on East Asian Studies, Harvard University, 1987.

Cohen, Paul. *History in Three Keys: The Boxers as Event, Experience, and Myth.* New York: Columbia University Press, 1997.

Des Forges, Alexander. *Mediasphere Shanghai: The Aesthetics of Cultural Production.* Honolulu: University of Hawai'i Press, 2007.

Dolezelova-Velingerova, Milena. *The Chinese Novel at the Turn of the Century.* Toronto: University of Toronto Press, 1980.

Dooling, Amy D., and Kristina M. Torgeson. *Writing Women in Modern China: An Anthology of Women's Literature from the Early Twentieth Century.* New York: Columbia University Press, 1998.

Duara, Prasenjit. *Rescuing History from the Nation: Questioning Narratives of*

Modern China. Chicago: University of Chicago Press, 1995.

Edwards, Louise. *Gender, Politics, and Democracy*. Stanford: Stanford University Press, 2008.

Elman, Benjamin. *A Cultural History of Civil Examinations in Late Imperial China*. Berkeley: University of California Press, 2000.

Esherick, Joseph W. *Ancestral Leaves: A Family Journey through Chinese History*. Berkeley: University of California Press, 2011.

Esherick, Joseph W. *Reform and Revolution in China: The 1911 Revolution in Hunan and Hubei*. Berkeley: University of California Press, 1976.

Fong, Grace S. *Herself an Author: Gender, Agency, and Writing in Late Imperial China*. Honolulu: University of Hawai'i Press, 2008.

Fong, Grace S. , and Ellen Widmer, eds. *The Inner Chambers and Beyond: Women Writers from Ming through Qing*. Leiden: Brill, 2010.

Hanan, Patrick. *Chinese Fiction of the Nineteenth and Early Twentieth Centuries: Essays by Patrick Hanan*. New York: Columbia University Press, 2004.

Hershatter, Gail. *Dangerous Pleasures: Prostitution and Modernity in Twentieth-Century Shanghai*. Berkeley: University of California Press, 1997.

Hsiung Ping-chen. *A Tender Voyage: Children and Childhood in Late Imperial China*. Stanford: Stanford University Press, 2005.

Hu Ying. *Tales of Translation: Composing the New Woman in China, 1899 – 1918*. Stanford: Stanford University Press, 2000.

Hucker, Charles O. *A Dictionary of Official Titles in Imperial China*. Stanford: Stanford University Press, 1985.

Huters, Theodore. *Bringing the World Home: Appropriating the West in Late Qing and Early Republican China*. Honolulu: University of Hawai'i Press, 2005.

Judge, Joan. *The Precious Raft of History: The Past, the West, and the Woman Question in China*. Stanford: Stanford University Press, 2008.

Judge, Joan. *Print and Politics: "Shibao" and the Culture of Reform in Late Qing*

China. Stanford: Stanford University Press, 1996.

Keenan, Barry. *Imperial China's Last Classical Academies: Social Change in the Lower Yangzi, 1864 - 1911*. Berkeley: Institute for East Asian Studies, 1994.

Ko, Dorothy. *Cinderella's Sisters: A Revisionist History of Footbinding*. Berkeley: University of California Press, 2005.

Ko, Dorothy. *Teachers of the Inner Chambers: Women and Culture in Seventeenth-Century China*. Stanford: Stanford University Press, 1994.

Lee Haiyan. *Revolution of the Heart: A Genealogy of Love in China, 1900 - 1950*. Stanford: Stanford University Press, 2007.

Link, Perry. *Mandarin Ducks and Butterflies: Popular Fiction in Early Twentieth-Century Chinese Cities*. Berkeley: University of California Press, 1981.

Liu, Lydia H. *Translingual Practice: Literature, National Culture, and Translated Modernity-China, 1900 - 37*. Stanford: Stanford University Press, 1995.

Liu, Lydia H., Rebecca E. Karl, and Dorothy Ko, eds. *The Birth of Chinese Feminism: Essential Texts in Transnational Theory*. New York: Columbia University Press, 2013.

Mann, Susan. *Precious Records: Women in China's Long Eighteenth Century*. Stanford: Stanford University Press, 1997.

Mann, Susan. *The Talented Women of the Zhang Family*. Berkeley: University of California Press, 2007.

McMahon, Keith. *The Fall of the God of Money: Opium Smoking in Nineteenth-Century China*. Lanham: Rowman and Littlefield, 2002.

McMahon, Keith. *Misers, Shrews, and Polygamists: Sexuality and Male-Female Relations in Eighteenth-Century China*. Durham: Duke University Press, 1995.

McMahon, Keith. *Polygamy and Sublime Passion: Sexuality in China on the Verge of Modernity*. Honolulu: University of Hawai'i Press, 2010.

306 / 小说之家

Mittler, Barbara. *A Newspaper for China?*: *Power, Identity, and Change in Shanghai's NewsMedia, 1872 – 1912.* Cambridge, MA: Harvard University Asia Center, 2004.

Ono Kazuko. *Chinese Women in a Century of Revolution.* Edited by Joshua A. Fogel. Stanford: Stanford University Press, 1989.

Qian, Nanxiu, Grace S. Fong, and Richard J. Smith, eds. *Different Worlds of Discourse*: *Transformations of Gender and Genre in Late Qing and Early Republican China.* Leiden: Brill, 2008.

Rankin, Mary. *Elite Activism and Political Transformation in China*: *Zhejiang Province, 1865 – 1911.* Stanford: Stanford University Press, 1986.

Roberts, Claire. *Exposures*: *Photography and China*, London: Reaktion books, 2013.

Rojas, Carlos. *The Naked Gaze*: *Reflections on Chinese Modernity.* Cambridge, MA: Harvard University Asia Center, 2008.

Rolston, David. *How to Read the Chinese Novel.* Princeton: Princeton University Press, 1990.

Schmidt. J. D. *Harmony Garden*: *The Life, Literary Criticism, and Poetry of Yuan Mei.* London: Routledge Curzon, 2003.

Spence, Jonathan. *The Search for Modern China.* New York: Norton, 1990.

Spencer, Herbert. *The Principles of Ethics.* Indianapolis: Liberty Classics, 1898.

Starr, Chloe F. *Red-Light Novels of the Late Qing.* Leiden: Brill, 2007.

Tian, Xiaofei. *Visionary Journeys*: *Travel Writings from Early Medieval and Nineteenth-Century China.* Cambridge, MA: Harvard University Asia Center, 2011.

Waley, Arthur. *Yuan Mei*: *Eighteenth-Century Chinese Poet.* Stanford: Stanford University Press, 1957.

Wang, David Der-wei. *Fin-de-siècle Splendor*: *Repressed Modernities of Late Qing Fiction,1848 – 1911.* Stanford: Stanford University Press, 1997.

Wang, Zheng. *Women in the Chinese Enlightenment: Oral and Textual Histories.* Berkeley: University of California Press, 1999.

Wilkinson, Endymion. *Chinese History, A Manual, Revised and Enlarged.* Cambridge, MA: Harvard University Asia Center, 2000.

Wu, Shengqing. *Modern Archaics: Continuity and Innovation in the Chinese Lyric Tradition, 1900-1937.* Cambridge, MA: Harvard University Asia Center, 2013.

Yeh, Catherine Vance. *The Chinese Political Novel: Migration of a World Genre.* Cambridge, MA: Harvard University Asia Center, 2015.

Yeh, Catherine Vance. *Shanghai Love: Courtesans, Intellectuals, and Entertainment Culture, 1850-1910.* Seattle: University of Washington Press, 2007.

Yeh, Wen-hsin. *Shanghai Splendor: Economic Sentiments and the Making of Modern China, 1843-1949.* Berkeley: University of California Press, 2007.

Zamperini, Paola. *Lost Bodies: Prostitution and Masculinity in Chinese Fiction.* Leiden: Brill, 2010.

Zimmer, Thomas. *Der chinesische Roman der ausgehendenKaiserzeit.* Munich: K. G. Saur Verlag, 2002.

论文

陈力卫:《日本政治小说〈雪中梅〉的中文翻译与新词传播》,《东亚人文》第 1 期,三联书店,2008。

方豪:《英敛之先生创办〈大公报〉的经过》,《中华民国史事纪要初编》,"中央文物供应社",1971。

方文伟:《衢县淑德女子小学校》,《衢州文史资料》第 7 辑,浙江人民出版社,1989。

郭长海:《〈黄绣球〉的作者颐琐考》,《社会科学战线》1993 年第 4 期。

郭道平：《被讲述的历史：庚子衢州事件中的吴德潇被戕案》，《现代中国》2012年第1期。

胡香生：《报人、报业与辛亥革命》，《湖北文史资料》总第48辑，1996。

黄吉士：《鞠育后人勤耕砚田的徐映璞》，《衢县文史资料》第4辑，1991。

姜纬堂：《北京女报》，姜纬堂、刘宁元主编《北京妇女报刊考（1905～1949）》，光明日报出版社，1990。

廖元中：《昔日衢州的报纸和报人》，《衢州文史资料》第22辑，2001。

钱琬薇：《失落与缅怀：邹弢及其〈海上尘天影〉研究》，硕士学位论文，政治大学，2006。

吴晓峰：《〈黄绣球〉的作者颐琐考》，吴晓峰主编《中国近代文学史证：郭长海学术文集》，吉林人民出版社，2005。

夏晓虹：《〈世界古今名妇鉴〉与晚清外国女杰传》，《北京大学学报（哲学社会科学版）》2009年第2期。

小岛淑男：《清末民国初期浙江留日学生之动向》，王勇主编《中国江南：寻绎日本文化的源流》，当代中国出版社，1996。

詹家骏：《詹熙、詹麟来事略》，《衢县文史资料》第2辑，1989。

张篁溪：《沈祖燕、赵尔巽书信中所述清末湘籍留东学生的革命生活》，《湖南历史材料》第1辑，湖南人民出版社，1959。

赵毅衡：《中国的未来小说》，《花城》第1期，花城出版社，2000。

魏爱莲著·赵颖之译「思绮斋的身分」『清末小説から』第108期、2013。

吳佩珍「永井荷風と紅楼夢の関係前史」『筑波大学地域研究』第18期、2000。

柳田泉「末広鉄腸の著作について」柳田泉編『明治政治小説集』筑摩書房、1996-1997。

Chang, Kang-I Sun. "Ming-Qing Women Poets and the Notions of 'Talent' and Morality," in Theodore Huters, R. Bin Wong, and Pauline Yu, eds. , *Culture and State in Chinese History: Conventions, Accommodations, and Critiques.* Stanford: Stanford University Press, 1997.

Des Forges, Alexander. "From Source Text to 'Reality Observed': The Creation of the 'Author' in Nineteenth-Century Chinese Vernacular Fiction," *Chinese Literature: Essays, Articles, Reviews* 22 (Dec. 2000): 67–84.

Des Forges, Alexander. "The Uses of Fiction: Liang Qichao and His Contemporaries," in Joshua Mostow, ed. , *The Columbia Companion to Modern East Asian Literature.* New York: Columbia University Press, 2003.

Dooling, Amy D. "Revolution in Reading and Writing: Women, Texts, and the Late Qing Feminist Imagination," Unpublished ms.

Eyferth, Jacob. "Women's Work and the Politics of Homespun in Socialist China," *International Review of Social History*, vol. 55, no. 4 (December 2012): 1–27.

Feldman, Horace Z. "The Meiji Political Novel: A Brief Survey," *The Far Eastern Quarterly*, vol. 9, no. 3 (May 1950): 245–255.

Fong, Grace S. "Alternative Modernities, Or a Classical Woman of Modern China: The Challenging Trajectory of Lü Bicheng's (1883–1943) Life and Song Lyrics," *Nan Nü: Men, Women, and Gender in China*, vol. 6, no. 4 (2004): 12–59.

Hanan, Patrick. "The Missionary Novels of Nineteenth-Century China," in *Chinese Fiction of the Nineteenth and Early Twentieth Centuries: Essays by Patrick Hanan.* NewYork: Columbia University Press, 2004.

Hanan, Patrick. "The New Novel before the New Novel: John Fryer's Fiction Contest," in Judith T. Zeitlin and Lydia Liu, eds. , *Writing and Materiality in China: Essays in Honor of Patrick Hanan.* Cambridge, MA: Harvard University Asia Center, 2003.

Hill, Christopher. "How to Write a Second Restoration: The Political Novel and Meiji Historiography," *Journal of Japanese Studies*, vol. 33, no. 2 (2007): 337 - 356.

Hill, Joshua B. "Voting as a Rite: Changing Ideas of Elections in Early Twentieth Century China," Ph. D. dissertation, Harvard University, 2011.

Hou, Sharon Shi-juan. "Women's Literature," in William H. Nienhauser, ed., *The Indiana Companion to Traditional Chinese Literature*. Bloomington: Indiana University Press, 1986.

Hsiung Ping-chen. "Constructed Emotions: The Bond between Mothers and Sons in Late Imperial China," *Late Imperial China*, vol. 15, no. 1 (June 1994): 87 - 117.

Hu Ying. "Late Qing Fiction," in Joshua Mostow, ed., *The Columbia Companion to Modern East Asian Literature*. New York: Columbia University Press, 2003.

Iwamoto Yoshio. "Suehiro Tetchô: a Meiji Political Novelist," in Edmund Skrzypczak, ed., *Japan's Modern Century: A Special Issue of Monumenta Nipponica prepared in Celebration of the Centennial of the Meiji Restoration*. Sophia University Press, 1968.

Janku, Andrea. "The Uses of Genres in the Chinese Press from the Late Qing to the Early Republican Period," in Cynthia Brokaw and Christopher A. Reed, ed., *From Woodblocks to the Internet: Chinese Publishing and PrintCulture in Transition, circa 1800 to 2008*. Leiden: Brill, 2010.

Judge, Joan. "Reforming the Feminine: Female Literacy and the Legacy of 1898," in Rebecca E. Karl and Peter Zarrow, eds., *Rethinking the 1898 Reform Period: Political and Cultural Change in Late Qing China*. Cambridge, MA: Harvard University Asia Center, 2002.

Judge, Joan. "Talent, Virtue, and the Nation: Chinese Nationalisms and Female Subjectivity in the Early Twentieth Century," *The American Historical Review*, vol. 106, no. 3 (June 2001): 765 - 803.

Karl, Rebecca E. "'Slavery' Citizenship and Gender in Late Qing China's Global Context," in Rebecca Karl and Peter Zarrow, eds. , *Rethinking the 1898 Reform Period: Political and Cultural Change in Late Qing China*. Cambridge, MA: Harvard East Asia Monographs, 2002.

Kurita, Kyoko. "Meiji Japan's Y23 Crisis and the Discovery of the Future: Suehiro Tetchô's Nijûsan-nen miraiki," *Harvard Journal of Asiatic Studies*, vol. 60, no. 1 (June 2000): 5 – 34.

Lai, Yu-chih. "Surreptitious Appropriation: Ren Bonian (1840 – 1895) and Japanese Culture in Shanghai, 1842 – 1895," Ph. D. dissertation, Yale University, 2005.

Lu Weijing. "Uxorilocal Marriage among Qing Literati," *Late Imperial China*, vol. 12, no. 2 (1998): 64 – 110.

Mann, Susan. "Dowry, Wealth, and Wifely Virtue in Mid-Qing Gentry Households," *Late Imperial China*, vol. 29, no. 1 (2008): pp. 64 – 76.

Mann, Susan. "The Lady and the State: Women's Writings in Times of Trouble during the Nineteenth Century," in Grace Fong and Ellen Widmer, eds. , *The Inner Quarters and Beyond: Women Writers from Ming to Qing*. Leiden: Brill, 2010.

Qian, Nanxiu. "The Mother *Nü xuebao* versus the Daughter *Nü xuebao*: Generational Differences between 1898 and 1902 Women Reformers," in Nanxiu Qian, Grace S. Fong, and Richard J. Smith, eds. , *Different Worlds of Discourse: Transformations of Gender and Genre in Late Qing and Early Republican China*. Leiden: Brill, 2008.

Qian, Nanxiu. "Revitalizing the Xianyuan (Worthy Ladies) Tradition: Women in the 1898 Reforms," *Modern China*, vol. 29, no. 4 (Oct. 2003): 399 – 454.

Qiu, Jin, "Stones of the Jingwei Bird," Translation in Amy D. Dooling and Kristina M. Torgeson, eds. , *Writing Women in Modern China*. New York:

Columbia, 1998.

Sakaki, Atsuko. "*Kajin no Kigū*: The Meiji Political Novel and the Boundaries of Literature," *Monumenta Nipponica*, vol. 55, no. 1 (Spring 2000): 83 – 108.

Tsu, Jing. "Female Assassins, Civilization, and Technology in Late Qing Literature and Culture," in Nanxiu Qian, Grace S. Fong, and Richard J. Smith, eds., *Different Worlds of Discourse*: *Transformations of Gender and Genre in LateQing and Early Republican China.* Leiden: Brill, 2008.

Wagner, Rudolph G. "China's First Literary Journals," unpublished manuscript.

Wagner, Rudolph G. "Joining the Global Imaginaire: The Shanghai Illustrated Newspaper Dianshizhaihuabao," in Rudolph G. Wagner, ed., *Joining the Global Public*: *Word, Image, and City in Early Chinese Newspapers, 1870 – 1910.* Albany: SUNY Press, 2007.

Wagner, Rudolph G. "Women in Shenbaoguan Publications, 1872 – 90," in Nanxiu Qian, Grace S. Fong, and Richard J. Smith, eds., *Different Worlds of Discourse*: *Transformations of Gender and Genre in Late Qing and Early Republican China.* Leiden: Brill, 2008.

Widmer, Ellen. "Foreign Travel through a Woman's Eyes: Shan Shili's *Guimaolüxing ji* in Global and Local Perspective," *Journal of Asian Studies*, vol. 65, no. 4 (November 2006):763 – 791.

Widmer, Ellen. "Gentility in Transition: Travels, Novels, and the New *guixiu*," in Daria Berg and Chloe Starr, eds., *The Quest for Gentility in China*: *Negotiations beyond Gender and Class.* Abington and New York: Routledge, 2007.

Widmer, Ellen. "Inflecting Gender: Zhan Kai/Siqizhai's 'New Novels' and 'Courtesan Sketches'," *Nan Nü*, vol. 6, no. 1 (2004): 136 – 168.

Widmer, Ellen. "'Media-Savvy' Gentlewomen of the 1870s and Beyond," in

Beverly Bossler, ed. , *Gender and Chinese History: Transformative Encounters.* Seattle: University of Washington Press, 2015.

Widmer, Ellen. "Patriotism Versus Love: The Central Dilemma of Zhan Kai's Novel *Bihai zhu*," in Nanxiu Qian, Grace S. Fong, and Richard J. Smith, eds. , *Different Worlds of Discourse: Transformations of Gender and Genre in Late Qing and Early Republican China.* Leiden: Brill, 2008.

Willcock, Hiroko. "Japanese Modernization and the Emergence of New Fiction in Early Twentieth Century China: A Study of Liang Qichao," *Modern Asian Studies*, vol. 29, no. 4 (October 1955): 817 – 840.

Wu, Shengqing. "'Old Learning' and the Refeminization of Modern Space in the Lyric Poetry of Lü Bicheng," *Modern Chinese Literature and Culture*, vol. 16, no. 2 (Fall 2004): 1 – 75.

Wue, Roberta May-Hwa. "Making the Artist: Ren Bonian (1840 – 95) and Portraits of the Shanghai Art World," Ph. D. dissertation, New York University, 2001.

Wue, Roberta May-Hwa. "The Profits of Philanthropy: Relief Aid, Shenbao, and the Art World in Later Nineteenth-Century Shanghai," *Late Imperial China*, vol. 25, no. 1 (June 2004): 187 – 211.

Wue, Roberta May-Hwa. "Transmitting Poetry: Ren Bonian's Portrait of Chen Honggao and Chen Huijuan,"《海派绘画研究文集》, 上海书画出版社, 2001。

Xia Xiaohong. "Tianyi bao and He Zhen's views on 'Women's Revolution'," in Nanxiu Qian, Grace S. Fong, and Richard J. Smith, eds. , *Different Worlds of Discourse: Transformation of Gender and Genre in Late Qing and Early Republican China.* Leiden: Brill, 2008.

Yeh, Catherine Vance. "The Life-Style of Four Wenren in Late Qing Shanghai," *Harvard Journal of Asiatic Studies*, vol. 57, no. 2 (December 1997): 419 – 470.

Zhao, Henry. "A Fearful Symmetry: The Novel of the Future in Twentieth-Century China," *Bulletin of the School of Oriental and African Studies*, University of London, vol. 66, no. 3 (2003): 456 – 471.

Zurndorfer, Harriet. "Wang Zhaoyuan (1763 – 1851) and the Erasure of 'Talented Women' by Liang Qichao," in Nanxiu Qian, Grace S. Fong, and Richard J. Smith, eds., *Different Worlds of Discourse: Transformations of Gender and Genrein Late Qing and Early Republican China*. Leiden: Brill, 2008.

其他

陈玉堂编著《中国近现代人物名号大辞典》全编增订本，浙江古籍出版社，2005。

丁守和主编《辛亥革命时期期刊介绍》，人民出版社，1983。

江庆柏编著《清代人物生卒年表》，人民文学出版社，2005。

江苏省社会科学院明清小说研究中心编《中国通俗小说总目提要》，中国文联出版公司，1990。

柯愈春：《清人诗文集总目提要》，北京古籍出版社，2001。

梁淑安主编《中国文学家大辞典（近代卷）》，中华书局，1997。

屏山县志编纂委员会编《屏山县志》，方志出版社，2009。

齐森华等主编《中国曲学大辞典》，浙江教育出版社，1997。

衢州柯城区志编纂委员会编《柯城区志》，方志出版社，2005。

衢州市地方志编纂委员会编《衢州市志（简本）》，浙江大学出版社，2003。

衢州市教育志编纂委员会编《衢州市教育志》，杭州出版社，2005。

衢州市志编纂委员会编《衢州市志》，浙江人民出版社，1994。

衢州志编纂委员会编《衢县志》，浙江人民出版社，1992。

上海图书馆编《中国近代期刊篇目汇录》，上海人民出版社，1965 ~

1984。

石昌渝主编《中国古代小说总目》，山西教育出版社，2004。

《天足会反对缠足》，http：//www. qzcnt. com/detail. php？article＿id＝3496&article＿type＝129，2015 年 5 月 17 日访问。

《王庆棣巾帼奇才》，http：//www. qzcnt. com/detail. php？article＿id＝6616&article＿type＝130，2015 年 5 月 17 日访问。

"吴德潚"，http：//zh. wikipedia. org/wiki/吴德潚，2015 年 4 月 27 日访问。

熊月之主编《晚清新学书目提要》，上海书店出版社，2007。

杨卫东、涂文学主编《辛亥首义百人传》（上），中国社会科学出版社，2011。

俞剑华编《中国美术家人名词典》，上海人民美术出版社，1981。

朱德慈：《近代词人考录》，中国社会科学出版社，2004。

樽本照雄编《新编增补清末民初小说目录》，齐鲁书社，2002。

译后记

《小说之家》英文版出版于 2016 年 3 月，硕士毕业离校前，我曾在学校图书馆的新书展示架上草草翻过一遍，当时万万没有想到若干年后能有机会翻译这本书。当时之所以留意到这本书，一是因为魏爱莲女士在妇女史研究上的造诣，二是因为我硕士学位论文的研究对象与书中的詹家身处同一时代，也有着十分类似的际遇，更重要的是，他们都算不上大人物。书中的詹家，或许在浩瀚的中国历史中仅是沧海之一粟，如果说大人物肩负的是"大历史"，那自然也有许许多多"小历史"亟待开掘，或许它们既没有多么宏大，也没有那么恣肆飞扬，但很多微妙的历史碎片能透过它们发光发热，更能窥见人性的驳杂。在我看来，晚清是一个被"小历史"包裹的"大时代"。正如作者魏爱莲女士所说，若没有丰富的资料，我们很难有机会理解这样一个尘封在历史中的文人家庭，很难有机会近距离感受晚清的世情冷暖。本书虽是学术著作，但由于研究对象本身具有极强的传奇色彩，文献资料翔实，魏爱莲女士的叙述贴近日常，娓娓道来，富有生活气息，能有机会翻译这样一部作品，对我而言是一次既充实又具有挑战的经历。

作为一名曾经的图书编辑，深知一本书的诞生之艰巨，面对第一次翻译专著的译者，往往需要花大量的时间、精力沟通、磨合。本书翻译工作的顺利进行，要特别感谢责编李期耀老师的帮助和理解。还要感谢家人和师友的鼓励。终校正值2020年的春节，常在书房一待就是一天，感谢父母的包容；感谢远在日本的老姐在日文文献方面提供的协助。

　　文中所涉及的文献较为庞杂，在此需做一点说明：引述的内文，特别是涉及具体小说内容细节的部分，尽量核对原书、近代报纸，对标点、专有名词逐一订正。由于翻译时间较为仓促，加之本人学力有限、经验不足，谬误之处，恳请方家指正。

陈畅涌

2020 年 2 月

图书在版编目（CIP）数据

　　小说之家：詹熙、詹垲兄弟与晚清新女性／（美）
魏爱莲（Ellen Widmer）著；陈畅涌译 . -- 北京：社
会科学文献出版社，2020.7
　　书名原文：Fiction's Family：Zhan Xi，Zhan
Kai，and the Business of Women in Late - Qing China
　　ISBN 978 - 7 - 5201 - 6547 - 1

　　Ⅰ.①小… Ⅱ.①魏… ②陈… Ⅲ.①古典小说 - 小
说研究 - 中国 - 清后期 Ⅳ.①I207.41
　　中国版本图书馆 CIP 数据核字（2020）第 069017 号

小说之家：詹熙、詹垲兄弟与晚清新女性

著　　者／〔美〕魏爱莲（Ellen Widmer）
译　　者／陈畅涌

出 版 人／谢寿光
责任编辑／李期耀

出　　版／社会科学文献出版社·历史学分社（010）59367256
　　　　　　地址：北京市北三环中路甲 29 号院华龙大厦　邮编：100029
　　　　　　网址：www.ssap.com.cn
发　　行／市场营销中心（010）59367081　59367083
印　　装／三河市东方印刷有限公司

规　　格／开　本：889mm×1194mm　1/32
　　　　　　印　张：10.5　插页：0.25　字　数：237 千字
版　　次／2020 年 7 月第 1 版　2020 年 7 月第 1 次印刷
书　　号／ISBN 978 - 7 - 5201 - 6547 - 1
著作权合同
登 记 号／图字 01 - 2020 - 2014 号
定　　价／75.00 元

本书如有印装质量问题，请与读者服务中心（010 - 59367028）联系

▲ 版权所有 翻印必究